Weitere Bücher vom Autor

Asia With Suit And Tie

Asien Mit Anzug Und Krawatte

Kopf Hoch Herbert Wenn Der Hals Auch Dreckig Ist

Golf With The Devil

Mord Hieve

Mord Gülle

Natur und Landschaft sind auf Grund ihres eigenen Wertes und als Lebensgrundlagen des Menschen auch in Verantwortung für die künftigen Generationen im besiedelten und unbesiedelten Bereich so zu schützen, zu pflegen, zu entwickeln und, soweit erforderlich, wiederherzustellen, dass:

1. die Leistungs- und Funktionsfähigkeit des Naturhaushalts,

2. die Regenerationsfähigkeit und nachhaltige Nutzungsfähigkeit der Naturgüter,

3. die Tier- und Pflanzenwelt einschließlich ihrer Lebensstätten und Lebensräume sowie

4. die Vielfalt, Eigenart und Schönheit sowie der Erholungswert von Natur und Landschaft

auf Dauer gesichert sind.

Bundesnaturschutzgesetz 2002

Rolf Zeiler

Mord Gülle

Die Handlung und die Personen in diesem Roman sind frei erfunden. Ähnlichkeiten mit lebenden Personen und Organisationen wären rein zufällig und nicht beabsichtigt.

Bibliografische Information der Deutschen Nationalbibliothek
Die Deutsche Nationalbibliothek verzeichnet diese Publikation in der Deutschen Nationalbibliografie; detaillierte bibliografische Daten sind im Internet über http://dnb.dnb.de abrufbar.

© 2017 Rolf Zeiler
Satz, Umschlaggestaltung, Herstellung und Verlag: BoD – Books on Demand
ISBN 978-3-7448-4350-8

Im Märzen der Bauer
die Gülle betankt.
Er setzt seine Felder
und Wiesen in Stand.
Er pflüget den Boden,
er egget und sät
und sprüht seine Gülle
frühmorgens und spät.

Die Umwelt, die Felder,
sie dürfen nicht ruh'n,
sie haben Erträge zu liefern
und die Gülle wird's tun.
Sie jauchen und güllen
und singen ein Lied,
sie freu'n sich, wenn alles
schön grünet und blüht.

So geht unter Scheiße
die Umwelt zugrunde,
verseucht der Bauer
das kostbare Wasser.
Er mäht das Getreide,
dann drischt er es aus,
krebserregende Salze versauen
manch fröhlichen Schmaus.

Volkslied- und Kinderlied aus Mähren
frei interpretiert

Prolog

Er saß in Gedanken versunken vor seinem Computer und schrieb an seiner Reportage. Angetrieben von dem Ehrgeiz, eine preisverdächtige Dokumentation zu schreiben, arbeitete er an den seiner Meinung nach skandalösen Erkenntnissen seiner Recherchen. Die Fakten ergaben ein erschreckendes Bild einer weiteren Umweltzeitbombe, die schon seit einer ganzen Weile unaufhaltsam tickte. Er las zum x-ten Mal voller Stolz seine Einführung:

Die Güllemafia
von Bernd Wolters

Jedes Jahr hinterlassen die etwa 28 Millionen Schweine, 12,5 Millionen Rinder und 180 Millionen Stück Geflügel in Deutschland circa 200 Millionen Tonnen Mist und Jauche. Das entspricht ungefähr dem Gewicht der weltweit jährlichen Plastikproduktion oder, um es sich besser vorstellen zu können, ungefähr dem Gewicht von 720.000 A380-Flugzeugen.

Jedes Jahr am 2. Februar, nach der gesetzlich vorgeschriebenen Pause vom 1. November bis zum 1. Februar, beginnt die Saison wieder, die Gülle muss auf die Felder.
Überall im Land starten die Bauern ihre Traktoren, hängen die Gülletanks dahinter und sprühen ein breites Band grünbräunlicher Tierexkremente auf ihre Felder. Das ganze Land wird mit einem elenden Gestank von Ammoniak und Schwefelwasserstoff überzogen.

Unzählige Gülletransporte rollen wieder durch das Land von West nach Ost, von Nord nach Süd, über Grenzen. In Tankwagen verladen, würde allein die Gülle aus Niedersachsen ausreichen, um eine

Kolonne zu bilden, die einmal um den Äquator reicht. Der Begriff Gülletourismus hat sich etabliert, der über eine sehr gut funktionierende Güllebörse gesteuert wird.

Im wahrsten Sinne des Wortes wird hier aus Scheiße Geld gemacht, und zwar sehr viel Geld.

Bauern mit seit Jahren stetig wachsenden Tierhaltungen haben nicht mehr genug Ackerlandfläche, um die von ihren eigenen Tieren produzierten Exkremente auszubringen. Zupachtung von Ackerland ist für sie nicht wirtschaftlich, da die Pachtpreise für Ackerflächen sich in den letzten Jahren mehr als verdoppelt haben. Behördlich sind die Mengen der jährlichen Ausbringung von Gülle per Hektar genau geregelt, aber daran halten tut sich kaum jemand. Dennoch: Die Düngebehörde, die eigentlich eine Wasserschutzbehörde ist, führt heute vermehrt Kontrollen durch. Sie berechnen die anfallende Gülle per Hof und ob dieser genug Ackerfläche hat, um die angefallene Gülle zu verteilen. Es gibt vom Gesetz vorgeschriebene Quoten, wie viel Gülle ein Bauer pro Hektar ausbringen darf. Bei Missständen drohen den Bauern empfindliche Bußgelder.

Daher zahlen die deutschen Bauern für den Abtransport pro Kubikmeter überschüssiger Gülle, die sie nicht auf ihren eigenen Feldern ausbringen dürfen, je nach Jahreszeit lieber fünf bis zehn Euro.

Unsere holländischen Nachbarn zahlen sogar das Doppelte für ihre über den Quoten liegende Gülle. Zudem sind die festgelegten Normen für die Aufnahmemengen der Felder wesentlich strenger geregelt als bei uns in Deutschland. In den Niederlanden können Besitzer von jeglichen Agrarflächen bis zu 15 Euro bei freiem Lieferservice aufs Feld für die Abnahme von Jauche erzielen. Kein Wunder also, dass die Niederländer ihre Gülle lieber nach Deutschland exportieren, denn dort kostet sie die Abnahme wesentlich weniger. Bis vor einigen Jahren konnten sie sogar den Wirtschaftsdünger – so heißt Gülle offiziell in der Amtssprache – verkaufen.

Um die unkontrollierte Flut holländischer Gülle zu unterbinden, hat der deutsche Gesetzgeber einen Riegel davorgeschoben. Wirtschaftsdünger, Gülle aus Holland, muss jetzt vor Grenzüberschreitung auf 143 Grad erhitzt, sterilisiert werden. Eine solche Anlage kostet schnell mal eine halbe Million Euro und welcher Bauer kann sich das schon leisten? Das lässt natürlich die Tür weit offen, für die schwarzen Schafe im Gewerbe. Illegale Transporte unbehandelter Gülle sowie deren Mengen sind schwer zu kontrollieren oder werden kaum erfasst. Die von Holland exportierte Gülle verschwindet oft bei Nacht und Nebel auf den Feldern deutscher Bauern.

Mittlerweile wird auch, da es sich zu lohnen scheint, Hightech dazu eingesetzt. Hochmoderne Maschinen schaffen es, bis zu 1.000 Kubikmeter Gülle am Tag in die Ackerböden einzubringen. Sie furchen automatisch den Boden auf, und nachdem die Gülle eingespritzt ist, verschließen sie diese wieder. Es gibt keinen verräterischen Gestank mehr, wer kann da schon nachweisen, wie oft oder mit welchen Quantitäten ein Acker gegüllt wurde?

Die Felder düngen, nennen es die Bauern, die Umwelt verseuchen die anderen. Aber was bedeutet das für den Laien, den Bürger?

Nach einer jahrelangen Studie des Stockholm Resilience Centre sind Stickstoffbelastungen die zweitgrößte Umweltbedrohung der Welt. Überdüngung hat erheblichen Einfluss auf unsere Natur, Wasser, Wälder und Wiesen. Die Böden können, wenn sie überdüngt sind, versauern, eutrophieren oder einfacher gesagt umkippen.

Die gefährlichen Stickstoffverbindungen, die in der Gülle vorkommen, sind Stickstoffoxide wie Nitrat oder Ammoniak. Nachweislich zerstören sie in übermäßigen Mengen die biologische Vielfalt, die Biodiversität, das gesamte Spektrum des Lebens auf der Erde. Das schließt nicht nur die Vielzahl aller natürlichen Vorkommen sowie der gezüchteten Tier- und Pflanzenarten, Mikroorganismen und Pilze ein, sondern auch die genetische Vielfalt innerhalb jeder Art. Zur Biodiversität gehört auch die Vielfalt der Lebensräume auf der Erde mitsamt ihren komplexen ökologischen Prozessen und Wechselwirkungen. Sie ist die wichtigste Lebensgrundlage und der Garant für unsere Lebensqualität.

Überdüngung mit Gülle hat schon dazu geführt, dass an manchen Standorten Pflanzenarten verdrängt wurden, Insekten nicht mehr genug Nahrung finden und dadurch die Bestäubungsleistung für unsere Nutzpflanzen sinkt. Eine Verringerung der Insekten hat dazu geführt, dass Vogelarten wie Singvögel verschwinden, weil sie nicht genug Insekten in ihrer Nahrungskette finden. Das Gleiche gilt für Amphibien, die wiederum als Nahrung für Störche dienen. In Gewässern verursacht Gülle übermäßiges Algenwachstum, was zu Sauerstoffmangel führt und Fischsterben hervorruft. Das Zusammenbrechen ganzer Ökosysteme hat über kurz oder lang Auswirkungen auf unsere Nahrungsmittelversorgung.

Stickstoffverbindungen wie Nitrit, Nitrat und Amine, nachweislich enthalten in den Lebensmitteln der begüllten Felder, bilden in unserem Magen-Darm-Trakt Nitrosamine. In Verbindung mit unserem Hämoglobin reduzieren sie die Transportfähigkeit von Sauerstoff in unserem Körper. Sie können auch krebserregend sein, zumindest haben das Tierversuche bewiesen. Alzheimer, Parkinson und Diabetes werden zusätzlich mit Nitrosaminen in Verbindung gebracht. Gar nicht erst über die Studien, die die Auswirkungen der tonnenweise verabreichten Antibiotika in der Massentierhaltung untersuchen, zu sprechen. Erklärt das vielleicht sogar unsere eigene zunehmende Resistenz gegenüber Antibiotika, wer weiß?

Mit diesem Wissen bekommen Bioprodukte gleich eine ganz andere Bedeutung. Ist uns in der Zukunft die Ware direkt vom Bauern wirklich lieber als die aus dem Supermarkt?

Die sehr hohen bedrohlichen Nitratwerte im deutschen Grundwasser haben schon ein Vertragsverletzungsverfahren der EU-Kommission gegen Deutschland mit Androhung von Milliardenstrafen nach sich gezogen. Der traurige Grund: Die Bundesregierung tut einfach zu wenig für den Trinkwasserschutz ihrer Bevölkerung.

Niedersachsen führt die Liste der Bundesländer mit teils weit mehr als 60 Prozent über den erlaubten Richtwerten der Grundwasserbelastungen mit weitem Abstand an. Es müssen, wenn es so unendlich weitergeht, bald Entsalzungsanlagen für Trinkwasser gebaut werden, um eine ausreichende gesundheitliche Versorgung der Bevölkerung zu gewährleisten.

Was ist der richtige Ansatz, der zu einer positiven Veränderung führt? Alles auf die Politik zu schieben, neue Regelungen, Verordnungen und Gesetze zu erlassen, ist mit Sicherheit der leichtere Weg.

Eine Reduzierung unseres Konsumverhaltens bestimmt der bessere. Jeder Deutsche verzehrt im Durchschnitt 60 Kilogramm Fleisch pro Jahr. Müssen wir uns da nicht fragen, ob wir nicht selber Schuld daran sind, dass wir unsere Umwelt zerstören? Das heißt ja nicht gleich, dass wir Vegetarier werden müssen, aber zwei- bis dreimal in der Woche vollkommen auf Fleisch zu verzichten würde garantiert eine Verbesserung bringen!

Die Gülleausbringung muss von verantwortungsvollen Landwirten reduziert und konkret der Missbrauch der schwarzen Schafe mit der Gülle muss unterbunden werden. Die Machenschaften einiger Bauern sind kriminell und skrupellos.

Der folgende Fall beschreibt deutlich und unwiderlegbar, wie die Güllemafia hier in Ostfriesland ihr Unwesen treibt. In monatelanger Recherche hat der Autor die Wege der illegalen Gülle von Holland nach Ostfriesland untersucht. Die Produzenten in den Niederlanden, die Transporteure und ihre Abnehmer in Deutschland ausfindig gemacht. In der Fotoreportage steckt ein Umweltskandal unglaublichen Ausmaßes in Ostfriesland. Er trägt die Handschrift einer Gruppe von Männern, die aus reiner Profitgier unsere Natur zerstören, sie auf gut Deutsch gesagt regelrecht zuscheißen.

Die folgenden Seiten hatte er für ein Interview mit einem der Güllesünder freigelassen. Der Termin für das Gespräch war für den heutigen Abend geplant. Bernd machte sich fertig …

Kapitel I

Sonntag, 2. Oktober

Wind und Regen peitschten fast horizontal durch die dunklen, verlassen wirkenden Straßen der Emder Innenstadt. Es war für Anfang Oktober ein früher regnerischer Herbsttag, der mit seinen eiskalten Nordwestwinden sowohl den Einheimischen als auch den Besuchern Emdens wieder einmal klarmachte, Ostfrieslandwetter ist kein Zuckerschlecken. Mehr denn je hörte man jetzt oft den alten Ratschlag der Ostfriesen „Treck di warm an", was auf Hochdeutsch übersetzt so viel bedeutet wie „Zieh dich warm an". Es war ein guter, weiser Ratschlag, den man wohlweislich, speziell gerade als Fremder in dieser Region, unbedingt auch befolgen sollte.

Die Rathausuhr zeigte 21:10 Uhr, die Straßen der Innenstadt waren um diese Zeit wie üblich leer gefegt. Wenn die Urlaubszeit vorüber war und weniger Besucher in die Stadt kamen, wurde es gleich einsamer in der sonst etwas lebhafteren Innenstadt. Viele trostlose, leer stehende Geschäftsräume waren Zeugen einer verfehlten Politik, die Attraktivität der Stadt zu fördern. Das Versäumnis, die schon jahrelang leerstehende Kaufhalle an den Mann zu bringen, wird von vielen als einer der Gründe angeführt. Ein radikales Umdenken zur Verkehrsführung mit Schließung der Neutorstraße bis zur Kaufhalle für den Durchgangsverkehr wäre sicherlich ein mutigeres Konzept zur Erneuerung.

Die Realität spiegelte sich aber abends in verwaisten Fußgängerzonen und wenig befahrenen Straßen wider. Als einziges Zeichen von Geselligkeit drang aus einigen Kneipen am Marktplatz hier und da etwas Musik nach draußen. Eine dieser Kneipen war die Kulisse direkt gegenüber vom Maxx. An diesem Abend befanden sich nur wenige Gäste in der alten, bekannten Emder Traditionskneipe. Einer von ihnen saß am Tresen, sichtlich etwas nervös, immer wieder zur Eingangstür hinüberschauend, wenn ein kurzer kalter Windhauch einen neuen Besucher ankündigte. Der Eingang zur Kulisse war im Herbst sowie im Winter mit einem dicken dunkelroten Vorhang versehen. Dieser war zum Schutz gegen die immer wieder neu eindringende Kälte, die beim Öffnen der Tür ihren Weg in die Gaststube hineinsuchte, angebracht.

Der Mann am Tresen, Bernd Wolters, war ein gebürtiger Emder. Er war ein Mann von Mitte 40, hatte eine sportliche Figur und volles Haar. Bernd, sagten die Frauen ihm nach, war ein attraktiver Mann, aber sie hielten sich dennoch von ihm fern, denn er hatte, schnell ersichtlich, ein Problem mit Alkohol. Er war Stammgast in der Kulisse, bekannt dafür, dass er sich dort mehrmals die Woche seinen Frust von der Seele trank. Wenn betrunken, randalierte er öfter, manchmal pöbelte er zusätzlich dabei auch noch andere Gäste an. Als es vor zwei Jahren damit begann, in seiner Ehe nicht mehr so recht zu funktionieren, hatte es mit dem exzessiven Trinken angefangen. Durch seine für ihn unlösbaren Eheprobleme wurde er unzufriedener, reagierte oft launisch und unglücklich. Der Alkohol half ihm, so redete er sich ein, dabei seine zusehends auseinanderbrechende Ehe zu ertragen. Was er dabei nicht wahrhaben wollte, war, dass der Alkohol in einer Art Schneeballeffekt alles nur noch schlimmer machte. Nach unzähligen, mit unter anderem auch öfter gewalttätigen häuslichen Auseinandersetzungen hatte sich seine Frau vor einem Jahr schließlich endgültig von ihm getrennt. Der unausweichlich bittere Scheidungskrieg folgte kurze Zeit später. Seiner geschiedenen Frau wurde das neu gebaute Haus samt den Kindern zugesprochen, er musste ausziehen und durfte dafür zahlen. Bernd, total überfordert mit der Situation, warf die für ihn neue Lebenslage endgültig aus der Bahn. Er begann dann auch schon tagsüber zu trinken, seine Alkoholeskapaden nahmen ständig zu. Nach einigen Abmahnungen verlor er zu allem weiteren Übel kurze Zeit später danach auch noch seinen gut bezahlten Job als Journalist bei einer bekannten lokalen ostfriesischen Tageszeitung. Es hing kein guter Stern über ihm, er war in einer Abwärtsspirale ohne Ende. Dann aber hatte er plötzlich vor einigen Monaten wieder etwas Aufwind gefangen, er schien stabiler, befreiter, sein Leben wieder gefestigter zu sein.

Die Kulisse füllte sich langsam mit neuen Gästen, war aber für einen Sonntagabend trotzdem nur mäßig besucht. Einige der Kneipengänger hatten kaum Platz genommen, da begannen sie alsgleich zu lästern.

Gründe hatten sie ihrer Meinung nach ja genug dafür. Da war einerseits das immer schlechte Wetter, andererseits das beliebte Thema die Politik in Deutschland. Einige jammerten über die viel zu vielen Immigranten und zu guter Letzt immer über das liebe Geld, das für niemanden nie genug erschien.

Bernd Wolters ging das ewige Gemecker einfach nur auf den Zeiger, er hatte keinerlei Bedürfnis, mit irgendjemanden zu reden, er hörte abwesend zu und hing seinen eigenen Gedanken nach.

Das waren noch Zeiten gewesen, als die Kulisse fast jeden Abend zum Brechen voll war, dachte Bernd. Er versuchte sich zu erklären, warum die Leute heutzutage viel lieber zu Hause blieben, als auszugehen. Für ihn waren die Achtziger und Neunziger andere, unbeschwertere Zeiten gewesen. Die Leute waren fröhlicher, die Kneipen jeden Abend in der Woche gut besucht, die Menschen waren sorgloser gewesen, begründete er die damalige Situation. Aber was hatte das alles verändert, warum sind die Leute heute alle so gestresst und voller Probleme, fragte er sich.

Bernd gab der Wirtschaftspolitik, der unaufhaltsamen, fortschreitenden Amerikanisierung unseres Systems die Schuld. Es ging den Firmen nicht mehr um ihre Belegschaft, sondern nur noch ums Geld und Aktienstände an den Börsen. Arbeiter sowie Angestellte waren für ihn zu Arbeitsmitteln degradiert worden, einer Ware. Umstrukturierungen vieler Firmen und deren sogenanntes „Outsourcing" verwandelten ehemalige gut bezahlte Arbeitsplätze in billige Niedriglohnjobs. Für Bernd war es Fakt, die Menschen verdienten bei gleicher Arbeit heute einfach weniger Geld als noch vor ein paar Jahren. Die Umstellung der Deutschen Mark auf Euro hatte gleichermaßen für ihn mit dazu beigetragen. Die Hauptschuld aber gab er dem Staat, der dies erst alles möglich gemacht hat, der sich nur noch um wirtschaftliche Interessen kümmerte und nicht mehr um seine Bürger.

Die verfehlte Sozialpolitik war zusätzlich ein weiteres rotes Tuch für Bernd. Die Hartz-IV-Reform hatte für die Bürger fatale Folgen. Hartz-IV-Antragsteller ist man schon nach einem Jahr Arbeitslosigkeit. Dann wird man finanziell vom Staat durchleuchtet. Das wenige, das sich die Menschen in ihrem Arbeitsleben erwirtschaftet haben, wird durch den Staat bedroht. Bevor ihnen dann auch noch das Letzte weggenommen wird, sie sich einer ungerechten Maschinerie des staatlichen Sozialwesens ausgeliefert sehen, arbeiten viele lieber für weniger Geld in sogenannten Billiglohnjobs. Damit war das Ziel der fast ausschließlich kapitalistisch eingestellten Unternehmer und ihrer Politikerlobby erreicht.

Billige Arbeitskräfte bei hohem Profit!

Früher hieß es, hohe Arbeitslosigkeit ist ein Garant für volle Kneipen, und so war es sicherlich auch einmal vor der Hartz-IV-Reform in Emden gewesen, aber die Zeiten waren schon lange vorbei.

Eine weitere Erklärung, warum die Kneipen in Emden leer blieben, fand Bernd in den Berichten der Zeitungen. Diese berichteten ständig über eine wachsende Kriminalität, nächtliche Überfälle auf Kneipenbesucher sowie mehrfach brutale Schlägereien in der Stadt. Die Medien hatten seiner Meinung nach indirekt dazu beigetragen, dass die Menschen, wenn sie abends ausgingen, sich einfach nicht mehr sicher fühlten. Die Polizei war in gewisser Weise machtlos und wurde der Lage nicht mehr Herr. Es lag aber nicht an der Polizei, sondern an den Staatsanwälten und Richtern, die bestehende Gesetze nicht anwendete, die Verbrecher zu oft, zu milde bestrafte.

Die Gesellschaft war seiner Meinung nach auch zu einer Ichgesellschaft verkommen. Jeder ist sich selbst der Nächste, gemeinschaftliches Handeln, sich gegenseitig helfen, verkümmerte immer mehr. Es war eine frustrierende Realität, die dunklen Mächten die Tore öffnete.

Scheiße, ich komme schon wieder auf einen Negativtrip, dachte Bernd.

Er hatte die selbstzerstörende Tendenz, sich zu viel Gedanken zu machen, die meistens am Ende keine guten waren.

„Verdammt! Wo bleibt der Typ denn?", fluchte er leise vor sich hin und schaute wieder auf seine Uhr, die ihm jetzt schon eine fünfzehn-minütige Verspätung seiner Verabredung anzeigte.

Er nahm sein halb volles Glas Wodka vom Tresen, leerte es in einem Zug, bevor er dann wieder in seine Gedanken verfiel. Er nahm sich fest vor, an etwas Erfreuliches zu denken, weg von diesem trübseligen Unsinn.

Er fing an, über seine neue Reportage nachzudenken. Seit mehreren Wochen war er nachts viel unterwegs gewesen. Er war zwar müde und ausgelaugt, aber gleichzeitig fühlte er in sich eine innere, befriedigende Anspannung, eine Gewissheit, dass er fast am Ziel war. Sie würden seine Story überall in den Zeitungen des Landes abdrucken. Er würde in all den bekannten Talkshows auftreten und die Jobangebote würden sich überschlagen. Überall würde man über seine Reportage sprechen, vielleicht würde er auch ein Buch darüber schreiben. Eins aber war für ihn ganz gewiss, sein Name würde in aller Munde sein. Bernd Wolters, der Reporter, der den größten Umweltskandal aller Zeiten in Ostfriesland aufgedeckt hatte.

Seine Frau würde es bereuen, sich von ihm getrennt zu haben. Zu spät, er hatte schon eine andere gefunden. Die Kinder würden endlich stolz auf ihn sein. Sein ehemaliger Chefredakteur würde ihm hinterherlaufen, sich darum reißen, dass er wieder als Journalist für ihn arbeitet. Ja, alles würde wieder fast wie früher sein. Ach was, dachte er, besser, viel, viel besser als früher. Die Zukunft würde ihm gehören, er brauchte nur noch ein paar letzte Informationen, nur dieses eine Interview, um seine Story perfekt zu machen.

Er winkte der hübschen Bedienung zu, ihm noch mal nachzuschenken. Dann blickte Bernd wieder zum x-ten Mal zur Eingangstür und wischte sich die vor wachsender Nervosität schweißnassen Hände an der Hose trocken. Die Bedienung kam mit der Flasche Wodka, schenkte sein Glas voll und ließ wortlos die Flasche, wie so oft in den letzten Monaten, einfach vor ihm auf dem Tresen stehen. Bernd nahm sein Glas mit zittrigen Fingern und trank gierig. Der scharfe Alkohol ran seine Kehle hinunter, hinterließ ein kurzfristiges Brennen im Hals, das dann langsam in eine wohlige Wärme überging. Er liebte dieses leicht taube Gefühl der ansteigenden Gleichgültigkeit, das der Alkohol in ihm bewirkte. Jedes Mal, wenn er genug trank, fiel es ihm leicht, immer alles zu vergessen.

Aber heute wollte er nicht vergessen, heute war der Tag, an dem er wie Phönix aus der Asche wieder emporklimmen würde. Ein neuer Anfang für ihn, der Beginn einer fantastischen Zukunft.

Er war sicher, er würde berühmt werden, eventuell sogar einen Preis für seine journalistische Glanztat bekommen. Schluss mit den gelegentlichen Storys über die 50-Jahr-Feiern irgendeines Feuerwehrvereins. Die belanglose Schreiberei über eine Brandstiftung in einem Schrebergarten oder sonst welche uninteressanten Geschichten, mit denen er sich heute über Wasser hielt. Die waren am nächsten Tag sowieso wieder sofort aus dem Gedächtnis des Lesers vergessen. Nein, dieses Mal nicht, diesmal würde es anders sein, niemand würde diese Reportage, seine ganz große Story, so schnell jemals vergessen.

Wieder und wieder blickte er zur Tür und schaute danach auf seine Uhr. Seine Verabredung, das letzte Teil zum Puzzle seiner Story, wollte ihn um 22:00 Uhr treffen. Es war schon fast 45 Minuten über die verabredete Zeit. Wo bleibt er denn? Er hatte ihn mehrfach gewarnt, was passieren würde, wenn er nicht kommen würde. Der Gedanke an seine Macht, über den Mann und dessen Ausweglosigkeit beruhigte ihn ein wenig und er goss sich ein weiteres Glas mit Wodka ein, trank es in einem Zug aus. Er grinste zuversichtlich vor sich hin, wissentlich seiner Erpressung. Bernd beschloss, noch ein wenig länger zu warten. Letztendlich hatte er sie alle in der Hand und er wusste um ihre Machenschaften. Alles, was er zu seiner endgültigen Recherche noch brauchte, war, dass einer von ihnen auspackt. Ihm die genauen Liefermengen, die Orte sowie die Namen der einzelnen holländischen Lieferanten der Organisation bestätigt.

Die Bedienung schenkte ihm wortlos nach. Ein weiteres Mal verfiel er, anfänglich berauscht durch den langsam wirkenden Alkohol, in seine Erinnerungen der letzten Wochen.

Er begann sich daran zu erinnern, wie alles angefangen hatte. Wie er rein zufällig vor sechs Monaten seine alte Freundin Andrea Wilkes in Sams Café & Bar, einer weiteren Kneipe am Markt, wiedergetroffen hatte. Während der gemeinsamen Schulzeit am Gymnasium am Treckfahrtstief, kurz GaT genannt, waren sie früher einmal ein Liebespaar gewesen. Sie hatten sich dann aber nach dem Abitur gänzlich aus den Augen verloren.

Er hatte Journalismus in Hamburg studiert und nicht den blassesten Schimmer davon gehabt, was aus ihr geworden war. Umso größer war seine Freude an dem Abend gewesen, Andrea nach so langer Zeit einmal wiederzutreffen. Es waren fast 20 Jahre vergangen, dass sie sich zuletzt gesehen hatten. Als er sie an der Theke in der Kulisse sah, musste er sofort an ihren tollen Körper denken und wie sie sich damals immer heimlich bei ihrer Freundin Meike zum Sex getroffen hatten. Sie waren ein liebestolles Paar gewesen, jung, unschuldig und mit großen Träumen.

Die Wiedersehensfreude war beiderseits gleich groß. Andrea hatte, genau wie er, eine abgebrochene Beziehung hinter sich. Das hatte ihn aber an dem Abend weniger interessiert. Im Nachhinein schämte er sich etwas dafür, dass er sich sofort eine wilde Liebesnacht mit ihr ausgemalt hatte, aber genauso war es gekommen. Erst feierten sie ihr Wiedersehen mit viel Alkohol, dann verließen sie die Kneipe zusammen und endeten in seinem kleinen Schrebergartenhaus am Ende der Bolardusstraße.

In den darauffolgenden Wochen, Monaten trafen sie sich regelmäßig immer wieder, wurden erneut ein Liebespaar. Es war Andrea, die Bernd eines Tages von den Ungereimtheiten und unerklärlichen nächtlichen Aktivitäten in ihrer Firma berichtete. Bernd, durch seinen Beruf von Haus aus hellhörig, befragte Andrea und ermunterte sie, ihm mehr über die Sache zu erzählen. Andrea erzählte Bernd, dass sie vor einem Jahr einen neuen Job als Speditionskauffrau in einem Transportunternehmen angenommen hatte. Spedition Frerichs, ein altes Familienunternehmen in der Nähe von Leer. Die Spedition beförderte im Hauptgeschäftsfeld Gülle aus Holland nach Deutschland. Sie hatte in letzter Zeit immer wieder Abweichungen in den Transportunterlagen und der Überprüfung, der Kilometerstände einzelner Tankfahrzeuge festgestellt. Anfangs hatte sie sich mit der Erklärung des Fuhrmeisters Henk Visser, einem gebürtigen Holländer, dass es sich um einfache Umleitungsabweichungen in Holland handelt, zufriedengegeben. Später aber war es ihr schon komisch vorgekommen, dass, als sie eines Abends spät noch etwas aus dem Büro holen wollte, ein Tankfahrzeug noch den Fuhrhof verließ, obwohl gar keine Tour für den Abend mehr vorgesehen war.

Bernd hatte vor zwei Jahren für seine Zeitung einen Bericht über eine Blaualgenplage am Uphuser Meer geschrieben. Schon damals lag der Verdacht nahe, dass die Ursache eine Überdüngung durch Gülle auf den Feldern gewesen sei. Nach Andreas Ausführungen über die komischen Ungereimtheiten in ihrer Firma war seine Neugier geweckt.

Bernd begann zu recherchieren. Angefangen zu dem Zeitpunkt, beobachtete er die Spedition Frerichs über mehrere Wochen und folgte mehrmals den Tankwagen, die nachts den Fuhrhof verließen. Er notierte, wie diese in Holland diverse Schweine- und Hühnerfarmen anfuhren. Dort wurden die Tanklastzüge mit Gülle befüllt, bevor sie voll beladen zurück nach Emden fuhren. In Emden entluden sie dann ihre stinkende Fracht in Güllegruben bei Bauern im Umfeld der Stadt. Bernd notierte jede einzelne Fracht, machte nebenher Hunderte Fotos von den Personen sowie den Farmen in Holland. Er verschlang in den Wochen alles, was im Internet über Gülle und deren legale oder illegale Ausbringung verfügbar war.

Sein untrüglicher Reporterinstinkt sagte ihm sofort, dass er hier einem riesigen Skandal auf der Fährte war. Als er sich sicher war, dass er genug Material gesammelt hatte, rief er die seiner Meinung nach in den Skandal verwickelten Bauern an und schickte ihnen Fotos seiner Recherche per Handy. Er erklärte jedem am Telefon unmissverständlich, dass er ihn zu den Vorgängen interviewen möchte. Er bot ihnen jeweils die Chance, als sein erklärter offizieller Informant aus der Sache eventuell mit einem blauen Auge herauszukommen. Nach anfänglichem längerem Zögern, mit der Bitte um ein paar Tage Bedenkzeit, willigte dann endlich eine Person einem Treffen zu.

Das Treffen war für den heutigen Abend 22:00 Uhr verabredet gewesen.

Es war jetzt mittlerweile fast 23:30 Uhr geworden und Bernd war sich sicher, die Person würde jetzt nicht mehr kommen. Er würde ihn gleich morgen früh kontaktieren und befragen, warum er ihn versetzt hatte. Er würde ihm noch eine letzte Chance einräumen. Falls er die ausschlagen würde, hatte er noch einen anderen Informanten, der auspacken wollte. Trotzdem, missmutig über seinen heutigen Fehlschlag, schenkte er sich noch ein letztes Glas Wodka ein, legte einen 50-Euro-Schein auf die Theke und verließ wortlos das Lokal.

Die kalte Nachtluft sowie der immer noch dauerhaft anhaltende, stetige Nieselregen trugen nicht gerade dazu bei, Bernds Laune zu verbessern. Er war frustriert darüber, versetzt worden zu sein. Leise vor sich hin fluchend stieg er mit unsicheren Bewegungen auf sein nasses Fahrrad, das er um die Ecke an einem der Fahrradständer angeschlossen hatte. Aufgrund des reichlich konsumierten Alkohols nicht mehr ganz fahrtüchtig, radelte Bernd in Schlangenlinien durch die Neutorstraße in Richtung seines kleinen Häuschens. Betrunken, wie er war, nahm er seine Umgebung nur wie durch einen leichten Nebel wahr. Er summte leise eine Melodie, zu der ihm der Text nicht einfiel, vor sich hin.

Bernd Wolters bemerkte nichts von dem alten dunklen Wagen, der in einigem Abstand ihm langsam folgte.

Von der Neutorstraße bog Bernd hinter der Brücke in die Bolardusstraße ein, wobei er Schwierigkeiten hatte, die Spur zu halten. Fast wäre er auf der nassen Fahrbahn gestürzt. Er konnte das schlingernde Fahrrad gerade noch abfangen. Etwas wacher durch den Adrenalinschub trat er jetzt, gleichzeitig dabei fluchend, etwas kräftiger in seinen Pedalen. Das Fahrrad nahm dabei an Tempo zu. Auf der Höhe zwischen Celosstraße und Menso-Alting-Straße angekommen, hörte er plötzlich hinter sich einen Wagen mit erhöhter Geschwindigkeit heranfahren, aber dann war es auch schon zu spät. Der rechte Kotflügel des Wagens berührte kurz von hinten das Schutzblech seines Hinterrads. Das genügte schon, durch den leichten Schubser verlor Bernd das Gleichgewicht und die Kontrolle über sein Rad. Er schleuderte zusammen mit dem Fahrrad erst seitlich gegen einen Baum, von dort weiter dann die Böschung hinunter in den Stadtgraben.

Keiner der Anwohner in der Umgebung ahnte etwas von dem Drama, das sich unmittelbar auf der Straße vor ihrer Haustür abspielte. Die Lichter in den Häusern blieben aus, kein Fahrzeug, Tier oder Mensch war weit und breit auf den Straßen zu sehen.

Es gab niemanden, der sah, dass der dunkle Wagen, nachdem er Bernd Wolters Fahrrad touchiert hatte, einfach weiterfuhr, als sei nichts gewesen. Die Bremsleuchten des Fahrzeugs blinkten nochmals kurz auf, bevor der Wagen dann in eine Seitenstraße abbog und verschwand.

Alles wirkte wieder ruhig, verlassen, man konnte fast von friedlich sprechen, wenn da nicht Bernd Wolters gewesen wäre, der kopfüber in der Böschung des Stadtgrabens hing und verzweifelt um sein Leben kämpfte.

Mit dem Fahrrad über sich, ohne Halt an der steilen Böschung, glitt er tiefer und tiefer hinunter, bis von seinem Kopf und Oberkörper unter der Oberfläche des Wassers nichts mehr zu sehen war. Durch den Alkohol hatte Bernd total die Orientierung verloren, er wusste weder, wo oben, noch, wo unten war. Panik ergriff ihn und seine Beine, die immer noch aus dem Wasser herausragten, begannen ein paar Mal unkontrolliert zu schlagen, als das eiskalte dunkle Wasser des Emder Stadtgrabens in seine Lungen eindrang und ihm endgültig den letzten Atemzug nahm.

Bevor Benno Wolters starb, war sein letzter Gedanke noch, dass das Leben nicht fair war, er wollte doch noch berühmt werden.

Kapitel II

Montag, 3. Oktober

„Oh Mann, wat'n Schietwedder", bemerkte Polizeikommissaranwärterin Anja Kappels auf Plattdeutsch, als sie das Büro der Mordkommission im Polizeigebäude neben dem Emder Hauptbahnhof betrat.

Anja Kappels, seit anderthalb Jahren Kriminalkommissaranwärterin, war 26 Jahre alt, unverheiratet, fast 1,80 Meter groß, durchtrainiert und von schlanker Figur. Sie schüttelte ihre langen, vom Regen durchnässten dunkelbraunen Haare, blickte dabei fragend ihre beiden Kollegen an, die sie mit schmunzelnden, belustigten Gesichtern von ihren Schreibtischen aus betrachteten.

„Was? Ist irgendetwas komisch an mir? Ihr schaut mich an, als ob ich von einem anderen Planeten komme", stieß sie fragend hervor, wobei sie mit einer pirouettenhaften Bewegung ihre gelbe Regenjacke, im Volksmund leicht spöttisch auch Ostfriesennerz genannt, hinter der Tür gezielt auf einen der Garderobenhaken warf. Danach ging sie eilenden Schrittes zu ihrem Schreibtisch und schaltete ihren Computer an. Anja trug wie immer ihre Einheitskleidung: einen dunklen Hosenanzug mit dunkler Bluse und flache, feste Schuhe. Schminke oder Make-up waren für Anja im Dienst ein Fremdwort. Ihr ungeschminktes Gesicht beeinträchtigte aber in keinster Weise ihr gutes Aussehen, sondern hob eher Anjas natürliche Schönheit umso mehr hervor. Sie hatte die klassische Ausstrahlung einer jungen Ingrid Bergmann. Wer aber denkt, sie wäre naiv oder leichtfertig, der hat sich schwer getäuscht. Hinter ihrem hübschen Äußeren verbarg sich ein weitsichtiger, kombinationsfähiger Geist, der geschickt und taktisch klug agierte. Auch physisch war Anja kein „Push Over", aufgewachsen als einziges Mädchen unter vier Brüdern, hatte sie schnell lernen müssen, sich auch körperlich durchzusetzen. Ihre Leidenschaft aber galt den Waffen. Sie war eine ausgezeichnete, dekorierte Schützin, sowohl mit Handfeuerwaffen als auch mit Langwaffen. Anja hatte als Beste ihres Kurses ein Scharfschützentraining absolviert, aber eine Laufbahn in diese Richtung aus moralischen Gründen abgelehnt. Gut schießen zu können war ein Ding, auf Befehl zu töten ein ganz anderes, das war auf alle Fälle nichts für Anja.

Aus den Augenwinkeln beobachtete sie, wie ihre beiden Kollegen, immer noch breit grinsend, sich heimlich untereinander mit Handzeichen verständigten. Ihre blassblaugrauen Augen schossen Blitze in ihre Richtung und sie presste durch ihre Zähne hervor:

„Wenn ihr beiden mir jetzt nicht sofort sagt, was hier los ist, passiert ein Unglück."

„Beruhig dich, Anja", antwortete Peter lachend, „Klaus und ich hatten nur eine kleine Wette. Wir haben gewettet, ob du wieder einmal über das Wetter schimpfen wirst und wenn ja, ob auf Hochdeutsch oder Plattdeutsch. Ich habe gewonnen und Klaus lädt uns dafür heute zum Mittagessen ein."

„Na, wenn das so ist, habe ich nichts gegen eure schmunzelnden Visagen, aber wehe, wenn ihr euch hinter meinem Rücken über mich lustig macht. Dann könnt ihr aber was erleben", erwiderte Anja mit einem Grinsen im Gesicht und zeigte dabei spaßhaft drohend ihre Fäuste.

Das klargestellt, setzte sie sich an ihren Schreibtisch, lächelte vor sich hin und dachte darüber nach, wie unterschiedlich ihre beiden Kollegen doch waren.

Da war zum einen Peter Streib, der nicht nur Anjas Kollege, sondern auch gleichzeitig ihr Vorgesetzter war. Als er vor etwas mehr als einem Jahr strafversetzt nach Emden kam, hatte Anja sofort einen heimlichen „Crush" für ihn, aber der hatte sich mittlerweile gelegt. Sie mochte Peter, als die Person, die er war, und respektierte ihn als ihren Chef.

Peter Streib war 43 Jahre alt und der leitende Erste Hauptkommissar der Mordkommission Emden/Leer. Er war 1,90 Meter groß, von athletischer Figur, sportlich durchtrainiert und hat kein Gramm Fett zu viel am Körper. Meistens trug er als Arbeitskleidung Jeans, ein offenes Hemd ohne Krawatte mit einem dunklen, blauen oder grauen Blazer. Sein fast immer zu jeder Jahreszeit braun gebranntes ovales Gesicht war eingerahmt von vollem, hellblondem, halblangem Haar. Dazu passend verlieh ihm sein Dauerdreitagebart etwas Lässiges und Selbstbewusstes. Das Bemerkenswerteste aber an Peter Streib waren seine stechenden stahlblauen Augen, die eine fesselnde Wirkung auf fast alle Menschen hatten. Sie zogen jeden in ihren hypnotischen Bann, Frauen wie Männer gleichermaßen. Auf den ersten Blick hielten Peter viele für einen Mann aus der Werbung oder für einen Künstler. Was Peter oft bei seiner Arbeit zugutekam, denn die wenigsten vermuteten einen erfolgreichen Kriminalkommissar der Mordkommission hinter seinem äußeren Erscheinungsbild.

Bevor Peter vor einem Jahr unfreiwillig nach Emden versetzt worden war, arbeitete er als Kommissar bei der Mordkommission in der Landeshauptstadt Hannover. Dort war er maßgebend, mit oft zum Teil sehr unorthodoxen Methoden, an der Aufklärung einiger spektakulärer Fälle beteiligt und der erfolgreichste Ermittler der Mordkommission gewesen. Die Umstände seiner damaligen Versetzung nach Emden waren nur ihm, seinem Vorgesetzten und seiner Partnerin Lena Holtmann von der Staatsanwaltschaft Aurich bekannt. So sollte es, wenn es nach Peter ginge, auch für immer bleiben. Es war eine rein private Angelegenheit mit dennoch offiziellen Konsequenzen gewesen. Anja hatte schon einiges darüber herausgefunden, behielt ihr Wissen aber wohlweislich für sich.

Peter hielt sich durch Laufen sowie ständiges Training in „Krav Maga"- und „Systema"-Techniken fit. Er war ein anerkannter Experte in diesen Kampftechniken, hatte mit den Besten in Russland und in Israel trainiert und war dabei selber zu einem der Besten geworden.

Sein einziges Hobby war sein Oldtimer, den er über alles liebte. Ein grüner TR6 oder auch Triumph Stag genannt. Peter hatte den Wagen liebevoll restauriert, technisch verbessert und genoss jede Fahrt mit offenem Verdeck unter freiem Himmel durch die schöne Landschaft Ostfrieslands.

Das einzige wirklich richtige Laster, das er hatte, war sein immenser Zigarettenkonsum. Wie alle Süchtigen meinte auch er, es unter Kontrolle zu haben, wusste aber genau, er machte sich nur etwas vor. Der wahre Grund des Rauchens für ihn war, wie er immer behauptete, es schmecke ihm halt einfach.

Anjas anderer Kollege, Hauptkommissar Klaus Marquart, war dagegen eher ein zurückhaltender Mensch, der manchmal sogar etwas ängstlich wirkte.

Klaus, seit 15 Jahren Kriminalhauptkommissar bei der Polizei, war 47 Jahre alt, verheiratet und hatte zwei Kinder. Von Statur war er mittelgroß von leichtem Übergewicht mit einem schon gut sichtbaren Bauchansatz. Seine ungeschickt überkämmte Halbglatze, die buschigen Augenbrauen und die unmodische Kleidung, die er meistens im Büro trug, Cordhosen kombiniert mit farblosem Rollkragenpullover und Karosakkos, waren Zeugen seiner fehlenden Eitelkeit. Klaus hatte keinerlei Ambitionen, was seine eigene berufliche Karriere anbelangte, und liebte seinen ruhigen Job bei der Emder Polizei. Er war kein Draufgängertyp, eher das Gegenteil, obwohl sie ihn nach seiner letzten Episode mit ein paar Mädchenhändlern im Revier nur noch „Shooter" nannten. Er hatte bei einem Schusswechsel mit zwei Gangstern vom Balkan einen verletzt und unter Einsatz seines Lebens mehrere minderjährige Mädchen vor der Zwangsprostitution gerettet. Viele Kollegen sagten ihm nach, er wäre ein pedantischer, fast zu akribisch arbeitender Kommissar. Seiner Meinung nach machte er seine Arbeit einfach nur gewissenhaft. Sein größtes Attribut war jedoch seine absolute Verlässlichkeit. Wenn es darum ging, Daten oder Dinge herauszufinden, die andere lieber verborgen hielten, hatten sie mit Klaus den richtigen Mann im Team. Mit egal welcher Computertechnologie, verbunden mit dem Internet, gab es nichts, das Klaus nicht über eine Person herausfand. Durch viele Kurse und eigenes Interesse für die Technologie hatte Klaus sich zu einem regelrechten „Computer-Wizard" gemausert. Er behauptete immer, Computer seien, nach seiner Familie, den weltlichen, kulinarischen Genüssen, seine dritte große Passion in seinem Leben. Anjas Verhältnis zu Klaus war gut, auch wenn sie sich oft gegenseitig auf den Arm nahmen. Sie respektierten sich und hielten einander den Rücken frei.

Anja war glücklich in dem Team arbeiten zu dürfen, sie konnte sich keinen besseren Job vorstellen.

„Macht schon, ihr zwei, wir müssen los. Mal hören, was wieder so los war in Emden. Wie viel Einbrüche es wohl gestern wieder gegeben hat und ob es schon etwas Neues in der Fahndung nach den Trickbetrügern gibt?", riss Peter Anja aus ihren Gedanken und forderte die beiden auf, ihm zur täglichen Dienstbesprechung zu folgen.

„Jo, Chef, immer mit der Ruhe. Wir kommen schon, nur nicht drängeln", antwortete Anja stellvertretend für sich und Klaus.

Polizeirat Ewald Theesen hatte dafür gesorgt, dass die Mitarbeiter der verschiedenen Kommissariate sich, wenn möglich, allmorgendlich zu einer kurzen Lagebesprechung trafen. Diese Besprechungen waren extrem wichtig, um täglich polizeirelevante Ereignisse zu erörtern. Sie waren meist aber auch schon nach einer knappen Stunde wieder beendet. In der heutigen Besprechung wurde von zwei weiteren neuen Einbrüchen in der letzten Nacht und über ein paar kleine Verkehrsdelikte berichtet. Die Kollegen vom Einbruchdezernat hatten alle Hände voll zu tun, der Flut der Einbrüche Herr zu werden. Die Stadt Emden registrierte 2013 noch 60 Einbrüche, 2015 waren es schon 103 Fälle und im laufenden Jahr 2016 schon 184. Die Steigerung lag bei 206 Prozent und die Bevölkerung war berechtigterweise sehr beunruhigt. Was die Stadt Emden so attraktiv für Einbrecher machte, war noch unklar, aber sie war ohne Frage Spitzenreiter in Deutschland. Für die Polizei in Emden wurde es Zeit, über eine neue effektivere Ausrichtung der Einbruchsbekämpfung nachzudenken und schnellstmöglich zu handeln.

Der Tag schien relativ ruhig zu verlaufen, wenn da nicht doch noch zwei Stunden später der Anruf über den Fund einer männlichen Leiche im Stadtgraben gewesen wäre. Ein paar Jugendliche hatten den leblosen Körper eines Mannes im Treckfahrtstief an den Wallanlagen gemeldet. Der Mann war an der Böschung des Stadtgrabens, halb mit dem Oberkörper im Wasser versunken, von ihnen gesichtet worden. Sie hatten daraufhin sofort die Polizei verständigt.

„Wir haben eine Wasserleiche", rief Anja laut durch das Büro, nachdem sie den Telefonhörer aufgelegt hatte.

„Wo und wie?", fragte Peter knapp.

„Im Stadtgraben am Wall, in der Nähe des Krankenhauses. Sieht wie ein Unfall aus, sagt der Kollege Meyer, aber wir müssen trotzdem hin, auch wenn es ein Unfall war und es zudem draußen regnet."

„Macht ihr mal, ihr zwei, ich habe hier noch einiges an Papierkram zu erledigen", kam es entschuldigend von Klaus.

Peter und Anja verließen kurze Zeit später das Büro, stiegen in Peters Triumph Stag und fuhren zum Fundort der Leiche. Eine dichte graue Wolkendecke hatte sich mal wieder über Emden festgesetzt. Der kalte dauerhafte Nieselregen ist das perfekte Selbstmordwetter, dachte er bei sich. Warum Peter bei dem Leichenfund gleich an Selbstmord dachte, wusste er sich auch nicht zu erklären. Er war sonst nicht der Mann, der voreilige Schlüsse zieht. Vielleicht lag es am Wetter. Peter konnte sich einfach nicht so richtig an das ostfriesische Wetter gewöhnen, aber wer konnte das schon. Die Ostfriesen waren seiner Meinung nach die Einzigen, die in ihrer fast stoischen Gleichmütigkeit immun gegenüber allen Wettereinflüssen erschienen. Er liebte den Humor der Ostfriesen, wie sie allen Wetterlagen immer noch einen witzigen Spruch entrangen. Sie sagten zum Beispiel, in Ostfriesland gibt es kein schlechtes Wetter, nur die falsche Kleidung, oder Sturm ist erst, wenn die Schafe auf den Deichen keine Locken mehr haben. Über starken Regen belustigten sie sich mit dem Satz: Es regnet erst dann so richtig in Ostfriesland, wenn die Heringe auf Augenhöhe vorbeischwimmen. Humor ist, wenn man trotzdem lacht, war die Devise.

Die Bolardusstraße langsam herunterfahrend, sahen Anja und Peter schon von Weitem die blauen blinkenden Lichter der Einsatzfahrzeuge. Die Kollegen hatten den Bereich um den Fundort der Leiche weiträumig abgesperrt. Peter zögerte nicht lange und parkte seinen Triumph Stag kurzerhand auf einem der Gehwege in der Menso-Alting-Straße. Bevor er sich seiner unerfreulichen Aufgabe stellte, rauchte er erst noch genüsslich eine Zigarette.

Es war offizielle Vorschrift des Gesetzgebers bei jeglichen Fällen von Wasserleichen, dass immer die Kriminalpolizei und ein Arzt bei der Leichenbergung zugegen sein mussten.

Sigurd Schmitz, der Gerichtsmediziner der Stadt Emden, war schon zusammen mit den Kollegen von der Feuerwehr in einem Boot auf dem Treckfahrtstief. Vom anderen Wallufer übers Wasser gelangten sie zur Leiche. Peter konnte von der Böschung der Straßenseite aus sehen, wie er mit seinen forensischen Voruntersuchungen begann. Bevor Sigurd grünes Licht gab, die Leiche endgültig zu bergen, wurden aber erst noch unzählige Fotos sowohl von der Position der Leiche im

Wasser als auch von der unmittelbaren Umgebung der Böschung gemacht. Ein am Hinterrad leicht beschädigtes Herrenfahrrad lag etwas seitlich über dem Körper im Wasser. Dies ließ erste Rückschlüsse auf einen vermeintlichen Unfall zu. Der Mann war höchstwahrscheinlich mit seinem Fahrrad von der Straße abgekommen und die Böschung hinuntergestürzt. Ein Kollege der Verkehrspolizei zeigte Anja eine frische Beschädigung an einem Baum an der Straße. Die Baumrinde war, vermutlich durch den Aufprall mit dem Fahrrad, auf einer Länge von zehn Zentimetern in Pedalenhöhe aufgerissen.

Er bemerkte dazu:

„Der Typ muss mit einer ganz schönen Wucht gegen den Baum geprallt sein, bevor er kopfüber die Böschung hinunter in den Kanal ist. Armes Schwein, solch einen Tod wünscht man keinem."

Hunderte von schaulustigen Emdern hatten sich mittlerweile auf dem Wall und an der Bolardusstraße eingefunden. Es war ein grausiges Spektakel, das Aufsehen erregte. Nicht jeden Tag wurde hier ein Toter aus dem Wasser gezogen. Sensationssüchtig hielten viele der Anwesenden ihr Handy in der Hand, fotografierten oder filmten das Schauspiel sogar. Per Internet würden sich die Bilder seuchenhaft in Windeseile verbreiten. Die Polizisten hatten Mühe, die unsensiblen Gaffer daran zu hindern, aber waren dabei nicht allzu erfolgreich. Erst nachdem einer der Beamten einem der Gaffer sein Handy wegnahm und es zu verbalen Pöbeleien kam, verbesserte sich die Situation.

Dann wurde es Polizeioberkommissar Gerold Meier zu bunt. Er nahm ein Megafon aus einem Einsatzwagen und verkündete:

„Leute, hört mal genau zu. Laut Paragraf 201 a des Strafgesetzbuches ist neben der Behinderung der Einsatzkräfte durch Gaffer das Fotografieren sofort zu unterlassen. Dieses Vergehen ist eine Straftat und kann mit einer Freiheitsstrafe von bis zu zwei Jahren oder eine Geldstrafe sanktioniert werden. Zum Schutze des Opfers ist es unerheblich, ob die Fotos weitergegeben oder veröffentlicht werden. Wir sind berechtigt, die Handys einzuziehen, und wir werden dies auch ausführen, also weg mit den Dingern!"

Die Drohung hatte ihre Wirkung nicht verfehlt, man konnte gar nicht so schnell gucken, wie Handys plötzlich in den Taschen verschwanden und Gaffer abwanderten. Ein paar Unverbesserliche gab es natürlich immer, aber nachdem die Beamten von zwei weiteren Katastrophentouristen die Handys eingesammelt hatten, wurde auch dem Letzten klar: So nicht.

Auf dem Kanal hatten die Feuerwehrleute in der Zwischenzeit das Fahrrad von dem Toten gehoben. Der Leichnam des Opfers wurde ins Boot gezogen. Gerichtsmediziner Sigurd Schmitz gab sein Okay und die die Feuerwehrleute brachten den Leichnam anschließend vorsichtig die Böschung zur Straße hoch. Dort legten sie den Toten auf eine Bahre auf den Gehweg. Peter nahm bedächtig ein paar Gummihandschuhe aus seiner Tasche, bevor er sich über die Leiche vor ihm beugte. Sorgfältig untersuchte er dann die Taschen des toten Mannes. Neben einem Schlüsselbund fand er eine Brieftasche mit etwas Geld, den Ausweis, Kreditkarte und einen alten abgelaufenen Führerschein des Toten. Der Tote hatte kein Handy bei sich.

Benno Wolters war der Name, der im Ausweis des Toten stand. Das dazugehörige Foto und ein Blick auf das Gesicht des leblosen Körpers bestätigten Peter die Information.

Anja, unter der Kapuze ihrer gelben Öljacke, kommentierte die Sachlage pragmatisch.

„Sieht aus, als wenn das Opfer erst gegen den Baum und dann die Böschung hinuntergefahren ist. Vermutlich war der Mann dabei stark alkoholisiert oder was meinst du dazu, Peter?"

„Ich weiß es nicht, Anja, du könntest damit recht haben, er könnte aber auch angefahren worden sein und der Fahrer hat nach dem Unfall

Fahrerflucht begangen. Lass uns aber erst mal abwarten, was Sigurd bei der Obduktion noch herausfindet", antwortete ihr Peter.

Sigurd Schmitz war in der Zwischenzeit vom Boot an Land gekommen und war dabei, den Toten zu untersuchen. Er streifte seine Gummihandschuhe ab und winkte den beiden bereitstehenden Bestattern zu, sie könnten die Leiche jetzt zur gerichtsmedizinischen Untersuchung abtransportieren.

Der Gerichtsmediziner Sigurd Schmitz war 55 Jahre alt und machte auf den ersten Blick eher einen unscheinbaren Eindruck. Davon durfte man sich aber nicht täuschen lassen, denn er war ein brillanter Pathologe. Nach außen hin wirkte er oft wie ein alter Griesgram, ein Sarkast und ein Zyniker, dem absolut nichts heilig ist. In Wirklichkeit war er aber ein imponierend gutmütiger Mensch.

Sigurd war gleichermaßen mit Leib und Seele Physiker wie Mediziner. Die Physik in der Rechtsmedizin war seine Berufung und die physikalischen Probleme im Umfeld von Schussverletzung waren sein Hobby. Er hatte unzählige wichtige wissenschaftliche Arbeiten über Wundballistik, die Geschichte von Feuerwaffen und ihrer Munition veröffentlicht. Seitdem war Sigurd Schmitz weltweit eine anerkannte Koryphäe und ein oft geladener Gastredner auf vielen internationalen gerichtsmedizinischen Kongressen. Kollegen aus vielen Ländern konsultierten ihn auch wiederholt, wenn sie ballistische Problemfälle hatten. Sigurd genoss seinen Ruhm, blieb dabei aber immer bescheiden. Dafür sorgten schon seine geliebte Frau Klara und die mittlerweile auf sieben Kinder angewachsene Familie, die ihm nicht mehr viel Zeit für sein Hobby ließen.

„Kein schöner Tod, aber welcher ist das schon?", sagte er zu Peter, der dazu nur bejahend nicken konnte.

„Ich melde mich bei dir, sobald ich den armen Kerl untersucht habe und mehr weiß", beendete er das kurze Gespräch.

Es gab auch nicht viel mehr dazu zu sagen, es war einfach nur traurig, ein junges Leben so unglücklich ausgelöscht zu sehen.

Peter wandte sich an Anja und sagte:
„Komm, wir fahren zurück ins Büro, hier können wir sowieso nichts mehr machen. Die Kollegen sollen das Fahrrad sicherstellen und es einmal sicherheitshalber zum kriminaltechnischen Institut nach Hannover schicken. Vielleicht gibt es ja doch Spuren, die auf ein Fremdeinwirken hinweisen. Dann müssen die Angehörigen von Wolters verständigt werden und ich muss unbedingt ins Trockene, der andauernde Regen ist ja nicht zum Auszuhalten."

Er rief Sigurd Schmitz zu, der immer noch mit den Feuerwehrleuten am Diskutieren war, ihn später anzurufen, und steckte sich mit klammen, nassen Fingern eine weitere Zigarette an.

Während der Fahrt auf dem Weg zurück ins Büro rief sie Klaus Marquart an. Er schlug Anja und Peter vor, sich mit ihm zum Mittag im neuen mongolischen Restaurant neben dem Möbelhaus Hummrich zu treffen. Im Restaurant beim Mittagessen erzählten sie ihm dann ausführlich über die Umstände des Leichenfunds am Wallgraben. Aus dem Bauch heraus teilte Klaus Anjas Meinung, dass es sich dabei bestimmt nur um einen ganz banalen Unfall handelt. Peter war sich da nicht so sicher, irgendwie signalisierte ihm sein siebter Sinn, dass es kein ganz so gewöhnlicher Unfall war und eventuell mehr dahinter steckte. Sicher war er sich dessen nicht, aber sein untrügliches Gefühl täuschte ihn selten.

Kapitel III

Montag, 3. Oktober, nachts

Es herrschte absolute Dunkelheit, nicht der kleinste Strahl Mondlichts drang durch den wolkenverhangenen Himmel, es war eine stockfinstere Nacht. Straßenlampen waren die einzigen Lichtquellen, die sich auf dem nassen Asphalt widerspiegelten. Durch die lange Lichterkette der Straßenlampen blickend, sah man, wie ein Nebel aus Myriaden von winzigen Wassertröpfchen stetig vom Himmel fiel. Der anhaltende Dauerregen, nicht ganz ungewöhnlich für diese Jahreszeit, durchnässte alles und hielt die Stadt in seinem feuchten Griff.

Die Rathausuhr schlug in der Ferne 04:00 Uhr morgens. Die Straßen waren um diese Zeit leer und verlassen. Vereinzelt sah man hier und da ein Fahrzeug, Passanten waren keine unterwegs. In den Häusern der Stadt schliefen friedlich ihre Bürger. Nur hinter einigen wenigen Fenstern konnte man das Licht eines Nachtschwärmers oder eines Frühschichtlers entdecken.

Ein Fahrzeug näherte sich dem Parkplatz des Schrebergartens am Ende der Bolardusstraße, aber anstatt den Parkplatz zu nutzen, stellte der Fahrer seinen Wagen am Straßenrand ab. Nachdem der Fahrer ausgestiegen war, blickte er, gleichzeitig lauschend, nach allen Seiten. Rundherum war alles ruhig und schien friedlich zu sein, kaum ein Laut drang durch die Stille der Nacht. Dann setzte sich der Fahrer vorsichtig in Bewegung.

Niemand sah oder bemerkte die ganz in Schwarz gehüllte Gestalt, die sich heimlich von hinten der Schrebergartenkolonie näherte. Die Schatten der Nacht ausnutzend, lief der Eindringling wachsamen Schrittes zielorientiert durch die Siedlung. Beim richtigen Haus seines Vorhabens angekommen, schlich er sehr vorsichtig durch den Garten zur hinteren Terrassentür des kleinen Häuschens.

Dort verharrte der unheimliche Besucher kurz lauschend, abwartend, ob seine Anwesenheit von irgendjemand bemerkt worden war, und machte sich dann an der Tür zu schaffen.

Das leise Klirren einer zerbrochenen Scheibe war alles, das durch das rhythmische, stetige Trommeln des Regens kurz zu hören war. Dann herrschte wieder Stille.

Ein Taschenlampenkegel tanzte im suchenden Rhythmus durch die mit Vorhängen verdeckten Fenster des Hauses. Es dauerte dann auch nicht lange, bis wenig später die dunkle Gestalt wieder durch die Terrassentür zum Vorschein trat.

Das plötzliche Knirschen von zerbrochenen Glassplittern unter seinem Schuh ließ die Gestalt in Bewegungslosigkeit erstarren. Fluchend über sein Missgeschick, horchte der Ruhestörer argwöhnisch in die Stille, seine Augen bohrten sich misstrauisch durch die Dunkelheit.

Erst nachdem alle Bedenken, dass niemand sein unerlaubtes Eindringen bemerkt hatte, verflogen waren, schloss er behutsam die Terrassentür.

Der Unterschied zum Hinweg war, dass der Eindringling diesmal einen vollgepackten Umzugskarton in den Armen hielt.

Der Einbrecher schaute sich immer wieder vergewissernd nach allen Seiten um, ob nicht eventuell doch noch jemand auf sein illegales Treiben aufmerksam geworden war. Er hatte Glück, kein Mensch war weit und breit zu sehen, niemand hatte etwas gesehen oder gehört. Zufrieden darüber, seine Tat unerkannt und unbemerkt ausgeführt zu haben, verließ er dann auf dem gleichen Weg, wie er gekommen war, lautlos die Schrebergartenkolonie.

Kurz darauf hörte man in einiger Entfernung ein Fahrzeug starten, dann ein leises, sich immer weiter entfernendes Motorengeräusch, bis auch dieses vom eintönigen, immer gleich klingenden Geräusch jetzt wieder stärker fallender Regentropfen gänzlich verschluckt wurde.

Kapitel IV

Dienstag, 4. Oktober

Am nächsten Tag berichteten die Emder Zeitungen ausführlich über das tragische Ereignis am Wall. In langen Artikeln beschrieben sie das Leben des toten Bernd Wolters, der als bekannter Journalist einer der ihren gewesen war. Mit keinem einzigen Wort wurden seine Alkoholprobleme erwähnt, alle schrieben nur Gutes über ihn.

Peter legte die Zeitung beiseite und bemerkte zu seinen Kollegen:
„Dieser Bernd Wolters scheint ja richtig beliebt gewesen zu sein. Er war, wenn man den Berichten Glauben schenken darf, sogar ein guter Journalist gewesen. Habt ihr eigentlich schon wegen des Fahrrades irgendwelche Ergebnisse vom kriminaltechnischen Institut erhalten?"

„Nein, noch nicht, aber der Obduktionsbericht ist da. Sigurd hat ihn gestern Abend noch rübergeschickt. Der Tote hatte 2,8 Promille Alkohol im Blut, einen Schlüsselbeinbruch, vermutlich durch den Aufprall am Baum und die Todesursache ist ohne Zweifel Ertrinken. Todeszeit so ungefähr um Mitternacht. Ein direktes Fremdverschulden konnte nicht festgestellt werden. Der Unglücksrabe ist wahrscheinlich kopfüber die Böschung hinunter ins Wasser gefallen. Vermutlich aufgrund seines Alkoholkonsums konnte er sich dann dort einfach nicht mehr aus seiner misslichen Lage unter dem Fahrrad befreien und ist ertrunken", fasste Anja den Obduktionsbericht in einem lapidaren Stil kurz zusammen.

„Das heißt aber noch lange nicht, dass seinem Sturz nicht doch etwas nachgeholfen wurde", kam es skeptisch von Klaus, der sich gerade in der kleinen angrenzenden Büroküche eine Tasse Kaffee einschenkte.

„Hast du schon etwas mehr über den Toten in Erfahrung bringen können, Klaus?", rief ihm Peter zu, während er gleichzeitig dabei seinen Computer anschaltete.

Klaus kam aus der Küche, stellte Peter wortlos eine Tasse duftenden Kaffee auf seinen Schreibtisch, setzte sich gemütlich zurücklehnend in seinen Bürostuhl gegenüber und blätterte in seinem Notizblock.

„Nein, nicht allzu viel", begann er, „Name Bernd Wolters, 43 Jahre alt, geschieden, zwei Kinder. Wegen häuslicher Gewalt unter Alkoholeinfluss polizeilich mehrfach erfasst. Das war auch der Grund der Scheidung. Er arbeitete bis vor einem Jahr als Journalist bei einer lokalen Tageszeitung. Vermutlich aus demselben Grund wie für die Scheidung hat er seine feste Anstellung dort verloren. Seitdem jobbte er als freier Mitarbeiter, schrieb hin und wieder für die Zeitungen sowie für einige Magazine ein paar Artikel. Er war bei seiner Mutter offiziell gemeldet, wohnte aber, nach Angaben seiner Ex, in dem ehemaligen Schrebergartenhaus seines Vaters. Seine Frau gab uns noch seine Handynummer und ich bin dran, die Daten von seinem Mobilfunkanbieter zu erfragen. Das ist bei mir so weit alles", schloss Klaus seine Ausführungen.

„Die Befragung der Anwohner hat auch nichts weiter ergeben. Niemand hat etwas gehört oder gesehen. Die hatten entweder vor ihren Fernsehern gesessen oder hatten schon fest geschlafen. Glatte Fehlanzeige", fügte Anja hinzu.

Peter schaute nachdenklich auf den Bildschirm seines Computers, auf dem gerade eine E-Mail mit dem anhängenden Bericht des kriminaltechnischen Instituts erschienen war. Er öffnete den Bericht, las ihn gründlich, grübelte über die Bedeutung der Spurenauswertung, bevor er sich dazu äußerte:

„Hört mal zu, liebe Leute, ich habe hier gerade den Bericht der kriminaltechnischen Untersuchung bekommen und die haben Spuren eines blauen Fahrzeuglackes am Hinterrad des Fahrrades festgestellt. Durch den Umstand, dass das Fahrrad die ganze Nacht im Wasser lag, konnte aber nicht mit Sicherheit festgestellt werden, ob es sich um einen ganz frischen oder schon paar Tage älteren Farbabrieb handelt. Somit ist der Bericht weder eindeutig noch abschließend und lässt Fragen offen."

„Wer weiß, vielleicht war alles wirklich nur ein simpler Unfall, wie Anja es vermutet. Nachdem Wolters in der Stadt zu viel getrunken hatte, ist er, alkoholisiert, wie er war, einfach mit dem Fahrrad gegen den Baum gefahren, von dort die Böschung hinunter ins Wasser und aus, Ende", warf Klaus ein.

Anja fühlte sich durch Klaus sowie den Bericht des kriminaltechnischen Instituts in ihrer Annahme bestätigt und legte nach:
„Mit 2,8 Promille im Blut ist es kein Wunder, dass der Mann mit dem Fahrrad gegen einen Baum gefahren ist. Ich könnte bei so viel Alkohol noch nicht einmal mehr laufen, geschweige denn Fahrrad fahren. Wir können den Fall als simplen Unfall abhaken."
„Ich frage mich, ob wir jemals erfahren werden, was wirklich in dieser Nacht passiert ist. Solange wir keine neuen Erkenntnisse oder Beweise dafür haben, dass hier ein weiteres Fahrzeug beteiligt gewesen war und es sich womöglich um eine Fahrerflucht handelt, kommt der Fall als Unfall mit Todesfolge ohne zwingende Beweislage für ein Fremdverschulden zu den Akten. Wir sollten aber trotzdem, nur zur Vorsorge, eine Meldung an alle Autoreparaturbetriebe rausgeben, uns sofort zu verständigen, falls sie ein dunkelblaues, an der Front beschädigtes Fahrzeug sichten", sagte Peter abschließend und legte die Akte in den Korb zu den erledigten Fällen.

Tief in seinem Unterbewusstsein störte ihn aber etwas an dem tragischen Todesfall. Der Bericht des KTI über die gefundenen Lackspuren am Fahrrad war Zeuge einer Berührung durch ein anderes Fahrzeug. Wann hatte das andere Fahrzeug die Spuren hinterlassen, schon vorher oder in der Nacht des Unglücks? Ein inneres Gefühl sagte Peter, dass der Fall noch lange nicht erledigt sei. Er kannte dieses Gefühl, es täuschte ihn selten, und er vermutete, die Akte des toten Bernd Wolters bald wieder auf seinem Schreibtisch zu sehen.

Er wusste zu diesem Zeitpunkt aber noch nicht, wie recht er wirklich mit seiner Vermutung behalten sollte, wie gefährlich, tödlich dieser Fall noch werden würde.

Kapitel V

Heinrich ärgerte sich über seine Freunde, wie konnten sie nur so ignorant gewesen sein. Er hatte den anderen immer und immer wieder deutlich zu verstehen gegeben, die Sache mit dem Journalisten wird nichts Gutes bringen. Warum musste sich dieser Schnüffler auch in Angelegenheiten mischen, die ihn nichts angingen. Heinrich hatte Angst, sie waren zu weit gegangen. Als der Journalist vor zwei Monaten bei ihm das erste Mal auf dem Hof aufgetaucht war, hatte er sofort ein schlechtes Gefühl gehabt. Die eindeutigen Fragen über illegale Gülle aus Holland, Andeutungen über sein vermeintliches Wissen der nächtlichen Anlieferungen. Der Typ wusste ganz genau über ihre Geschäfte Bescheid, hatte er seinen Freunden erklärt. Die anderen wollten ihm erst nicht glauben, aber er hatte am Ende recht behalten, dieser miese Schreiberling würde Ärger machen. Jetzt war der Reporter tot und Heinrich Janssen hatte ein schlechtes Gewissen. Was war, wenn jemals rauskommt, was in der Nacht wirklich passiert ist? Die anderen, das waren Hajo Ukena, Anton Berends und Henk Visser. Sie hatte ihm versichert, dass niemand jemals etwas erfahren würde. Sie müssten alle nur, falls sie überhaupt jemals befragt werden, immer nur strikt bei ihrer Story bleiben, dann würde ihnen nichts geschehen. Heinrich war sich dabei aber nicht so sicher, wie Hajo es ihm einreden wollte. Was war, wenn rauskommt, dass der Reporter ihn zu illegalen Güllelieferungen interviewen wollte? Er hatte Zweifel, ob er die Polizei belügen konnte.

Ihn trifft aber keine Schuld, redete er sich immer wieder ein, er hatte sie genau rechtzeitig gewarnt, aber sie wollten ja nicht hören.

Er ist nur ein einfacher ostfriesischer Bauer in vierter Generation, sagte er sich. Schon sein Vater, Großvater und dessen Vater davor hatten den Hof im Hammrich bestellt. Es war eine alte Familientradition der Janssens, Bauer zu sein, aber ob seine Söhne jemals den Hof übernehmen würden, daran glaubte Heinrich nicht mehr. Er würde bald 50 werden, hatte sein ganzes Leben auf dem Hof gearbeitet. Was würde aus dem Hof werden, wenn er einmal nicht mehr wäre oder ins Gefängnis müsste? Der Gedanke bereitete ihm noch mehr Unbehagen, er fluchte leise vor sich hin.

Heinrich Janssen war von kräftiger Statur, hatte volles braunes Haar, blaue Augen, die Frauen sagten ihm nach, er wäre sogar recht gut aussehend. Die ständige Arbeit an der frischen Luft, einmal abgesehen von der Güllezeit, tat ihm gut. Er war braun gebrannt, fühlte sich gesund, war eigentlich immer ein richtig fröhlicher Mensch gewesen. Bis zu dem Zeitpunkt, wo diese blöde Sache mit dem Reporter passiert war. Gut zwei Wochen ist das Ganze jetzt her, seitdem konnte er nachts nicht mehr richtig schlafen, war ungehalten und launisch. Er hatte sich sogar mit seiner Frau Helga schon gestritten, was in ihrer langjährigen Ehe noch nie vorgekommen war.

Sie war am frühen Morgen losgefahren, um die Kinder zur Schule zu bringen und einkaufen zu gehen. Heinrich nahm sich vor, mit Helga über die Angelegenheit zu reden, um reinen Tisch zu machen, wie man so schön sagt. Nach diesem Vorsatz ging es ihm gleich besser, er fühlte eine neue, befreiende Energie in sich.

Er zog sich seine Gummistiefel an und verließ das Haus.

Wie jeden Morgen ging er erst zu seiner Scheune, beugte sich runter zu Rex, seinem alten Schäferhund, den er dort angekettet hatte, und kraulte diesem den Kopf. Der Hund blickte dankbar aus großen braunen Augen zu ihm auf, schleckte kurz seine Hand und schlief dann einfach weiter.

Heinrich hatte sich für heute einiges vorgenommen. Er wollte zwei große Felder güllen. Die Nacht vorher war wieder eine Lieferung aus Holland gekommen, die unbedingt noch auf die Felder musste. Es wurde ihm fast etwas zu viel, hatte er Hajo und Henk zu verstehen gegeben. Heinrich hatte mehr und mehr Bedenken gegen die viele illegale Gülle. Manche seiner Felder güllte er schon zum dritten Mal in diesem Monat. Ach, was soll's, wischte er den Gedanken fort, die Gülle bringt Geld, und Geld stinkt bekanntlich nicht.

Sie wurden gut dafür bezahlt, die Gülle auf ihre Felder auszubringen, und Heinrich brauchte außerdem keinen teuren Dünger zu kaufen. Zwei Euro pro Kubikmeter Gülle zahlte ihnen Henk schwarz unter der Hand, da fragt man nicht lange, woher das Zeug kommt. Heinrich hat damit in schweren Zeiten seinen Hof retten können. Die moralischen Bedenken hatte er erst bekommen, seit es dem Hof wieder gut ging. Er musste zuerst an seine Familie denken, waren seine Beweggründe gewesen. Heinrich wusste aber auch, diese Gründe waren mittlerweile überholt und es war an der Zeit, damit aufzuhören. Das Problem war nur, seine sogenannten Freunde ließen ihn nicht.

Er lief rüber zu seinem Traktor, hängte den Gülletankwagen an, als er auf der Einfahrt vorm Haus plötzlich ein Motorengeräusch vernahm.

Na der ist aber früh dran, fiel ihm auf. Auf seiner SMS hatte er 09:30 Uhr geschrieben und jetzt war er eine halbe Stunde früher. Es kam ihm aber wegen seiner vielen Arbeiten, die er noch zu erledigen hatte, nicht ganz ungelegen. Eigentlich war er sogar froh darüber, denn Unpünktlichkeit war Heinrich zuwider, er hasste es, wenn Menschen ihn warten ließen und ihm seine Zeit raubten.

Ohne sich um seinen vermeintlichen Besucher weiter zu kümmern, öffnete er schon mal den Tankdeckel zur Güllegrube. Dann nahm Heinrich den langen Schlauch vom Tankwagen, um ihn durch die Öffnung in die braungrüne Jauche hineinzulassen.

Als Heinrich sich mit dem Schlauch über die Grube beugte, hörte er die Schritte der Person, die er erwartete, auf dem Hofasphalt. Er blickte kurz durch seine Beine hindurch und sah hinter sich eine Gestalt mit dunkler, dicker Regenjacke, mit einer Kapuze tief ins Gesicht gezogen, sich ihm nähern. Gerade als Heinrich sich aufrichten wollte, um die Person zu begrüßen, fühlte er einen stechenden, quälenden Schmerz im Rücken, der ihm fast die Sinne raubte. Seine Muskeln gehorchten ihm auf einmal nicht mehr. Der Schmerz, der ihn durchfuhr, raubte ihm die Sinne. Ohne jegliche weitere Kontrolle über seine Beine fiel er, ohne ein Wort sagen zu können, durch den offenen Deckel in die Jauchegrube. Sein Kopf schlug dabei ziemlich hart mit einem dumpfen Geräusch an die eiserne Deckelkante der Grube. Er verlor seine Besinnung, bevor er mit einem klatschenden Geräusch in die Gülle eintauchte. Heinrich merkte schon nicht mehr, wie seine Lungen sich mit der stinkenden Flüssigkeit füllten.

Der Angreifer hielt einen Taser in der Hand, beugte sich etwas vor und schaute mitleidslos zu, wie Heinrich Janssen vollends von der stinkenden grünen Brühe verschlungen wurde. Dann drehte er sich um, lief im großen Bogen um den jetzt aufgeregt an seiner Kette ziehenden Hund herum zu seinem Wagen und fuhr davon.

Kapitel VI

Montag, 17. Oktober, später am Vormittag

Helga Janssen, Heinrich Janssens Frau, bog anderthalb Stunden später mit ihrem Wagen auf die Hofeinfahrt. Sie parkte ihren Wagen wie üblich neben dem blauen Passat ihres Mannes. Dann schaltete sie den Motor ab, öffnete den Kofferraum und brachte ihre Einkäufe aus dem Supermarkt ins Haus.

Helga Janssen war an diesem Tag wie immer schon sehr früh aus dem Haus gegangen. Erst hatte sie die Kinder zur Schule gefahren, bevor sie sich ihrem wöchentlichen Einkaufsritual widmete. Arne und Jens, ihre zwei Söhne, waren im schwierigen Teenageralter. Es war nicht leicht für sie, die Jungs machten ihr viel Arbeit. Helga beklagte sich oft bei ihren Freundinnen darüber, dass sie zu wenig Unterstützung bei der Erziehung der Kinder von ihrem Mann Heinrich hatte.

Das war einer der Gründe, warum Helga diese wenigen Stunden für sich liebte, wenn sie gemütlich allein im Dollart Center oder in der Stadt herumstreifen konnte. Oft nutzte sie diese Gelegenheiten zu einem Friseurbesuch, manchmal traf sie sich auch mit einer guten Freundin zum Kaffee. Am meisten aber liebte sie es, in den vielzähligen Geschäften nach Schnäppchen für sich und die Kinder und manchmal auch für Heinrich zu shoppen. An diesem Tag jedoch war ihr weder nach Friseur noch nach Shopping gewesen. Ihr ging einfach der Streit mit ihrem Mann Heinrich vom Vorabend nicht aus dem Kopf. Seit zwei Wochen war er ständig nervös, griesgrämig, brauste bei jeder Kleinigkeit auf, verließ den Hof sogar ein paar Mal nachts und kam erst früh am Morgen wieder. Als sie ihn gestern dann um eine Erklärung bat, herrschte er sie nur an, dass es sie nichts anginge, was er mache. Sofort darauf hatte er sie dann in den Arm genommen, sie auf den Mund geküsst und gleichzeitig ihr gesagt, dass es ihm sehr leidtäte, so harsch zu ihr gewesen zu sein. Dann hatte er noch hinzugefügt, dass sie ihm eins glauben müsste, was immer auch passieren würde oder andere über ihn erzählen würden, er hätte immer nur in ihrem Interesse und dem der Kinder gehandelt. Diese Worte hatten sie nachhaltig geängstigt. Helga konnte daraufhin die ganze Nacht nicht zur Ruhe kommen und war erst in den frühen Morgenstunden eingeschlafen.

An diesem Morgen hatte sie nur schnell ihre Einkäufe getätigt, alles in ihren Wagen eingeladen und war schnell zurück zum Hof in den Petkumer Hammrich gefahren. Helga war den ganzen Morgen schon innerlich sehr unruhig, eine böse Vorahnung hatte sich in ihren Gedanken verfestigt.

Das Leben auf dem Bauernhof war immer mühsam und hart. Im Frühjahr, Sommer sowie im Herbst gab es kaum einmal Zeit auszuspannen. Sie hatten vor ein paar Jahren von Viehhaltungsbetrieb auf einen reinen Ackerbaubetrieb umgestellt. Die Milchkühe hatten sie verkauft und von dem Erlös ihren Hof umgebaut. Viele Bauern waren zu diesem Schritt gezwungen worden, da die Milchpreise, die sich im freien Fall nach unten entwickelten, die Kosten eines reinen Viehhaltungsbetriebes einfach nicht mehr rechneten. Die Umstellung war sehr teuer gewesen, neue Maschinen mussten angeschafft sowie einige Felder dazugepachtet werden, aber sie hatten es letztendlich dann doch geschafft, ihren 90-Hektar-Hof im Petkumer Hammrich vor dem Ruin zu retten.

Heinrich hatte, was die Finanzen anbetraf, nie im Detail mit ihr über die Schuldensituation gesprochen, aber seitdem sie Gülle zum Düngen der Felder von der Spedition Frerichs bekamen, war alles besser geworden. Heinrich hatte ihr erzählt, dass sie für die Abnahme der Gülle sogar bezahlt wurden. Warum sie dafür bezahlt wurden, hatte er ihr aber nicht erklärt. Das Einzige, worüber sie sich immer gewundert hatte, war, weshalb die Tanker immer nur nachts ihre Fracht entluden. Sie empfand es aber nie als so bedeutsam, um ihren Mann weiter danach zu befragen. Wichtig war für Helga nur, es ging ihnen gut, ihr Mann schien wieder glücklicher zu sein. Obwohl sie das Gefühl nie loswurde, dass er etwas vor ihr verheimlichte, ließ sie ihn in Ruhe seinen Geschäften nachgehen und kümmerte sich um den Haushalt und die Kinder.

In ihrer Küche im Haus sortierte sie den Einkauf vom Vormittag in die Schränke und begann mit der Speisezubereitung fürs gemeinsame Mittagessen mit den Kindern. Zufällig fiel dabei ihr Blick aus dem rückwärtigen Küchenfenster auf Rex, den Hofhund. Rex war ein alter Schäferhundrüde, der immer angekettet vor dem Scheunentor lag. Helga sah, wie der Hund, aufgeregt an seiner Kette zerrend, hin- und herlief. Ein Unfall mit dem Traktor hatte dem Hund vor Jahren die Stimmbänder verletzt und somit konnte er nicht mehr laut bellen. Helga empfand das Verhalten des Tieres heute sehr merkwürdig, wie er immer wieder den Versuch unternahm, sich von seiner Kette zu befreien. Das hatte Rex sonst nie gemacht. Wenn angekettet, lag er fast immer ruhig neben der Scheune und stand meistens nur auf, wenn sich jemand Fremdes dem Hof näherte. Irgendwie war ihr das Verhalten nicht geheuer, sie nahm ihre Schürze ab und lief durch die Hintertür in Richtung der alten Scheune.

Rex, als er sie sah, sprang jetzt wie von Sinnen auf und nieder, machte aus seinem Maul unartikulierte winselnde Laute, als ob er ihr etwas mitteilen möchte. Helga, immer mehr beunruhigt über das seltsame Gebaren ihres Hundes, rief laut nach ihrem Mann, bekam aber keine Antwort. Dann ließ sie den Hund von der Kette und dieser rannte, wie von Furien beseelt, in Richtung der Güllegrube. Dort verharrte er jaulend, immer wieder nach seinem Frauchen ausschauend, am offenen Deckel der Grube.

Helga Janssen beschlich eine beängstigende Unruhe, eine innere Stimme hielt sie davon ab, zur Grube zu gehen, aber wie in Trance bewegte sie sich dennoch Schritt für Schritt zur Öffnung.

Als sie nahe genug gekommen war, konnte sie über den rostigen Rand des Deckels einen Körper in der braunen stinkenden Brühe erkennen. Sie wusste sofort, es war ihr Mann, Heinrich, der dort regungslos kopfunter in der stinkenden Jauche trieb. Ihre Beine verweigerten ihr plötzlich den Dienst, sie fiel ohnmächtig zu Boden.

Helga musste für mehrere Minuten besinnungslos gewesen sein, bevor in ihr Bewusstsein drang, dass das Feuchte, welches sie in einem ständigen Auf und Ab auf ihrem Gesicht verspürte, die Zunge ihres Hundes Rex war. Sie konnte sich später auch nicht mehr daran erinnern, wie sie es geschafft hatte, zurück ins Haus zu gelangen. Es fehlte ihr auch jegliche Erinnerung, die Polizei oder den Rettungsdienst gerufen zu haben. Helga Janssen lag in ihrem Haus im Wohnzimmer auf dem Sofa. Einer der Sanitäter, ein zukünftiger Unfallarzt, hatte ihr etwas zur Beruhigung verabreicht. Ihre Umgebung nahm sie nur wie durch Nebelschwaden wahr. Was war geschehen, warum sind so viele Leute um sie herum und dann setzte die Erinnerung wieder ein, Heinrich ist tot!

„Frau Janssen, hallo, hören Sie mich?", drang eine Stimme durch den Nebel in ihr Unterbewusstsein.

Dann hörte sie eine zweite Stimme, die der ersten antwortete:
„Das können Sie im Moment vergessen, Herr Kommissar, die Frau ist nicht vernehmungsfähig. Sie steht unter einem schweren Schock. Ich habe Frau Janssen gerade ein starkes Beruhigungsmittel gespritzt. Sie war, als wir sie gefunden haben, überhaupt nicht ansprechbar gewesen. Die Ärmste faselte immer nur wirr etwas von Gülle und Heinrich, das ist der Name ihres Mannes. Den haben wir dann in der Güllegrube neben der Scheune gefunden. Er lag tot in der Jauche, vermutlich ertrunken. Das Weitere kann Ihnen der Gerichtsmediziner erzählen. Wir sind hier so weit fertig, wenn Sie uns jetzt entschuldigen würden."

„Wann können wir Frau Janssen Ihrer Meinung nach zu dem Vorfall befragen?", fragte Kriminalkommissaranwärterin Anja Kappels den Mann.

„Wir werden Frau Janssen erst einmal zur weiteren Beobachtung mit ins Krankenhaus nehmen. Dort können Sie die Frau, wenn sie dann wieder ansprechbar ist, später befragen", endete der angehende Notfallarzt seine Ausführungen.

„Danke, Herr Doktor, wir melden uns dann, wenn wir hier abgeschlossen haben, bei Ihnen im Krankenhaus", antwortete Anja und verließ mit Peter gemeinsam die Wohnstube des Hauses.

Der Bauernhof glich fast einem mittelalterlichen Heerlager. Ein gutes Dutzend blau blinkende Einsatzfahrzeuge standen auf dem Hof. Mehrere Rettungswagen, Polizeieinsatzwagen sowie verschiedene Feuerwehren der umliegenden Ortschaften und der Stadt hatten sich auf den Weg in den Petkumer Hammrich gemacht. Überall sah man Personen in den verschiedensten Uniformen umherlaufen, die über Walkie-Talkies untereinander oder miteinander kommunizierten. Trotz des scheinbaren Durcheinanders verlief die ganze Aktion in einem halbwegs geordneten Ablauf und begann sich langsam aufzulösen.

Peters Team hatte die Meldung über den ominösen Leichenfund in einem Gülletank um 11:00 Uhr erhalten. 20 Minuten später waren sie vor Ort gewesen.

An der Scheune neben dem offenen Gülletank lag die Leiche von Heinrich Janssen unter einem Abdecktuch. Sigurd Schmitz, der Gerichtsmediziner, stand neben dem Toten und schrieb eifrig einige Erkenntnisse in ein schwarzes kleines Buch, das er immer bei sich trug. Er nannte es sein Corpus-Notizbuch, um erste Eindrücke zu einem Leichenfund festzuhalten. Peter und Anja liefen zur Scheune und warfen einen Blick auf den Toten. Der beißende Gestank, der von der in

Jauche getränkten Leiche ausging, hielt sie aber von einer näheren Untersuchung ab. Sigurd nickte wissentlich kurz in ihre Richtung, bevor er, ohne weitere Notiz von ihnen zu nehmen, in seinem Buch fleißig einige Dinge vermerkte.

„Moin, Sigurd, kannst du uns schon was Näheres zu dem Toten sagen?", fragte Peter, der sich wegen des unangenehmen Güllegestankes ein Taschentuch vor die Nase hielt.

Sigurd, der Peters Unbehagen durch den nahen Gülletank mit seinem beißenden Jauchegestank bemerkte, antwortete auf seine wie so oft sarkastische Art:
„Eins kann ich euch schon mit Bestimmtheit sagen, erstunken ist der Tote nicht. Ansonsten habe ich nur den ungefähren Todeszeitpunkt, der war vermutlich so um 09:00 Uhr morgens; plus/minus 30 Minuten. Der Tote hat eine Kopfverletzung an der rechten Schläfenseite, ansonsten sind auf den ersten Blick keine weiteren äußeren Verletzungen festzustellen. Die Verletzung am Kopf kann vom Sturz herrühren oder von einem Schlag mit einem stumpfen Gegenstand, aber Genaueres kann ich erst sagen, wenn ich ihn auf meinem Tisch hatte."

Anja indessen beobachtete, wie die geschäftigen, eiligst hinzugerufenen Männer der Spurensicherung sorgfältig jeden Quadratzentimeter, Detail für Detail der Grubenöffnung fotografierten, wie sie das auch noch so kleinste Element, das ihrer Meinung nach nicht dort hingehörte, in durchsichtige Plastiktüten packten, beschrifteten und in ihren mitgebrachten kleinen Köfferchen verstauten.

„He, es könnte doch möglich sein, dass er beim Öffnen des Tankdeckels in die Güllegrube gefallen ist. Bei dem Gestank würde ich auch aus den Latschen kippen", rief sie Peter und Sigurd ironisch zu.

„Das ist nicht auszuschließen, Anja, vielleicht hatte Heinrich Janssen auch einfach nur einen Schwächeanfall. Es ist aber nicht auszuschließen, dass jemand etwas nachgeholfen und ihn reingestoßen hat. Unfall oder Mord? Dazu müssen wir die genaueren Untersuchungsergebnisse von Sigurd und der Spurensicherung abwarten", erwiderte Peter.

„Habt ihr schon was von seiner Frau erfahren können? Die soll ihn, soviel ich weiß, gefunden haben", fragte Sigurd.

„Nein, die ist vorläufig nicht vernehmungsfähig, der Schock und so", antwortete Peter in mitleidsvollem Ton.

„Ja, das kann ich mir gut vorstellen, den eigenen Mann tot in einer Güllegrube zu finden, ist bestimmt kein Anblick, den sie so schnell vergisst."

Peter nickte nur zu Sigurds Worten, verabschiedete sich von ihm, steckte sich eine Zigarette an und wandte sich an Anja:
„Kommst du? Und bitte sei doch so gut, ruf Klaus an. Sag ihm, er soll schon einmal alles, was er finden kann, über den Toten in Erfahrung bringen. Ob Heinrich Janssen irgendwelche Feinde hatte, die Finanzlage des Hofes, Familienverhältnisse, Freunde, gab es Streitigkeiten mit irgendwem, du weißt schon, das komplette Paket.
Und noch etwas, Anja, sag ihm auch, er soll schon mal Kaffee machen. Wir fahren dann gleich zurück ins Büro."

Kapitel VII

Montag, 17. Oktober, mittags

Auf dem Weg zurück in die Stadt fuhren Anja und Peter vom Petkumer Hammrich durch den Borssumer Hammrich. Überall konnten sie die mit grünbrauner Gülle überzogenen Felder ausmachen. Der Gestank der Jauche zog unweigerlich in ihre Nasen.

Anja bemerkte nebenbei ironisch:
„Willkommen zur guten ostfriesischen Landluft."

„Ostfriesische Landluft, mein Arsch, der Gestank ist erbärmlich. Mir tun die unmittelbaren Anwohner leid, die das jedes Jahr mitmachen müssen. Mich wundert, dass wir nicht schon viel früher einen der Bauern in seiner eigenen Gülle ertrunken aufgefunden haben", antwortete ihr Peter.

Ihre Fahrt führte sie dann vorbei an einer in ihren gewaltigen Ausmaßen beeindruckenden Baustelle. Hier im Borssumer Hammrich wurde das neue Umspannwerk BorWin3 für die Windenergieumwandlung aus den Offshore-Windparks in der Nordsee gebaut.

„Wow", stieß Anja anerkennend hervor. „Das ist ja eine gigantische Baustelle. Was die hier für einen Aufwand betreiben, ist ja unglaublich monströs. Hast du eine Ahnung, Peter, wozu die eigentlich diese Anlage bauen?"

Peter, selber ein großer Befürworter von Windenergie, hatte aus Interesse an der Technologie alles über das Projekt im Hammrich gelesen und war nur zu froh sein Wissen mit Anja zu teilen:

„Also, mit dem Projekt BorWin3, so heißt diese Anlage, können ab 2019 Windparks mit einer Übertragungskapazität von bis zu 900 Megawatt ans Netz angeschlossen werden. Auf einer Fläche von etwa 100.000 Quadratmetern wird hier eine Anlage zur Umrichtung des Gleichstroms in Drehstrom gebaut. Der Grund dafür ist, der vor der Küste Niedersachsens auf See produzierte Windstrom wird auf See als Drehstrom auf eine Konverterplattform geleitet, dort in Gleichstrom umgewandelt und insgesamt 160 Kilometer bis zu dieser Konverterstation Emden/Ost transportiert. Hier wird der Strom wieder in Drehstrom umgewandelt und ins Hochspannungsnetz eingespeist. Die Umwandlung von Drehstrom in Gleichstrom und dann vice versa ist die einzige Alternative, die sich über die Entfernung für einen verlustarmen Transport der zu übertragenden Leistung anbietet.

So, liebe Anja, nachdem ich dich schlaugemacht habe, sei du so nett und erkläre mir im Gegenzug bitte, was bedeutet eigentlich der Begriff Hammrich? Es gibt so viele davon, wie den Borssumer Hammrich, den Riepster Hammrich, den Petkumer Hammrich, den Wybelsumer Hammrich usw."

„Oh! Das ist einfach für 'ne waschechte Ostfriesin, wie ich es bin. Du als Hannoveraner kannst das natürlich auch nicht wissen. Hammrich, im Plattdeutschen auch Hammerk, werden in Ostfriesland die ebenen und großräumigen Wiesen und Weideflächen mit wenig bzw. ohne jegliche Bebauung genannt. Es handelt sich dabei um eine typische ostfriesische Landschaft, die von kleinen Gewässern, den Schloten sowie Tiefs durchzogen wird. Das Große Meer, die Hieve, das Bansmeer, das Treckwartstief, Fehntjer Tief, Larrelter Tief usw., die kennst du ja, sind solche Gewässer und Tiefs. Schlote haben bei uns keine Namen, das wäre zu viel des Guten. Das Grünland, oder auch auf Plattdeutsch als Meede bezeichnet, ist häufig unter dem Meeresspiegel NN liegend. Das ist die Ursache dafür, dass jahreszeitlich bedingt diese zeitweilig von Grund- und Oberwasser überströmt werden. Dafür haben wir klugen Ostfriesen aber dann zur Entwässerung überall im Land kleine Schöpfwerke gebaut, die das überschüssige Wasser durch die Kanäle in die Nordsee abpumpen können", schließt Anja ihren kleinen Vortrag.

„Da hat jemand in Heimatkunde aber richtig gut aufgepasst. Sehr gut, Kappels, eins, setzen", grinste Peter zurück.

Er öffnete trotz der frischen Landluft etwas das Fenster seines Stags, zündete sich eine weitere Zigarette an und blies den Rauch durch die Öffnung hinaus.

Danach schwiegen beide, mit ihren eigenen Gedanken beschäftigt, für den Rest der Fahrt. Sie fuhren vom Wykhoffweg an der alten unausgebauten Petkumer Straße am Ems-Seitenkanal entlang. Bei den Brücken vor Friesland stießen sie wieder auf die Hauptader der neuen Petkumer Straße. Von dort waren es dann nur noch wenige Minuten Fahrt, bis sie wieder beim Revier am Emder Hauptbahnhof eintrafen.

Im Büro wartete ihr Kollege Klaus Marquart schon ganz aufgeregt mit Neuigkeiten. Sogleich, nachdem Anja und Peter das Büro betreten hatten, legte er auch schon ohne weitere Umschweife los:

„Gut, dass ihr beiden endlich hier seid. Kommissar Zufall hat wieder einmal zugeschlagen. Könnt ihr euch noch an den Unglücksraben Bernd Wolters erinnern? Ihr wisst schon, der Typ, der vor zwei Wochen mit dem Fahrrad in der Bolardusstraße die Böschung hinunter ist.

Jetzt passt mal gut auf; als Anja mich vorhin anrief, um alles über den toten Heinrich Janssen herauszufinden, kam mir der Name irgendwie bekannt vor, und ich fragte mich, Klaus, woher kennst du den Namen, wo hast du den schon gehört oder gelesen? Dann klingelte es auch schon bei mir. Bingo, Heinrich Janssens Namen hatte ich auf der Liste der zuletzt Angerufenen gesehen, als ich vor zwei Wochen die Handydaten des toten Wolters überprüft hatte."

Mit einer theatralischen Pause ließ Klaus seine Information im Raum stehen, als ob er gerade den Heiligen Gral entdeckt hätte.

Peter glaubte nicht an Zufälle und wollte gerade Klaus dazu befragen, als dieser schon wie aufgezogen mit seinen Neuigkeiten fortfuhr.

„Das ist aber noch nicht alles, meine lieben Freunde, jetzt wird es erst richtig interessant. Ich wollte mir dann noch einmal Bernd Wolters' Akte vornehmen und fand gleich obendrauf eine gestrige Notiz von unserem lieben Kollegen Oberkommissar Meier mit der Bitte um sofortige Rücksprache. Als ich Kollege Meier vorhin gesprochen habe, hatte der gerade seine Schicht begonnen und mir von seinem Vorhaben, die Mutter des toten Wolters zu treffen, erzählt. Jetzt kommt der Hammer, die hat gestern Abend einen angeblichen Einbruch im Schrebergartenhaus des Verunglückten gemeldet. Meier hat sich mit ihr am Tatort verabredet, um vor Ort festzustellen, was die Einbrecher womöglich mitgenommen haben. Ich bat ihn noch etwas zu warten, damit einer von uns ihn begleiten kann. Falls du nichts dagegen hast, werde ich das erledigen. Wer weiß, vielleicht steckt ja doch mehr dahinter als nur ein simpler Unfall. Außerdem muss ich auch mal raus, die stickige Büroluft geht mir langsam auf die Nerven."

„Das ist eine gute Idee und wirklich interessante Neuigkeiten, Klaus. Sieh zu, ob du von der Mutter noch mehr über die Verbindung Wolters zu Janssen herausfinden kannst. Zwei Tote, die beide irgendwie in Verbindung standen, einer ertrinkt im Kanal, der andere in einem Gülletank, ist für meinen Geschmack mehr als nur ein Zufall. Das stinkt, und damit meine ich nicht allein die Gülle."

„Da könnte wirklich etwas dran sein", kam es von Anja. „Ich mach mich noch mal an Wolters' Akte und suche nach weiteren Gemeinsamkeiten zwischen den beiden Toten. Vielleicht finden wir ja in Wolters' oder Janssens Umfeld einen Zusammenhang. Wissen wir eigentlich, woran Wolters zuletzt gearbeitet hat? Der war doch Reporter, soviel ich mich erinnern kann. Klaus, überprüfe doch mal, wenn du in Wolters' Haus bist, ob du etwas darüber findest."

„Ja, mach ich, schon notiert", rief Klaus noch im Rausgehen zurück, bevor die Bürotür hinter ihm ins Schloss fiel.

Peter stand am geöffneten Fenster und blies nachdenklich den Qualm seiner Zigarette heraus. „Wir müssen unbedingt, sobald sie wieder vernehmungsfähig ist, mit Helga Janssen sprechen. Des Weiteren brauchen wir schnellstens die Auswertung der Spurensicherung vom Fundort der Leiche. Außerdem bin ich gespannt, was Sigurd uns noch über den Toten zu berichten hat. Ich brauche auch die Auswertung der Telefondaten von Janssen, um sie mit den von Wolters abzugleichen. Wolters ist doch mit dem Fahrrad verunglückt. Sage Klaus, er soll die Mutter befragen, ob er nicht auch ein Auto hatte."

„Wird sofort erledigt, Chef", antwortete Anja geschäftig auf die Tastatur ihres Computers einhämmernd.

Die unerwartete Verbindung zwischen Heinrich Janssen und Bernd Wolters ergab eine neue Situation. Ein weiteres, bisher noch unbekanntes Element hatte sich in die Ermittlungen gedrängt. Sie verspürte eine innere Anspannung, den Reiz einer beginnenden Jagd nach der Wahrheit. Was war der Hintergrund dieser neuen Erkenntnis, was verband die beiden miteinander? Es war wie beim Zusammensetzen eines Puzzles, dachte sie sich. Das auch noch so kleinste Teil musste gefunden werden, um das große Ganze fertigzustellen. Zusätzlich hatte jedes einzelne Stück seinen eigenen ganz bestimmten Platz. Ohne dieses ist es unmöglich, das nächste Teil zu finden. Mit einem Kriminalfall verhielt es sich nicht viel anders, auch das winzigste Detail war wichtig, nur die richtigen Rückschlüsse und Beweise führten zum Abschluss, zur Überführung eines Täters, zur Lösung des Falls.

Kapitel VIII

Montag, 17. Oktober, nachmittags

Klaus Marquart saß mit Polizeioberkommissar Gerold Meier in seinem Dienstwagen. Sie waren auf dem Weg zur Schrebergartensiedlung am Ende der Bolardusstraße. Die Luft im Dienstfahrzeug des Kollegen Meier roch unangenehm nach Knoblauch, was Klaus sofort dazu veranlasste, sein Fenster zu öffnen. Mit einem naserümpfenden, vorwurfsvollen Blick auf den Rest eines in der Ablage in Silberfolie eingepackten Döners bemerkte er:

„Mann, Gerold, wenn du dich weiterhin nur von diesem Fast-Food-Zeug ernährst, kriegst du sehr schnell gesundheitliche Probleme. Du kannst mir glauben, das Zeug ist das reinste Gift für deinen Körper."

„Nun mach mal halblang, Klaus, ich esse ich nur zweimal die Woche einen Döner, die anderen Tage gehe ich immer schön zu McDonald's und Burger King", grinste Gerold mit ernster Miene zurück.

Klaus, für einen Moment verunsichert über die ironische Antwort, begann dann lauthals zu lachen und antwortete:

„Der war gut, fast hättest du mich gehabt, Gerold. Nicht schlecht für einen kulinarischen Barbaren, wie du einer bist."

Gerold Meier grinste wie ein Honigkuchenpferd, nur zu glücklich, Klaus aufs Glatteis geführt zu haben. Die Wahrheit lag aber gar nicht so fern von der Wirklichkeit. Gerolds Frau war vor gut einem Jahr verstorben, seitdem ernährte er sich nur allzu oft, wirklich nur noch von Fast Food. Man sah es auch an seiner rundlichen Figur, er hatte in den letzten neun Monaten circa zehn Kilo zugenommen. Ein stattlicher Bauch ließ keine Zweifel auf Unterernährung aufkommen, gesund sah das nicht aus. Er schwitzte zu viel, seine Haut zeigte an einigen Stellen Anzeichen von beginnender Schuppenflechte und er war kurzatmiger geworden. Gerold hatte schon seit einiger Zeit den Vorsatz gefasst, etwas an seinem Lebenswandel zu ändern, aber wann? Die vielen Einbruchserien in Emden und Umgebung hielten ihn ständig auf Trab. Oft arbeitete er bis spät in die Nacht hinein ohne ausreichende Zeit zur Erholung. Mit seinen 49 Jahren war er ein erfahrener Beamter, galt als zuverlässig, freundlich und war beliebt bei seinen Kollegen. Das Leben hatte ihm aber übel mitgespielt. Seit seine Frau Connie vor einem Jahr an Krebs gestorben war, musste er neben seiner Arbeit als Polizist sich auch noch als alleinerziehender Vater um seine zwei Kinder kümmern. Es fiel ihm oft nicht leicht, seinen Dienst zu verrichten, wenn es mal wieder Probleme mit den Kindern gab, aber hatte die Unterstützung seiner Familie. Das hielt ihn bei der Stange und was besonders wichtig für ihn war, er liebte seinen Job bei der Polizei, er war gerne Polizist.

Gerold schaute nachdenklich und sagte plötzlich:

„Weißt du eigentlich, Klaus, dass im vergangenen Jahr bundesweit mehr als 167.000 Einbrüche und Einbruchsversuche registriert wurden, fast zehn Prozent mehr als im Vorjahr. Überregional agierende Täterbanden aus Osteuropa machen die Ermittlungsarbeit für uns nicht gerade einfach. Die Täter wechseln schnell die Orte, hinterlassen kaum oder keine Spuren am Tatort oder tauschen häufig Autos und Mobiltelefone. Erschwerend kommt noch hinzu, dass es so gut wie unmöglich ist, Informationen zu etwaigen Komplizen von den Festgenommenen zu bekommen. Das liegt daran, dass es in manchen Gruppierungen ein Schweigegelübde wie bei der Mafia gibt. Wir sollten uns aber nichts vormachen, das Phänomen Einbruchserien hat auch die deutschen Kriminellen dazu angespornt, auf den Zug aufzuspringen und sich ihren Teil am Kuchen zu sichern. Sie bilden mit Abstand immer noch die größte Tätergruppe."

„Da hast du wohl nicht ganz unrecht", erwiderte Klaus, „bis vor ein paar Jahren gab es kaum Einbrüche in Emden. Hier und dort kam es natürlich mal vor, aber in den Ausmaßen, wie sie in den letzten drei Jahren zugenommen haben – ich weiß nicht. Wenn du mich fragst, meine Erkenntnis daraus ist eine verfehlte Justiz. Es ist ja nicht so, dass die Polizei keinerlei Erfolge aufzuweisen kann. Wir erwischen oft genug Einbrecher, aber die Justiz, die Staatsanwaltschaft sowie die Richter, lässt die Kriminellen einfach zu schnell wieder laufen. Wenn die Täter einen festen Wohnsitz nachweisen können, sind sie noch am gleichen Tag ihrer Verhaftung wieder auf freiem Fuß. Bei der Gerichtsverhandlung mehrere Monate später dann verweisen die Rechtsanwälte fast immer auf familiäre Probleme in der Vergangenheit eines Angeklagten, gleichzeitig einhergehend mit dem Verweis auf eine vorhergehende oder andauernde psychiatrische Behandlung. Es kommt einem dauernd vor, dass dies als Entschuldigung und Vorwand für die Straftaten benutzt wird. Das Urteil fällt dann auch dementsprechend, durchgehend, und nach meinem Rechtsempfinden, viel zu milde aus. In den häufigsten Fällen gibt es eine sehr zu geringe Strafe, die oft dann auch noch zur Bewährung ausgesetzt wird."

„Ja, da hast du nicht ganz unrecht, Klaus. Erkläre das einmal dem Otto Normalbürger, kein Wunder, dass die das Vertrauen in uns als Polizei verlieren. Es hilft aber nichts, wir müssen unseren Job machen, egal ob die Richter die Verbrecher wieder auf freien Fuß setzen", resignierte Gerold.

„Wir sind schon da, dort vorne steht Frau Wolters. Na dann wollen wir mal schauen", beendete Gerold Meier ihr Gespräch, parkte den Wagen, stieg aus und begrüßte eine ältere Dame.

Frau Wolters erwartete sie neben ihrem dunkelroten VW Golf auf dem Parkplatz des Schrebergartengeländes. Sie war eine ältliche Dame von mittlerer Gestalt, hatte gepflegte graue Haare, ein faltiges Gesicht und

Klaus schätzte sie so auf um die 70 Jahre. Als Zeichen ihrer Trauer um ihren verlorenen Sohn war sie, wie es so üblich war, ganz in Schwarz gekleidet. Geraldine Wolters machte einen unsicheren Eindruck, sie wirkte irgendwie verloren, gezeichnet von der Trauer um ihren Sohn. Gerold Meier deutete mit der Hand in Klaus' Richtung und machte sie miteinander bekannt.

„Frau Wolters, darf ich vorstellen, das ist unser Hauptkommissar Klaus Marquart, ein Kollege von mir, der im Unfalltod Ihres Sohnes ermittelt."

Klaus nahm die ihm zugestreckte Hand der Frau, die ihn mit einem traurigen, dennoch wachsamen Blick dabei musterte. Sie hatte kleine zierliche Hände, trotzdem war ihr Händedruck kräftig. Er zeugte von einer innerlichen Kraft.

„Darf ich Ihnen mein herzlichstes Beileid aussprechen, Frau Wolters? Der tragische Tod Ihres Sohnes tut mir aufrichtig leid", sagte Klaus, als er ihre Hand drückte.

„Ja, sehr traurig alles, ich kann es immer noch nicht verstehen, und jetzt dazu noch dieser Einbruch. Der Bernd war immer so ein guter Junge gewesen. Wenn er nur seine Finger vom Alkohol gelassen hätte, wäre das alles nie passiert. Aber was soll's, da ist nun auch nichts mehr dran zu ändern. Wat mutt, dat mutt. Hilft ja nichts. Kommen Sie, ich bringe Sie zum Haus", antwortete sie mit leiser Stimme und lief mit eiligen Schritten voraus in die Laubenkolonie.

Der Kleingartenbauverein Nord war in den Dreißigerjahren gegründet worden. Er war eine typische Schrebergartenkolonie, wo die Besitzer voller stolz ihre kleinen Gärten bewirtschafteten, sich im Grünen vom Stress der Woche erholten und im geselligen Beisammensein ihre Feste feierten.

Er lag im Stadtteil Wolthusen hinterm Emder Krankenhaus, eingegrenzt durch die Hermann-Löschen-Straße, die Bolardusstraße und das Treckwartstief. Bernd Wolters hatte den Schrebergarten samt Haus von seinem schon lange verstorbenen Vater geerbt. Er war nie richtig daran interessiert gewesen, aber nach seiner Scheidung kam ihm das Haus gerade recht. Er sanierte es, machte es ganzjährig bewohnbar und hatte seither bis zu seinem Tode dort gelebt.

Sie waren am hinteren Teil des kleinen Hauses, geschützt durch Hecken und Bäume, angekommen. Das Haus lag sehr abgeschieden in zweiter Reihe, ohne einen rückwärtigen Nachbarn zu haben. Frau Wolters zeigte mit ihrer zierlichen Hand auf eine kleine zerbrochene Scheibe in der Verandatür des Gartenhäuschens.

„Hier sind sie reingekommen. Ich habe es gestern erst gesehen, als ich ein paar Unterlagen für die Versicherung meines Sohnes holen wollte. Es ist außer der Scheibe nichts weiter zerstört worden, aber ich glaube, die Diebe haben den Computer von Bernd und seine Kameraausrüstung mitgenommen. Die Sachen standen immer auf seinem Schreibtisch dort links neben dem Fenster. Ansonsten konnte ich gestern Abend auf den ersten Blick nicht feststellen, ob noch mehr fehlt", erklärte sie mit zittriger Stimme den Beamten.

Das Haus sah von innen verhältnismäßig sehr aufgeräumt aus. Ein neuer Flachbildschirm hing gegenüber einer gemütlich wirkenden dunklen Ledergarnitur an der Wand. Sorgfältig gerahmte Fotos von Bernd Wolters' verschiedenen Artikeln aus Zeitungen und Magazinen hingen daneben. Auf dem Wohnzimmertisch stand ein sauberer Aschenbecher neben einer halb vollen Wodkaflasche und einem leeren Glas. Die kleine Küche wirkte sauber, kein Abwasch im Spülbecken und kein anderes benutztes Geschirr befand sich auf der Spülablage. Das winzige Schlafzimmer, das gerade mal Platz für ein Bett und einen Schrank hatte, sah unberührt aus. Das Bett war gemacht, die Vorhänge zugezogen.

Klaus interessierte sich jedoch mehr für Bernd Wolters' Schreibtisch. Außer ein paar persönlichen Akten mit Rechnungen konnte er nichts darüber finden, woran Wolters vor seinem Tod gearbeitet hat. Keinerlei Notizen, Bilder oder sonstige Hinweise einer Recherche, einer Reportage.

„Das ist komisch", dachte er laut und kratzte sich dabei, wie er es immer machte, wenn ihn etwas beschäftigte, mit der rechten Hand an seinem Haarkranz.

„Was ist komisch?", fragte Gerold Meier.

„Bei einem Journalisten denkt man doch, sein Schreibtisch ist voll mit Informationen über seine derzeitige Arbeit, hier ist aber nichts. Das empfinde ich als komisch bzw. etwas sehr verwunderlich. Es kommt mir vor, als ob hier jemand gründlich aufgeräumt und alles beseitigt hat, das uns einen Hinweis darauf geben könnte, woran er gearbeitet hat", stellte Klaus mit einer abschließenden Bestimmtheit fest und wandte sich dazu an die Mutter:

„Frau Wolters, haben Sie vielleicht eine Ahnung, woran Ihr Sohn zurzeit gearbeitet hat? Hat er in Ihrem Beisein mal irgendetwas über seine Arbeit erwähnt oder erzählt?"

„Nicht dass ich mich an etwas Bestimmtes erinnern kann. Er hat nur kürzlich einmal gesagt, er sei an einer ganz großen Sache, würde bald berühmt sein und hat dann noch was von zum Himmel stinkenden Geheimnissen gesprochen. Ich habe mir aber nichts weiter daraus gemacht, der Bernd hatte oft zu viel getrunken und jedes Mal war er dann wieder ein Held und wollte es allen noch einmal zeigen. Was sollte diesmal anders gewesen sein?", seufzte sie resigniert.

„Ich denke, wir sind hier so weit fertig", informierte Gerold Meier die beiden, nachdem er die Glastür und den Schreibtisch auf Anzeichen von Fingerabdrücken untersucht hatte.

„Es gibt nichts weiter, was ich hier im Moment tun kann. Außer der zerbrochenen Scheibe weist nichts weiter auf ein gewaltsames Eindringen oder einen Einbruch hin. Den Computer und die Kamera kann Bernd Wolters auch selbst entfernt haben. Nach meiner Erfahrung hätten die Diebe sonst aller Wahrscheinlichkeit nach auch den Fernseher mitgenommen. Wir müssen trotzdem die Spurensicherung verständigen, um ganz sicherzugehen. Wir sollten auch seine Exfrau noch befragen, ob sie etwas über Bargeld, Schmuck und die fehlenden Gegenstände weiß. Sie kann uns vielleicht auch sagen, ob ihr Exmann eventuell an einer neuen Reportage gearbeitet hat."

Auf dem Weg zurück zum Parkplatz fiel Klaus noch Anjas Anruf ein, Frau Wolters zu befragen, ob ihr Sohn im Besitz eines Fahrzeugs gewesen war. Frau Wolters war gerade im Begriff, ihre Wagentür aufzuschließen, als Klaus eiligst noch mal zu ihrem Auto lief und sie ansprach:

„Eine Frage noch, Frau Wolters, bevor ich es vergesse, besaß Ihr Sohn eigentlich ein Auto?"

„Nein, schon lange nicht mehr. Nachdem er wegen Alkohol am Steuer seinen Führerschein verloren hatte, musste er notgedrungen sein Auto verkaufen. Als er vor einem Jahr den Schein wiederbekam, hatte er sich öfter mal meinen Wagen ausgeliehen und ihn dann meist völlig verdreckt wieder zurückgebracht. Erst letzte Woche habe ich den Wagen noch reinigen lassen müssen und dabei die total mit Jauche beschmutzten Gummistiefel im Kofferraum entdeckt. Ich hatte mich schon die ganze Zeit über diesen widerlichen Gestank im Fahrzeug gewundert. Die Stiefel hätte er auch ruhig rausnehmen können, aber so war er nun einmal, immer andere hinter sich den Dreck wegräumen lassen."

Das gesagt, öffnete sie die Fahrzeugtür und stieg in ihren Wagen ein.

Bei Klaus klingelten sofort die Alarmglocken, als er das Wort Jauche hörte. In seinem Kopf rasten die Begriffe Jauche, Gülle, Güllegrube, Tod, Bauer Janssen, sein Name auf der Telefonliste von Bernd Wolters, wo bestand der Zusammenhang?

Bevor Frau Wolters abfahren konnte, klopfte Klaus an die Scheibe ihrer Fahrertür. Als diese sich elektrisch senkte und Klaus ins Fahrzeuginnere blickte, fiel ihm sofort das Navigationsgerät, ein sogenanntes TomTom, in der Halterung an der Frontscheibe auf.

„Eine allerletzte Frage noch, Frau Wolters, haben Sie die Gummistiefel Ihres Sohnes noch, und ich benötige auch Ihr Navigationsgerät", wobei Klaus mit dem Finger auf das TomTom im Wageninneren zeigte.

„Nur für ein paar Tage, ich verspreche, Sie bekommen es danach sofort wieder."

Die alte Dame überlegte kurz und antwortete: „Ja, die Gummistiefel stehen noch bei mir, in einer Plastiktüte im Keller. Die können Sie sich jederzeit abholen. Was dieses moderne Dingsda, TomTom, oder wie immer Sie es auch nennen, anbelangt, das gehört mir nicht, das hat nur der Bernd benutzt. Hier, bitte nehmen Sie", dabei reichte sie ihm das Navi durchs Fenster, startete den Wagen und fuhr davon.

Klaus stand noch gedankenverloren ihr hinterherschauend mit dem Navigationsgerät in der Hand auf dem Parkplatz, als Gerold Meier ihn aus seinen Gedanken holte und zur Rückfahrt zum Revier rief.

Kapitel IX

Dienstag, 18. Oktober, morgens

Im Büro herrschte schon ein emsiges Treiben, als Peter es am nächsten Morgen betrat. Klaus hatte ein sogenanntes Whiteboard, eine speziell beschichtete Weißwandtafel, aufgestellt. Auf dieser Tafel kann man mit speziellen Stiften schreiben und das Geschriebene lässt sich leicht mit einem trockenen Schwamm abwischen. Fotos von den beiden Toten, Bernd Wolters und Heinrich Janssen, waren oben in der Mitte vom Board mit Magneten von Klaus befestigt worden. Links neben den Fotos hing eine Karte von Norddeutschland mit Teilen Hollands, auf der mit farbigen Markern verschiedene Routen gekennzeichnet waren. Rechts davon hingen zwei Listen mit Telefondaten. Anja war dabei, die Daten zu vergleichen und übereinstimmende Namen fein säuberlich unterhalb der Fotos aufzulisten. Klaus hielt ein iPad in der einen Hand, einen Farbstift in der anderen und markierte gerade eine weitere Route auf der Karte. Peter wunderte sich darüber, dass unterhalb des Whiteboards eine Plastiktüte stand. Aus ihr ragte ein Paar mit einer angetrockneten, grünlichen Substanz verschmutzte schwarze Gummistiefel.

Er hing seine dunkelgrüne Barbourjacke an die Garderobe und pfiff anerkennend durch seine Zähne.

„Das sieht ja hier fast wie richtig gute Polizeiarbeit aus. Kann mich mal einer von euch beiden aufklären, was ihr hier macht?", fragte Peter und grinste seine Kollegen dabei an.

Erst nachdem er sie angesprochen hatte, bemerkten Anja und Klaus Peters Anwesenheit. Sie drehten sich um, sahen in an und strahlten dabei beide wie kleine Kinder unter einem Weihnachtsbaum.

„Moin, Peter, also das ist so, der Klaus", begann Anja, brach aber sofort ab mit den Worten: „Ach was, erzähl du mal lieber selber, Klaus."

„Moin, Peter", sagte Klaus, „also ich war doch gestern bei dem Haus von Bernd Wolters. Du weißt schon, in das angeblich eingebrochen worden war. Allem Anschein nach entsprach das den Tatsachen. Komisch war dabei nur, dass außer seinem Computer, seiner Kamera und sämtlichen Arbeitsunterlagen nichts weiter fehlte. Seine Exfrau konnte uns auch keine Auskunft zu den fehlenden Gegenständen geben. Sie nannte sie nur, als wir sie telefonisch dazu befragten, die Sachen waren Bernds Heiliger Gral, die niemand jemals anfassen durfte. Sie konnte uns auch keinerlei Angaben darüber machen, woran ihr Exmann zurzeit gearbeitet hatte. Um es mit ihren Worten auszudrücken, war es ihr auch scheißegal, woran der Säufer gearbeitet hatte. Sie war nur daran interessiert gewesen, dass er immer pünktlich die Unterhaltszahlungen entrichtet hatte."

„Nicht gerade die trauernde Frau", kommentierte Peter.

„Exfrau korrekterweise. Wolters Mutter dagegen sagte dazu aus, ihr Sohn hätte was von einer ganz großen Sache erzählt, an der er arbeiten würde. Er hat ihr gegenüber verlauten lassen, dass er sogar bald berühmt werden würde. Sie konnte sich daran erinnern, er hatte irgendetwas von sehr bezeichnend, zum Himmel stinkend geäußert. Weiter informierte sie uns darüber, dass ihr Sohn sich regelmäßig ihren Wagen ausgeliehen hatte. Für seine Fahrten hatte er eigens ein TomTom-Navigationsgerät gekauft. Die Auswertung des Navis siehst du hier auf der Karte, aber dazu später mehr. Er hat auch die schmutzigen Gummistiefel, die du hier unten stehen siehst, im Kofferraum ihres Wagens hinterlassen. Jetzt fragst du dich sicher, was hat das alles mit unserem toten Bauer Janssen in der Güllegrube zu tun. Genau das habe ich mich auch gefragt. Ich habe dann angefangen nach Gemeinsamkeiten zu suchen und schon ein paar interessante Verbindungen gefunden. Sie kannten sich, der Wolters und der Janssen, und beide hatten ein paar Mal miteinander telefoniert. Aber dazu kann dir Anja gleich noch mehr erzählen. Die Auswertungen von Bernd Wolters' Navi zeigen, dass er einige Male, um genau zu sein sechs Mal, in den Wochen vor seinem Ableben beim Hof von Heinrich Janssen war. Anja, erzähl du Peter, was die Telefondaten noch so ergeben haben."

Auf ihr Stichwort hin drehte Anja sich zum Whiteboard um, zeigte auf die Namen, die sie aufgelistet hatte, und berichtete:

„Ich habe festgestellt, dass nicht nur Janssen und Wolters sich kannten, sondern auch noch weitere Namen gefunden, mit denen beide mehrfach telefoniert haben. Erst einmal ist hier eine Firma, eine Spedition Frerichs in Leer, dann ein gewisser Anton Berends, Bauer aus Twixlum, und ein Hajo Ukena, ein weiterer Bauer aus Riepe. Alles reine Agrarbauer, die genau wie Janssen die eigene Viehhaltung schon vor Jahren aufgegeben haben. Besonders interessant ist, dass Janssen heute Morgen noch von einer uns bis jetzt unbekannten Nummer, sieht nach einem Prepaidhandy aus, eine SMS bekommen hatte. Der Sender der SMS schlug ein Treffen für 09:30 Uhr vor. Das ist auch die ungefähre Todeszeit von Heinrich Janssen. Die SMS könnte also von seinem Mörder stammen. Auffällig ist dann noch eine Vielzahl von Anrufen auf Wolters' Handy zwischen ihm und einer Andrea Wilkes aus Leer."

„Das ist aber bei Weitem noch nicht alles", übernahm jetzt wieder Klaus die Führung.

„Wolters' Navi zeigt uns außerdem an, dass er mehrfach Fahrten zu den angerufenen und weiteren anderen Bauern auf seiner Telefonliste in der Umgebung unternommen hatte. Weiter bemerkenswert sind die vielen weiteren gespeicherten Routen auf dem Navi. Einmal zur Spedition Frerichs in Leer, von dort aus sind wiederholt diverse Fahrten zu Adressen von Bauernhöfen in Holland erfolgt und aufgezeichnet worden. So und jetzt rate mal, lieber Peter, was die Spedition Frerichs in Leer ausschließlich transportiert?"

„Wenn du mich so direkt danach fragst, würde ich Gülle sagen, oder liege ich damit etwa falsch?", stellte Peter in den Raum.
Nach seiner mehr rhetorischen Frage, ohne auf eine Antwort zu warten, fuhr er fort:
„Janssen und Wolters kannten sich. Heinrich Janssen ertrinkt in seiner Jauchegrube. Wolters hatte seiner Mutter erzählt, er arbeitete an etwas zum Himmel Stinkendem. Die getrockneten Schmutzpartikel an Wolters Gummistiefel sehen mir auch fast nach Gülleresten aus. Wir sollten sie schnellstmöglich zum kriminaltechnischen Institut nach Hannover zur Untersuchung schicken. Des Weiteren untermauern Wolters Fahrten, die Anrufe zu den anderen Bauern und zur Spedition Frerichs die These seines Interesses an der Güllethematik."

„Nicht schlecht, Holmes", konterte Anja.

Peter lachte über Anjas Vergleich mit dem berühmten Detektiv Sherlock Holmes und sagte:
„Das war einfach, Watson. Aber einen Moment, ich habe auch ein paar Neuigkeiten für euch. Sigurd hat mich gestern Abend noch angerufen und mir mitgeteilt, er hat an der Leiche von Janssen zwei kleine Einstiche am Rücken festgestellt. Er ist sich sicher, die stammen von Tasernadeln. Seiner Vermutung nach hat jemand Janssen mit einem Taser einen Elektroschock oder, um ganz sicherzugehen, dass er ausgeschaltet ist, gleich mehrere Schocks versetzt. Durch seine Inkapazität ist Janssen in die Jauchegrube gefallen oder gestoßen worden und ertrunken. Dabei hatte er sich, nach Sigurds Bericht, am Deckelrand den Kopf angeschlagen. War es ein Akt mit Vorsatz oder Zufall, das müssen wir noch herausfinden. Meines Erachtens sieht es mehr nach

Mord als nach Unfall aus. Die Fragen, die sich uns stellen, sind: Wer kann ein Motiv haben, Janssen umzubringen, und was hat der Unfall von Bernd Wolters, wenn es denn ein Unfall war, und nicht zu guter Letzt Gülle damit zu tun?"

Peter ließ die Frage für ein paar Sekunden im Raum hängen, bevor er fortfuhr:

„Janssens Frau war gestern Abend immer noch nicht vernehmungsfähig. Ich glaube auch kaum, dass sie etwas damit zu tun hat, aber vielleicht kann sie uns etwas über die Geschäfte ihres Mannes erzählen und ob er Feinde hatte."

Im gleichen Augenblick, als Peter seine Ausführungen abgeschlossen hatte, klingelte das Telefon auf Anjas Schreibtisch und nach kurzem Gespräch erklärte sie:

„Frau Janssen ist vernehmungsfähig und wir können sie jetzt befragen."

„Na, dann mal los, Anja", antwortete Peter kurz und nahm seine Jacke von der Garderobe. Beim Hinausgehen instruierte er Klaus, er möge noch alle Adressen der angerufenen Personen herausfinden, den Bericht der Spurensicherung auswerten und alles, was er über die Spedition Frerichs rauskriegen kann, zusammentragen.

„Ja, ja, immer muss ich die Drecksarbeit erledigen. Geht ihr nur, ihr zwei, und macht euch einen schönen Tag", grummelte Klaus vorwurfsvoll, war aber gleichzeitig froh, bei dem nasskalten Regenwetter im Büro bleiben zu können.

Er ging zu seinem Schreibtisch, setzte sich an seinen Computer und schon nach wenigen Minuten war er voll in seinem Element: der Internetsuche. Mit schlafwandlerischer Sicherheit surfte er durch die Untiefen des Netzes, dabei immer wieder zwischendurch die Printtaste drückend. Der Drucker piepste regelmäßig, wenn er automatisch, dem Druckbefehl folgend, ein weiteres Blatt ausspuckte. Als der Blätterstapel einen ganz beträchtlichen Umfang angenommen hatte, nahm Klaus ihn aus dem Auslaufkasten des Druckers, begann zu sortieren, und klippte einzelne Seiten mit einem Stapler zusammen.

Beim anschließenden Sichten der ausgedruckten Informationen strich er sorgsam mit unterschiedlich farbigen Textmarkern vereinzelte, für ihn wichtig erscheinende Passagen an.

Zufrieden mit seiner Arbeit lehnte sich Klaus gemütlich, Kaffee trinkend, in seinem Bürostuhl zurück. Er war sich sicher, dass seine ausführliche Recherche wichtige neue Informationen zutage gebracht hatte, die einige offene Fragen zum Fall erklärten.

Zum Beispiel hatte er auf der offiziellen Webseite der Spedition Frerichs herausgefunden, dass Andrea Wilkes, die wiederholt mit Wolters telefoniert hatte, als Speditionskauffrau in der Buchhaltung der Firma arbeitete. Die Spedition Frerichs hatte sich darauf spezialisiert, Gülle aus Holland nach Deutschland zu transportieren. Äußerst interessant empfand er die Tatsache, dass es sich bei allen Adressen, die Wolters in Holland mehrfach angefahren hatte, ausschließlich um groß angelegte, industrialisierte Tierhaltungsfarmen handelte, bei denen Gülle in riesigen Mengen anfiel.

Klaus war jetzt so richtig neugierig geworden. Er begann damit, mehrere Berichte über die Problematik von Gülletransporten aus Holland und Gülle als Nährstoff generell zum Düngen deutscher Felder zu lesen.

Ihm wurde fast schummrig vor Augen, als er nach genauen Zahlen zum Umfang des grenzüberschreitenden Güllegeschäfts suchte. Die gibt es nicht, las er, da man vermutet, dass auch Gülle schwarz ausgebracht wird. Schätzungen aber besagen, dass allein in Niedersachsen pro Jahr über zwei Millionen Tonnen Gülle aus den Niederlanden auf deutschen Feldern verteilt werden. Dazu kommen etwa 8,6 Millionen Tonnen Gülle aus inländischen Betrieben. Obwohl allein im Weser-Ems-Gebiet über 200.000 Hektar für eine umweltverträgliche

Gülleausbringung fehlten, hatte der Gülletourismus aus Holland, wie er in einigen Berichten schon genannt wurde, in den letzten Jahren stark zugenommen.

Weiter las Klaus, ein Erlass der Landwirtschaftsministerien im Jahr 2015 hatte den Import von Wirtschaftsdünger, so heißt Gülle offiziell, untersagt, es sei denn, er wird 20 Minuten lang bei 143 Grad sterilisiert. Alles gut und schön, fiel ihm dazu nur ein, aber wer kann es sich leisten und investiert in eine Drucksterilisierungsanlage für Gülle. Eine solche Anlage kostet schnell mal so um die 500.000 Euro.

Als Grund für die Sterilisierung der Gülle war angegeben, durch die riesigen Mengen von Antibiotika, die in Massentierhaltung verwendet werden, gelangen diese vor allem über die Gülledüngung auch in großem Stil in die Umwelt, in die Böden, in die Gewässer und ins Grundwasser. Wissenschaftlich wurde nachgewiesen, über mit Gülle gedüngte Felder können Antibiotika sogar in Nutzpflanzen gelangen: Wissenschaftler wiesen seit Jahren auf die Gefahren hin, die zu viel Antibiotika aus der Gülle zum Beispiel in Feldsalat, Mais, Kohl, Kartoffeln und sogar Getreidekörnern hervorrufen können.

In einer anderen Begründung las er weiter, dass durch die Nitratbelastung das Grundwasser immer stärker gefährdet wird. 2015 lag bei Messungen in Gegenden, wo ein höherer Nitratgehalt festgestellt wurde, diese Erhöhung bei mehr als 18 Prozent, in Teilen Niedersachsens sogar fast bis zu 60 Prozent.

Klaus war fassungslos und konnte kaum glauben, was die Landwirtschaft um des Profits willen unserer Umwelt und den Bürgern antut. Da wundern wir uns, warum das Uphuser Meer und der Ems-Jade-Kanal jedes Jahr von Blaualgen heimgesucht werden und lassen das Gesundheitsamt damit davonkommen, immer wieder nur neue Warnschilder aufzustellen, ging ihm dabei durch den Kopf. Die Emder Stadtgräben sind alljährlich mit einer zentimeterdicken grünen Schicht belegt und es hieß nur: Über die Ursachen wird spekuliert und die können vielfältig sein.

Sogar den Wochenendhausbesitzern am Uphuser Meer möchte man am liebsten durch die Unterstellung, schwarze Schafe unter ihnen pumpen illegal ihre Klärgruben ab, eine Schuld zuweisen.

Die beste Erklärung aber kam von einigen sogenannten Experten, die behaupteten doch glatt, dass sogar überwinternde Wildgänse und deren Kot auf den Feldern für die Misere verantwortlich wären.

Klaus schüttelte nur den Kopf und hoffte, mehr Einwohner würden sich einmal die Mühe machen, die überall im Internet verfügbaren Berichte und Informationen zu lesen.

Der wahre Grund, war seine Erkenntnis aus den Aufzeichnungen, die Bauern kippen zu viel Gülle auf die Felder.

Ein unumstößlicher Beweis dafür war, dass die Europäische Union sogar ein Vertragsverletzungsverfahren gegen Deutschland eingeleitet hat. In Deutschland werden die europäischen Vorgaben für Nitrat, das infolge der Stickstoffdüngung von Äckern im Boden entsteht, einfach nicht eingehalten.

Von den Ammoniakausdünstungen, die teils weit über den Grenzwerten liegen und den Anwohnern Sorge bereiten, gar nicht erst zu sprechen. Ihm war aber auch klar, dass aus der Sicht der Bauern dies ein historisch einmaliges Luxusproblem war. Es gab zu viel guten Dünger. In der Weser-Ems-Region zahlten holländische Geflügelmäster an Ackerbauern gerüchteweise schon Geld, wenn diese ihnen den Mist abnahmen. Und die Gülle wird mehr und mehr. Ergo machte das wiederum die illegalen Transporte aus Holland so attraktiv, da für die bloße Abnahme der Gülle schon hohe Beträge gezahlt wurden.

Für Klaus war klar, manche Bauern missbrauchten die Felder nur noch als Entsorgungsdeponie für Gülle, um sich finanzielle Vorteile zu verschaffen.

Zum Abschluss seiner Recherche in puncto Gülle machte er sich noch daran, die kriminelle Lage etwas genauer abzuleuchten. Alles, was er im Internet zu dem Thema fand, war, dass die Polizei von einer Vielzahl illegaler Transporte nach Deutschland ausgeht. Es gab keine direkten Fälle, über die er etwas lesen konnte, nur Vermutungen und Erklärungen darüber, wie die Gesetze umgangen werden.

Klaus kannte einen Kollegen aus Leer, der mit grenzüberschreitenden Delikten aus Holland dienstlich beschäftigt war. Den wollte er zu dem Thema befragen.

Ja, das mach ich auch, dachte sich Klaus, den Günther, den rufe ich an, der kann mir bestimmt einiges mehr zu dem Thema Gülle erzählen.

Kapitel X

Dienstag, 18. Oktober, nachmittags

Die Befragung von Frau Janssen hatte nicht viel ergeben, sie hatte keine Ahnung, wer ihren Mann getötet oder ihm nach dem Leben getrachtet haben könnte. Ihres Wissens hatte ihr Mann keine Feinde gehabt. Sie kannte auch keinen Bernd Wolters, ihr Mann hatte den Namen niemals erwähnt. Als Peter sie zum Schluss dazu befragte, woher sie ihre Gülle bezogen, antwortete sie verwundert über die Frage nur knapp: „Von der Spedition Frerichs aus Leer."

Nach weniger als 20 Minuten war die Befragung von Helga Janssen beendet und Peter stand rauchend vorm Krankenhaus, während Anja mit Klaus im Büro telefonierte. Kurz darauf reichte sie ihm ihr Handy mit den Worten:
„Das hörst du dir lieber selbst an, Peter. Klaus hat einiges in Erfahrung gebracht. Es ist zu viel, dass ich hier stille Post spiele, er möchte es dir lieber persönlich mitteilen."

Peter nahm das Handy aus Anjas Hand und hörte Klaus eine sehr lange Zeit sehr aufmerksam zu, als der ihm von seinen ausführlichen Recherchen in allen Details berichtete. Anja sah, wie Peter öfter während des Gespräches seine Stirn runzelte, zwei weitere Zigaretten rauchte und immer wieder das Wort interessant mehrfach hintereinander murmelte.
Dann endete das Gespräch plötzlich und Peter sagte:
„Auf, auf nach Leer, Anja, wir machen einen kleinen Ausflug. Klaus schickt dir gleich die Adresse der Spedition Frerichs auf dein Handy. So wie es aussieht, müssen wir den Leuten dort einmal auf den Zahn fühlen. Es deutet alles darauf hin, dass da ein Zusammenhang zwi-

schen den beiden Toten und der Güllespedition besteht. Des Weiteren arbeitet die von Wolters mehrfach angerufene Andrea Wilkes dort in der Firma. Wenn das kein Zufall ist?"

Peters Triumph Stag 8 Zylinder schnurrte kraftvoll die Landstraße am Petkumer Deich entlang. Der Motor des Wagens und seine sanfte Art der Kraftentfaltung gehörten zu den größten Stärken des Autos. Wegen der technisch konstruktiven Mängel am Motor hatte Peter einige Änderungen am Fahrzeug vollzogen. Er hatte eine besser gehärtete Kurbelwelle und eine wesentlich stärker dimensionierte Steuerkette für die Nockenwelle einbauen lassen. Zusätzlich, um den lästigen, immer wieder auftretenden thermischen Problemen, die sehr oft zur Überhitzung des Motors führten, vorzubeugen, repositionierte er mit einer Spezialkonstruktion die Kühlmittelpumpe im Motorraum. Der Stag, zu Deutsch auch Hirsch genannt, war ein vom italienischen Designer Giovanni Michelotti entworfenes 2+2-sitziges Cabriolet. Peter liebte seinen Stag über alles, speziell, wenn er es über die Landstraßen wieder einmal so richtig ausfahren konnte.

Er hatte sich für die Route über Petkum nach Leer entschieden, da er den Weg über Landstraßen der Autobahn vorzog. Dort, auf der sich am Deich entlangschlängelnden Straße, konnte er das volle sportliche Potenzial seines Autos auskosten. Peter fuhr zu jeder Jahreszeit am liebsten offen, aber da es in Ostfriesland mal wieder angefangen hatte zu regnen, musste das Cabrioverdeck heute leider geschlossen bleiben.

Nach knapp dreißigminütiger Fahrt in Leer angekommen, parkte Peter seinen Stag auf dem Besucherparkplatz der Firma Frerichs. Der Parkplatz befand sich seitlich neben dem Bürotrakt, auf dem die Mitarbeiter der Firma ihre privaten Fahrzeuge abstellten. Von dort konnten sie sehen, wie auf dem Fuhrhof vor der Werkstatt gerade ein Tankwagen mit dem Firmenlogo der Spedition gewartet wurde. Zwei Männer in Overalls und mit Werkzeugen in den Händen lehnten am Motorraum eines Tankers. Ein weiterer Mann, mit einer dunklen

Windjacke bekleidet, der hinter den beiden stand, schien sichtlich verärgert zu sein. Er zeigte immer wieder wild gestikulierend auf seine Uhr und auf ein Clipboard mit Papieren in seiner Hand. Es muss wohl einen kritischen, einzuhaltenden Zeitplan für den Tanker geben, dachte Peter.

Anja und Peter waren unterdessen ausgestiegen und schauten sich neugierig die übrigen Tankwagen auf dem Fuhrhof an.

„He, was machen Sie da? Was haben Sie hier zu suchen?", schallte es ihnen auch schon mit einem leicht niederländischen Akzent entgegen.

„Das sind gleich zwei Fragen auf einmal", erwiderte Peter in einem ruhigen Ton, als der Mann mit der dunklen Windjacke und der nicht gerade freundlichen Begrüßung plötzlich vor ihnen stand.

Peter schätzte den Mann so um die 45, 1,90 Meter groß und circa hundert Kilo schwer. Das Gesicht des Mannes war pockennarbig und unrasiert. Die hellblonden Haare trug er lang, in einer modischen Frisur mit viel Haargel zurückgekämmt. Seine Augen waren blau, aber das rechte Augenlid hing etwas tiefer als das linke, was dem Typen einen, wörtlich gesprochen, schrägen Blick verpasste.

„Das interessiert überhaupt nicht, wie viele Fragen. Ich stelle so viele Fragen, wie ich will. Sie haben hier auf dem Betriebsgelände nicht einfach herumzulaufen und ohne Erlaubnis unsere Tankwagen zu inspizieren. Wer sind Sie überhaupt?", schnaufte der Typ jetzt aggressiv.

„Das ist jetzt schon die dritte Frage, und um Ihre unbändige Neugier zu befriedigen, wir sind von der Kriminalpolizei. Darf ich vorstellen, Kriminalkommissarin Anja Kappels und ich bin Erster Kriminalhauptkommissar Peter Streib von der Mordkommission Emden/Leer", antwortete Peter weiterhin ruhig bleibend, sein Gegenüber dabei wachsam musternd. Zum Beweis hielten Peter und Anja dem Mann ihre Dienstausweise unter die Nase.

„Nun zu Ihnen, Herr …?", fuhr er fort. „Wie heißen Sie bitte und was ist Ihre Funktion hier in der Firma Frerichs?"

„Visser, Henk Visser", stammelte der Mann jetzt offensichtlich nervös und verlegen. „Ich bin hier der Fuhrparkmeister. Tut mir leid, ich konnte ja nicht wissen, dass Sie von der Polizei sind. Mordkommission sagten Sie? Was hat denn die Mordkommission hier bei uns zu suchen?"

„Schon wieder eine Frage, die Fragen stellen ab jetzt wir, Herr Visser. Wenn Sie uns bitte den Weg zum Büro zeigen und uns dorthin begleiten würden. Wir würden jetzt gerne Ihren Chef sprechen", schaltete sich Anja mit autoritärer Stimme, seine neuerliche Frage ignorierend, ein.

Das Fuhrmeisterbüro von Henk Visser befand sich zusammen mit der Buchhaltung im Untergeschoss des zweistöckigen Bürotrakts der Firma. Im Obergeschoss hatte die Geschäftsleitung ihre Räume. Henk Visser begleitete sie bis an die Rezeption der Spedition. Eine Sekretärin führte sie dann in das Büro des Besitzers. Harm Frerichs, der Inhaber der Spedition, führte das Unternehmen bereits in dritter Generation. Er war ein erfolgreicher Geschäftsmann, weit in den Fünfzigern, doch mit einer immer noch fast jugendlich wirkenden Ausstrahlung. An der Wand in seinem Büro hingen Porträts seines Großvaters, seines Vaters sowie einige verschiedene Bilder, die die anfänglichen Jahre der Spedition zeigten.

Nach beiderseitiger Vorstellung bat er Anja und Peter höflich, auf einer Ledergarnitur Platz zu nehmen, bevor er ohne weitere Umschweife auf den Grund ihres Besuches zu sprechen kam.

„Kommissarin Appels, Hauptkommissar Streib, entschuldigen Sie meine Verwunderung. Es ist nicht gerade alltäglich, dass uns die Polizei in der Firma besuchen kommt. Was führt Sie zu uns, womit kann ich den Herrschaften dienen?"

„Danke, dass Sie uns empfangen, Herr Frerichs", ergriff Peter das Wort. „Wir ermitteln in einem Mordfall und einem tragischen Unfall. Ich kann Ihnen zum jetzigen Zeitpunkt keine Details dazu sagen, nur so viel, dass unsere Nachforschungen zweifelsfrei auf einen Zusammenhang mit Ihrer Firma hinweisen. Deshalb möchte ich Sie auch gleich direkt fragen, kennen Sie zufällig einen Bernd Wolters oder einen gewissen Heinrich Janssen?"

Harm Frerichs war sichtlich geschockt von Peters Aussage, seine Firma würde im Zusammenhang mit einem Mord stehen. Er strich sich, nach Fassung ringend, durch sein Haar und schluckte ein paar Mal. Dann stand er auf, blickte auf die Porträts seiner Vorfahren, bevor er mit schwerer Stimme antwortete:

„Meine Firma wird in Verbindung mit einem Mordfall gebracht, sagen Sie. Das ist ja ungeheuerlich, regelrecht skandalös muss ich sagen. Ich bin fassungslos, das ist unglaublich. Da muss ein Irrtum vorliegen, Herr Kommissar. Wir sind ein ganz einfaches Transportunternehmen, hier gibt es keinen Mord. Zu Ihrer Frage nach den beiden Namen, es tut mir leid, aber ich kenne weder einen Bernd Wolters noch einen Heinrich Janssen."

Peter konnte die offensichtliche Bestürzung des Inhabers verstehen. Eine polizeiliche Ermittlung konnte schnell ein Geschäft in Verruf bringen. Besonders wenn die Presse davon Wind bekam und es in der Öffentlichkeit breittrat. Er überlegte daher seine nächsten Worte sehr besonnen.

„Herr Frerichs, Wolters sowie Janssen hatten beide in irgendeiner Weise Kontakte zu Ihrer Spedition. Es kann sich um einen reinen Zufall dabei handeln. Dieser Umstand allein besagt deshalb noch gar nichts, trotzdem müssen wir, wie Sie sicherlich verstehen können, allen möglichen Hinweisen nachgehen."

Peters Worte beruhigten Harm Frerichs etwas, er antwortete:
„Herr Kommissar, darf ich Sie höflichst bitten, Ihre Untersuchungen mit äußerster Diskretion durchzuführen? Wenn das in die Presse kommt, das wäre nicht auszudenken. Im Gegenzug dafür haben Sie meine vollste Unterstützung und uneingeschränkten Zugang zu allen Informationen im Hause Frerichs. Ich werde meine Mitarbeiter anweisen, Ihnen alle Ihre Fragen zu beantworten und die von Ihnen gewünschten Daten zugänglich zu machen."

Anja, die die meiste Zeit mehr als Zuhörer zugegen war, nahm Peter die Antwort in ihrer pragmatischen Art ab:
„Da wir noch am Anfang unserer Ermittlungen stehen, lässt sich das ohne Probleme einrichten, Herr Frerichs. Es ist im Interesse der Ermittlungen, dass die Presse zum jetzigen Zeitpunkt herausgehalten wird. Ob sie später davon Wind bekommt, ist eine andere Sache. Wir können Ihnen versichern, von unserer Seite erfährt erst einmal niemand etwas. Wenn Sie damit leben können, haben wir ein Einverständnis."

Harm Frerichs wusste nur zu gut, dass er momentan keinen besseren Deal abschließen konnte. Er nickte einverständlich.

„Gut, nachdem wir das Problem geklärt haben, hätten wir gerne Einsicht in sämtliche Personalakten Ihrer Mitarbeiter. Wir benötigen weiter eine detaillierte Kundenliste der Spedition Frerichs. Wenn Sie das bitte umgehend für uns veranlassen könnten, wären wir Ihnen sehr dankbar."

Wieder nickte Harm Frerichs zustimmend und rief seine Sekretärin in sein Büro. Er ordnete an, den Wünschen der Polizei Folge zu leisten sowie die geforderten Unterlagen zusammenstellen zu lassen.

Peters mochte den Mann, er erschien ihm ehrlich zu sein. Daher war seine letzte Frage an Harm Frerichs auch von sehr sensibler Natur.

„Danke, Herr Frerich. Dann habe ich nur noch eine letzte Frage an Sie. Ihre Firma transportiert doch Gülle aus Holland nach Deutschland, haben Sie irgendwelche Kenntnisse oder Verdachtsmomente über mögliche illegale Transporte?"

„Ich verstehe Ihre Frage nicht ganz, Herr Kommissar. Was wollen Sie uns hier unterstellen? In der Spedition Frerichs halten wir uns strikt an Gesetze und Einfuhrbeschränkungen der Länderregelungen. Wir unterliegen einer ständigen Kontrolle der Behörden und ich lege persönlichen Wert auf die Einhaltung der Vorschriften. Es gibt in meiner Spedition keine illegalen Transporte, merken Sie sich das", erwiderte Harm Frerichs diesmal mit einem Anflug persönlicher Empörung.

„So war das von meinem Kollegen sicherlich auch nicht gemeint, Herr Frerichs. Wir sind aber froh, dass wir das auch klären konnten", kam es von Anja entschuldigend zurück, mit einem fragenden Blick zu Peter, ob er noch etwas hinzufügen möchte. Der nickte Anja nur anerkennend kurz zu, verabschiedete sich höflich von Harm Frerichs und fragte ihn noch nach einem Ort in der Firma, wo er offiziell rauchen dürfte.

Die Raucherecke befand sich außerhalb des Bürotrakts an einer vom Regen geschützten Seite des Gebäudes. Peter zündete sich eine Zigarette an, inhalierte ein paar Mal tief, bevor er nachdenklich Anja anschaute und sie fragte:

„Glaubst du Frerichs oder dem, was er uns erzählt hat?"

Ohne einen Moment zu zögern, bekam er Anjas Antwort.

„Ja, ich habe das Gefühl, der Mann ist ehrlich bis auf die Knochen. Wenn hier etwas zum Himmel stinkt, hat der davon keine Ahnung. Da bin ich mir ganz sicher."

„Stinkt ist der richtige Ausdruck", grinste Peter zu Anjas Wortwahl. „Geht mir genauso, ich habe den Eindruck, Frerichs ist ein Gentleman der alten Schule, der ist koscher. Ob in seiner Firma jedoch alles koscher ist, bleibt abzuwarten. Komm, lass uns reingehen, die Angestellten wissen jetzt sicherlich schon Bescheid und hatten genug Zeit, nervös zu werden. Mal sehen, was uns Frau Wilkes so alles zu erzählen hat. Du stellst die Fragen und ich spiele den stillen Beobachter."

Sie trafen Andrea Wilkes in ihrem Büro im Untergeschoss des Gebäudes an. Sie saß an ihrem Schreibtisch vor dem Bildschirm eines Computers und blickte nur kurz auf, als Peter und Anja ihr Büro betraten. Andrea Wilkes war eine attraktive Frau, Peter schätzte sie so auf Anfang 40.
   Sie hatte eine schlanke Figur, gute Proportionen, braune Haare zu einer sogenannten Bobfrisur gestylt und trug einen blauen geschmackvollen, modernen Hosenanzug. Ein genervter, misstrauischer Ausdruck huschte über ihr Gesicht, aber dann verwandelten sich die harten Züge um ihren Mund in ein freundliches Lächeln.

„Womit kann ich der Polizei helfen?", fragte sie kurz und bündig, ohne groß auf eine Vorstellung zu warten.

Anja zog ihren Dienstausweis hervor und hielt ihn vor Andrea Wilkes' Gesicht. Nach kurzem Zögern sagte sie, dabei sehr genau die Reaktion ihres Gegenübers observierend:
   „Ich bin Kommissarin Anja Kappels und das ist hier mein Kollege Erster Hauptkommissar Peter Streib. Frau Wilkes, Andrea Wilkes, so ist doch Ihr Name, wir wüssten gerne etwas mehr über Ihre Verbindung zu Bernd Wolters."

Die Frage hatte ihre Wirkung nicht verfehlt, ein schwermütiger Seufzer entwich Andrea Wilkes' Mund, der Ausdruck einer offensichtlichen Traurigkeit.

„Ach der arme Bernd", hauchte sie mit dünner Stimme. „Tragisch sein Tod. Wir hatten vor ein paar Monaten gerade begonnen, unsere alte Freundschaft wieder zu erneuern und dann plötzlich dieser schreckliche Unfall. Unendlich traurig das Ganze, schrecklich so ein Tod. Aber wieso interessiert sich die Polizei für Bernd? Denken Sie denn, es war gar kein Unfall?"

„Freundschaft also sagen Sie", erwiderte Anja mit einem zweideutigen Unterton, ohne auf die Frage von Andrea Wilkes einzugehen.

„War es nur Freundschaft oder war da noch mehr? Sie hatten ja in den letzten Monaten einen sehr regen Telefonverkehr mit dem Verstorbenen. Beschränkte sich der Verkehr rein aufs Telefonieren?"

„Was unterstehen Sie sich? Mein Privatleben geht Sie gar nichts an. Wir waren gute Freunde und haben viel geredet, mehr braucht Sie nicht zu interessieren", zischte Andrea Wilkes.

„Soso, geredet, na dann können Sie uns ja bestimmt auch sagen, woran Bernd Wolters zurzeit gearbeitet hat."

Andrea Wilkes überlegte einen langen Moment, bevor sie antwortete. „Ja, das kann ich. Er hat mir mal erzählt, er arbeite an einer Reportage über die Überdüngung der Felder durch die Bauern in Ostfriesland. Er wäre da an einer ganz großen Sache dran, die ihn berühmt machen würde. Genaueres oder Details wollte er mir aber nicht darüber erzählen. Bernd begründete sein Schweigen mir gegenüber damit, er wolle meinen Job, da ich ja bei einem Gülletransporteur arbeiten würde, nicht durch meine Mitwisserschaft gefährden."

„Das ist äußerst verständnisvoll und sehr großmütig bei einer für ihn so wichtigen Reportage, die ihn berühmt machen sollte", entgegnete Anja sarkastisch.

„Was können Sie uns über die Bauern Heinrich Janssen, Anton Berends oder Hajo Ukena erzählen?", fuhr sie direkt in Angriffsmodus fort.

„Das könnten Namen von Kunden von uns sein, aber da muss ich erst in den Unterlagen nachschauen, so aus dem Stegreif kann ich Ihnen das nicht sagen, wir haben so viele Kunden. Was soll Ihre Fragerei eigentlich, ist das hier ein Verhör, oder habe ich mich irgendwie schuldig gemacht dadurch, dass ich Bernd Wolters kannte?", gab Andrea Wilkes jetzt mit gleichem leichten Sarkasmus zurück.

Peter, der hinter Andrea Wilkes stand, begutachtete eine Serie von Fotos an der Wand sowie die Bilder, die sie auf ihrem Schreibtisch stehen hatte. Alle Fotos zeigten Andrea Wilkes in einem schwarz-gelben Taucheranzug auf einem Tauchboot oder unter Wasser.
Peter, selber ein begeisterter Hobbytaucher, kommentierte die Fotos:
„Rotes Meer, herrliche Tauchgründe, einfach einmalig diese Farben und Vielfalt der Fische unter Wasser."

Anja zog ihre linke Augenbraue hoch und rätselte, warum Peter plötzlich ablenkte. Er wird wohl, wie immer, seinen Grund dafür haben, dachte sie sich dann und hielt sich jetzt zurück.

„Oh! Sie kennen sich aus. Ja, die Fotos stammen wirklich vom letzten Tauchurlaub am Roten Meer in Hurghada, Ägypten. Tauchen Sie auch, Herr Kommissar Streib?", fragte Andrea Wilkes neugierig geworden.

„Nicht mehr so oft, wie ich gerne möchte. Leider lässt mir meine Arbeit zu wenig Zeit für meine persönlichen Aktivitäten. Beim Betrachten Ihrer Bilder aber wünsche ich mir, bald mal wieder abzutauchen. Es ist immer wieder fantastisch, die Stille Unterwasser, die Korallen und die Vielfalt der Fische. Hoffentlich bald mal wieder. Das war es auch schon, Frau Wilkes, wir wollen Sie auch nicht länger bei Ihrer Arbeit stören. Falls wir noch weitere Fragen haben, melden wir uns bei Ihnen", beendete Peter das Gespräch sehr zu Anjas weiterer Verwunderung.

Bevor Peter und Anja ihre Rückfahrt nach Emden antraten, ließen sie sich noch von der Sekretärin die Listen der Kunden und Angestellten der Firma Frerichs geben. Als sie das Büro der Spedition verließen, begegnete ihnen noch beim Hinausgehen der Fuhrparkmeister Henk Visser. Es erschien regelrecht, als ob er genau diesen Moment abgepasst hätte. Mit einem lauernden Blick auf die Unterlagen in Anjas Hand und nach Antworten fischend fragte er:
„Na, haben Sie alles erfahren, was Sie wollten?"

„Schon wieder eine Frage, Herr Visser. Sie sind mir ein richtiger wissbegieriger Mensch. Aber trösten Sie sich, wir sind genauso neugierig wie Sie. Zu Ihrer Frage kann ich Ihnen aber diesmal antworten, wir haben noch lange nicht alles erfahren, was wir gerne wissen möchten. Ganz und gar nicht, Herr Visser, das ist erst der Anfang. Wir sehen uns bestimmt bald wieder, verlassen Sie sich darauf", schmiss ihm Anja an den Kopf und ließ ihn wie einen begossenen Pudel einfach stehen.

Auf der Tour von Leer nach Emden hielt es Anja kaum aus, sie platzte förmlich vor Neugier, warum Peter ihre Vernehmung mit Andrea Wilkes so plötzlich abgebrochen hatte.
Peter sah Anja an, dass sie mit irgendetwas unzufrieden war, und konnte sich auch schon denken, worum es sich handelte. Bevor sie ihrem Unmut Luft verschaffen konnte, begann Peter mit seiner Erklärung:
„Du wunderst dich sicher, warum ich dich bei der Befragung von Andrea Wilkes unterbrochen habe. Das kann ich dir sagen, dein Ton der Vernehmung war zu aggressiv. Sie ist wirklich in Trauer um ihren

Freund, oder wenn du so möchtest, Geliebten Bernd Wolters. Ehrlich gesagt, ich empfand auch deinen Sarkasmus unpassend. Du hättest da ruhig etwas mehr Fingerspitzengefühl entwickeln können."

Anja strich sich verlegen die Haare aus dem Gesicht und schwieg, weil sie wusste, dass Peter mit seinen Äußerungen recht hatte.

Peter fuhr fort:
„Weiter hätte es nur dazu geführt, dass die Frau vollends dichtgemacht hätte. Ohne Frage weiß sie mehr, als sie zugegeben hat. Ich bin mir sogar ziemlich sicher, sie hat Bernd Wolters mit firmeninternen Informationen über die Spedition und die Gülletransporte gefüttert. Es muss dir doch klar sein, dass sie es niemals offiziell zugeben kann, dass es sie den Job kosten würde. Es liegt an uns, herauszubekommen, was hier für ein Spiel abläuft, nicht eine vermeintliche Quelle von Informationen zu verärgern."

Anja schluckte ein paar Mal, bevor sie Peter antwortete:
„Ich weiß, ich bin da etwas übers Ziel hinausgeschossen, sorry. Ich konnte mir nicht helfen, die Frau war mir irgendwie unsympathisch. Ich glaube, sie lügt, ich bin mir fast sicher, sie weiß, dass Bernd Wolters irgendwelchen illegalen Geschäften mit der Gülle auf die Spur gekommen war. Das erklärt auch seine wiederholten Fahrten zu den Bauern um Emden, zur Spedition Frerichs und nach Holland. Es ist auch ein Indiz dafür, warum alle seine Unterlagen verschwunden sind. Jemand möchte alle Spuren verwischen."

Peter überlegte, zündete sich eine Zigarette an und blies den Rauch aus dem leicht geöffneten Fenster des Wagens.

„Wer weiß, Anja, du magst mit deinen Vermutungen recht haben", sagte er dann mit nachdenklicher Miene.

„Darum mussten Wolters und vielleicht auch Heinrich Janssen sterben. Wir müssen aber erst die anderen Bauern auf der Liste befragen und unsere Kollegen in Holland kontaktieren. Eventuell wissen die etwas zu illegalen Gülletransporten. Dieser Henk Visser, der ist doch Holländer, den sollten wir auch genauer unter die Lupe nehmen, es ist nicht auszuschließen, dass er irgendwie in die Sache verwickelt ist. Als Leiter des Fuhrparks ist er verantwortlich für alle Transporte und durch seine niederländische Herkunft hat er die perfekten Verbindungen nach Holland. Die Andrea Wilkes, die nehmen wir uns ein anderes Mal vor, Anja, wenn wir wissen, was hier für ein Spiel abläuft. Sobald wir herausfinden, was hier gespielt wird und wer die Player sind, darfst du sie noch mal in die Mangel nehmen. In diesem Güllesumpf finden wir, da bin ich mir sicher, auch unseren Mörder.“

Die restliche Fahrt zurück nach Emden verlief schweigend. Es war schon fast 18:00 Uhr, als Peter Anja am Polizeirevier absetzte und ihr noch einen schönen Feierabend wünschte.

Peter fühlte sich mental ausgelaugt, aber er freute sich daher umso mehr auf sein Krav-Maga-Training. Vor drei Monaten hatte er in Emden eine junge Gruppe gefunden, die regelmäßig dienstags und freitags trainierte.

Da er über weit mehr Erfahrung und Können als alle anderen verfügte, waren die Teilnehmer nur allzu froh, Peter in ihre Riege aufzunehmen. Die kleine Gruppe bestand aus 14 guten Kampfsportlern aller Richtungen, die ihr Training sehr ernst nahmen. Als sie Peter darum baten, ab und zu sogar das Training zu leiten, wusste er, dass er ihre Anerkennung gewonnen hatte, und es erfüllte ihn mit Stolz.

Nach dem Training duschte Peter schnell und fuhr zu seiner Wohnung im Schreyers Hoek. Er fühlte sich wohl in seiner Wohnung in der Innenstadt mit dem herrlichen Ausblick auf den Emder Hafen.

Dennoch kam keine rechte Freude in ihm auf, er war einsam, denn seine Partnerin Lena war auf einem mehrwöchigen Lehrgang in Freiburg. Lena war Oberstaatsanwältin in Aurich und bereitete sich auf das Richteramt vor, er vermisste sie. Bevor Peter zu Bett ging, telefonierte er wie jeden Abend noch mit Lena. Dabei erzählte er ihr ausführlich von seinem Fall. Sie versprach ihm, mit ihren Kontakten bei der Staatsanwaltschaft die Angelegenheit von dort mal abzuleuchten.

Nach dem Gespräch übermannte Peter die Müdigkeit des Trainings sowie die des langen Arbeitstages. Er fiel schnell in einen tiefen, traumlosen Schlaf.

Kapitel XI

Mittwoch, 19. Oktober, morgens

Nach fast zwei Wochen Dauerregen begann der neue Tag endlich mal wieder mit einem wunderbaren Sonnenaufgang. Ein paar wenige verbliebene Wolken über dem Emder Hafen wichen langsam der kräftigen Morgensonne und es versprach, ein sehr schöner Herbsttag zu werden. Peter war früh wach geworden, seine Freude über das schöne Wetter ließ ihn sich spontan für ein halbstündiges Morgenjogging entscheiden. Anschließend duschte er ausgiebig, frühstückte mit Kaffee und frischen Brötchen vom Bäcker und las die Ostfriesen-Zeitung sowie die Emder Zeitung.

Der skurrile Mord an Bauer Heinrich Janssen beherrschte auch am zweiten Tag immer noch die Titelseiten beider Zeitungen. Die Information, dass es sich um einen Mord und nicht um einen Unfall handelte, war wieder einmal schnell zur Presse durchgesickert. Peter fragte sich, wo das Leck bei der Polizei war, denn er hatte ausdrücklich um Zurückhaltung mit diesbezüglichen Informationen gebeten. Aber es war ihm auch klar, dass die Reporter irgendwo immer einen Draht zur Polizei hatten, das war schließlich Teil ihres Berufes.

Als Peter eine halbe Stunde später sein Büro betrat, waren Anja und Klaus damit beschäftigt, die neusten Erkenntnisse ans Whiteboard zu heften. Unter anderem hing auch schon ein Foto der Gummistiefel von Bernd Wolters an der Wand. Mit einem roten Filzstift hatte jemand das Wort Güllereste daraufgeschrieben.

„Die kriminaltechnische Untersuchung hat ergeben, bei dem Dreck an den Gummistiefeln handelt es sich eindeutig um Güllereste", sagte Klaus, als er Peters Blick zum Foto bemerkte.

„Des Weiteren habe ich gestern noch mit einem alten Kollegen aus Leer über illegale Gülletransporte aus Holland gesprochen und der hat mir erzählt, dass sie von diesen Transporten wüssten, aber bisher noch niemanden überführen konnten, der im großen Stil importiert. Er sprach von einer gut organisierten Güllemafia, die hier ihr Unwesen treibt. Transporter, die sporadisch gestoppt werden, führen fast immer saubere, legale Einfuhrpapiere mit sich und es ist schwer, ihnen einen Missbrauch nachzuweisen."

„Wieso können die den Transporteuren keinen Missbrauch nachweisen?", unterbrach ihn Peter.

„Mein Kollege sagt, der Trick, den die unseriösen Transporteure anwenden, ist so sicher wie einfach. Es werden einzelne Genehmigungen für, sagen wir mal, 200 Tonnen beantragt, aber 600 Tonnen werden dann über die Grenze gefahren. Das fällt überhaupt nicht auf. Denn die Kontrollen auf deutscher Seite erfolgen, wenn überhaupt einmal, nur stichprobenweise. Mengenmessungen werden dabei so gut wie gar nicht durchgeführt. Es ist ein sich lohnendes Geschäft, hat er mir weiter erzählt. Allein für die Vermittlung von Gülle gibt es sieben bis acht Euro pro Tonne. Ein ihm bekannter Vermittler von Wirtschaftsdünger hatte letztes Jahr allein 700.000 Tonnen unter Vertrag. Das ist Gülle im Wert von fast fünf Millionen Euro", erklärte Klaus.

Peter pfiff anerkennend durch die Zähne.
„Wow! Bei solchen Summen wird mir einiges klarer. Da sagt man doch immer, Geld stinkt nicht, aber hier haben wir den Beweis für das genaue Gegenteil. Als Erstes sollten wir die Gülle im Tank von Heinrich Janssen und den anderen Bauern, die auf Wolters' Telefonliste stehen, einmal genauer untersuchen lassen. Ich glaube, es ist auch an der Zeit, denen einmal auf den Zahn zu fühlen und etwas Staub aufzuwirbeln. Befragt die Bauer, woher sie ihre Gülle beziehen. Jeder,

der Gülle ausschließlich über Frerichs aus Holland bezieht, wird einer Gülleprobe unterzogen. Falls wir unbehandelte Gülle finden, haben wir etwas, wo wir ansetzen können. Das macht am besten ihr zwei. Befragt die Bauer auch direkt, wie sie zu dem Thema illegale Gülle aus Holland stehen, zum Mord an Heinrich Janssen und zu ihren Verbindungen zu Bernd Wolters. Macht ordentlich Druck, mal sehen, ob wir da nicht irgendwo ein scheues Huhn aufscheuchen können. Während ihr die Bauern checkt, kümmere ich mich in der Zwischenzeit beim Chef um die Amtshilfe von den holländischen Kollegen."

Klaus hatte am Vortag noch die Kundenliste von der Spedition Frerichs mit der von Bernd Wolters' Navi verglichen. Ihm war aufgefallen, dass zwei Adressen der Liste sich auch auf dem Navi wiederfanden. Beide waren von Bernd Wolters mehrfach angefahren worden. Es handelte sich um die Adressen von zwei Gülleproduzenten in Holland, ein Zufall war damit mehr oder weniger ausgeschlossen. Sie mussten mehr über diese holländischen Kunden wissen. Warum hatte Wolters so starkes Interesse gezeigt und war gleich mehrmals dort hingefahren? Peter wollte der Sache vor Ort auf den Grund gehen und dafür benötigte er die Hilfe der niederländischen Polizei.

Nachdem Anja und Klaus das Büro verlassen hatten, rief Peter seinen Chef Polizeirat Ewald Theesen an. Er schlug ihm vor, sich in seinem Büro zu treffen, um ihn über den Stand der Ermittlungen zu informieren. Peter hatte sich überlegt, es war eindrucksvoller, Theesen anhand des Whiteboards die neusten Erkenntnisse zu erklären. Das war auch einfacher für Peter, der seinen Chef nur allzu genau kannte. Peter wusste, dass dieser nur zu gerne hörte, wenn alles in Ordnung war, die Ermittlungen reibungslos liefen. Wichtige komplexe Entscheidungen zu treffen, überforderten Theesen meist, und mit internen Problemen mochte er erst recht nicht gerne umgehen. Ewald Theesen hatte es am liebsten, wenn es ruhig und gemächlich zugeht, wenn ohne große Komplikationen alles seinen gewohnten Gang nimmt.

Wenige Minuten, nachdem Peter den Hörer aufgelegt hatte, öffnete sich die Tür zum Büro, sein Chef trat ein.

Ewald Theesen war 58 Jahre alt und seit fast 40 Jahren im Polizeidienst. Er war stets glatt rasiert, hatte eine Vollglatze und eine Vorliebe für modische Brillen, hinter denen er seine immer wachsamen, kleinen Augen versteckte. Theesen war knapp 1,70 Meter groß, hatte mit mindestens 30 Kilo Übergewicht, die ihn schwer atmen ließen, eine für ihn unvorteilhafte äußere Erscheinung. Daher konnte man auch nicht gerade von ihm behaupten, dass er unbedingt das Idealbild eines erfolgreichen Polizeirates verkörperte. Aber auch wenn er physisch nicht mehr in der besten Verfassung war, durfte man sich nicht darüber hinwegtäuschen lassen, dass er immer noch ein sehr guter Kriminalist war. In seiner langjährigen Laufbahn als Polizist hatte er eine Vielzahl von wichtigen Fällen aufgeklärt. Im Revier war er beliebt, seine Mitarbeiter standen loyal zu seiner Seite, er galt, alles in allem, als umgänglicher Chef.

„Moin, Streib, wie weit seid ihr mit dem Mord an diesem Bauern, wie hieß der auch noch gleich? Ach ja, Heinrich Janssen", fragte er in seiner direkten Art. Ohne eine Antwort abzuwarten, fuhr er fort:

„Fürchterliche Sache, in Gülle zu ertrinken. Arme Frau, einer ihrer Jungs geht mit meinem Filius zur gleichen Schule. Was jetzt wohl wird? Ich kann mir kaum vorstellen, dass sie den Hof weiterführt. Traurig – aber das zu diskutieren, ist sicher nicht der Grund, warum Sie mich hergebeten haben, Herr Streib. Also was gibt es so Wichtiges, das Sie unbedingt hier mit mir besprechen müssen?"

Peter hatte sich vorher schon genau überlegt, wie er den Fall schildern wollte, um Theesen schnellstmöglich ein Amtshilfeersuchen mit Holland einleiten zu lassen. Er erklärte die Fakten zum Tode Heinrich

Janssens, spannte den Bogen zum Unfall Bernd Wolters' und erläuterte den theoretischen Zusammenhang des unfreiwilligen Ablebens der beiden mit eventuellen illegalen Gülletransporten.

Ewald Theesen folgte Peters Ausführungen sehr aufmerksam und nickte immer wieder, wenn Peter ihm zu den einzelnen Erkenntnissen die Beweislage an der Tafel zeigte.

„Das hört sich alles logisch an, aber Sie haben keine konkreten Beweise für Ihre These. Bis jetzt sind das doch fast alles nur Vermutungen, aber sehr gute muss ich sagen – saubere Arbeit. Schaffen Sie mir die Beweise ran, Streib, lösen Sie den Fall. Ich werde mich darum kümmern, dass Sie umgehend die notwendige Amtshilfe von den niederländischen Kollegen bekommen." Das gesagt, verließ Ewald Theesen den Raum.

Eine halbe Stunde später klingelte Peters Telefon und Ewald Theesen informierte ihn darüber, dass ein Kommissar namens Jan van de Felden in Groningen, Holland, seinen baldigen Anruf erwarten würde. Peter zögerte nicht lange und wählte die Nummer, die ihn sein Chef gebeten hatte anzurufen. Nach nur wenigen Klingelzeichen nahm jemand auf der anderen Seite den Hörer ab.

„Met Jan van de Felden", klang eine rauchige Stimme durch den Hörer, „met wie spreek ik?", folgte gleich darauf weiter auf Niederländisch, nachdem Peter nicht sofort antwortete.

„Hier ist Kommissar Peter Streib aus Deutschland", sagte Peter, „ich spreche leider kein Holländisch, können wir auch deutsch sprechen?"

„Natürlich, kein Problem, mien Herr Kommissar Streib, ich habe Ihren Anruf schon erwartet. Wie kann ich Ihnen behilflich sein?", fragte Jan van de Felden.

Peter berichtete dem holländischen Kollegen am Telefon über seinen Mordfall an Bauer Heinrich Janssen und den Unfalltod des Journalisten Bernd Wolters. Er erklärte ihm weiter, dass er die Vermutung hegt, illegale Gülletransporte aus Holland seien der Schlüssel zur Lösung des Falles. Als Grund für seine Vermutung erzählte er Jan van de Felden von den Adressen auf Bernd Wolters' Navi und deren Kundenverbindung zur Spedition Frerichs. Peter schlug vor, selbst nach Holland zu kommen, um die Erfahrungen der niederländischen Polizei mit der Gülleproblematik aus erster Hand zu erfahren. Es wäre ihm auch sehr daran gelegen, wenn er bei der Gelegenheit gleichzeitig sich ein besseres Bild speziell über diese beiden holländischen Gülleproduzenten verschaffen könnte.

Van der Felden bat Peter um einen Tag, die gewünschten Informationen aufzubereiten.

Sie verabredeten sich dann für den nächsten Morgen um 09:00 Uhr in Winschoten, einem kleinen Ort hinter der deutsch-niederländischen Grenze.

Nachdem Peter den Hörer aufgelegt hatte, begann er damit alles zu lesen, was Klaus am Vortag über das Thema Gülle ausgedruckt hatte. Immer wieder pfiff er dabei leise durch die Zähne, wenn er die beeindruckenden Zahlen der anfallenden Mengen von Gülle las. In einem Bericht las er, in Niedersachsen allein werden heute 34 Millionen Tonnen Gülle oder Nährstoffe jährlich zwischen verschiedenen Betrieben hin und her gefahren. Ein Bericht schrieb in einem Vergleich, dass die Menge einer Kapazität von gut einer Million Tankwagen entsprach.

„Nährstoffe!", sagen Landwirte, die mit Gülle ihre Äcker fruchtbar machen wollen.

„Gift!", sagen Umweltschützer, die schädliche Folgen für das Grundwasser beklagen.

„Scheißdreck!", sagen Anwohner, denen der beißende Gestank auf die Nerven geht.

Recht haben sie irgendwie alle, dachte Peter.

Fakt war aber auch, Deutschland hat das Thema zu lange ignoriert und deswegen befinden sich 82 Prozent aller Seen und Flüsse sowie 36 Prozent aller Grundwasservorkommen nach der EU-Kommission in keinem guten ökologischen Zustand. Der Fluss Ems hat sogar die schlechtesten Werte aller Flüsse in Deutschland und die Nitratbelastung müsste um fast 50 Prozent reduziert werden, um das Wasser halbwegs wieder auf normale Werte zu bekommen.

Kapitel XII

Mittwoch, 19. Oktober, nachmittags

Der Wetterbericht hatte erstaunlicherweise einmal recht behalten und seit dem frühen Morgen schien wieder unaufhörlich die Sonne. Hoffentlich bekommen wir einen Indian Summer, dachte Peter und erinnerte sich daran, was er einmal über die Bedeutung des Begriffs Indian Summer gelesen hatte.

Als Indian Summer bezeichnet man eine ungewöhnliche trockene und warme Wetterperiode im Herbst auf dem nordamerikanischen Kontinent. Das Phänomen wird begleitet von einem strahlend blauen Himmel, warmer Witterung und einer besonders intensiven Blattverfärbung in den Laub- und Mischwäldern. Die Wortherkunft von Indian Summer ist ungeklärt, aber eine schöne erklärende Geschichte hatte sich in Peters Gedächtnis verfestigt.

Die Irokesen, nordamerikanische Indianer, die um den Ontario-, Huron- und Eriesee leben, erzählen sich die Legende von der Jagd auf den großen Bären. Jeden Herbst verfolgen zwei Jäger den großen Bären, dessen magische Kraft ihn hoch in den Himmel trägt. Doch die unermüdlichen Jäger und ihr Hund folgen ihm auch dorthin und erledigen ihn nach langer Hatz. Das Blut des Bären tropft auf die Erde und färbt die Blätter des Ahornbaumes rot. Wenn man zum Himmel sieht, kann man den Großen Bären (das aus vier Sternen gebildete Trapez im Sternbild des Großen Wagens) und dicht dahinter die beiden Jäger und ihren Hund (die drei Deichselsterne) erkennen.

Die Meteorologen hatten für das ganze Wochenende sowie die nächsten Wochen herrliches Spätsommerwetter vorausgesagt. Peter freute sich dabei auf schönes Cabriowetter und er konnte es kaum abwarten, ein paar Ausfahrten mit seinem Stag zu unternehmen.

Er war auf dem Weg ins Café Maxx am Markt. Im Büro war ihm die Decke auf den Kopf gefallen, er brauchte frische Luft zum Nachdenken und eine gute Tasse Kaffee. Peter setzte sich draußen an einen der Tische und es dauerte kaum länger als ein paar Minuten, da wurde ihm auch schon von einer der immer netten Bedienungen sein Kaffee gebracht. Bestellen brauchte er gar nicht mehr, die Angestellten wussten schon, Peter trank immer nur seine Tasse Kaffee, las dabei eine der Tageszeitungen und ging wieder.

Die Stadt Emden war wie immer, wenn die Sonne schien, lebendiger, erfüllt mit Leben. Passanten flanierten durch die Fußgängerzone, setzten sich in die Straßencafés, erfreuten sich wie er am Sonnenschein und den fast warmen Temperaturen. Peter beobachtete das bunte Treiben eine Weile, bevor er sich auf den Rückweg zum Revier machte. Vorher holte er sich noch ein Sandwich von Subways gegenüber vom Maxx und aß es auf dem Weg.

Zurück im Revier, warteten schon Klaus und Anja auf ihn. Sie hatten nicht allzu viel über ihre Befragungen der Bauern Anton Berends aus Twixlum und Hajo Ukena aus Riepe zu berichten. Das Einzige, was ihnen bei ihren Besuchen aufgefallen war, dass auf beiden Bauernhöfen jeweils gerade ein Tanklaster der Spedition Frerichs vom Hof fuhr. Zufall?

Anja schwärmte noch von dem Hof der Ukenas. Wie sie es ausdrückte, war es richtiges schönes Anwesen, kein gewöhnlicher Hof. Klaus bemerkte dazu nur, dass es dort nicht nur nach Gülle, sondern auch extrem nach Geld stinken würde.

Bei den anschließenden Befragungen hatten die Bauern zugegeben, dass sie von Bernd Wolters vor ein paar Wochen kontaktiert worden waren. Beide hatten es aber strikt abgelehnt, mit dem Journalisten zu sprechen. Sie sahen keinen Grund, ihm irgendwelche Auskunft über ihre Arbeit mitzuteilen. Hajo Ukena hatte Bernd Wolters sogar als einen miesen Schnüffler bezeichnet, der seine Nase in Angelegenheiten gesteckt hatte, die ihn nichts angingen.

Auf Klaus' Frage zu ihrer Güllebezugsquelle bestätigten sie ohne Zögern, dass sie langjährige Kunden der Spedition Frerichs waren, lehnten dabei aber jegliche Kenntnisse von illegalen Güllelieferungen ab.

Für Anja klang das Ganze fast so, als hätten sie einen Besuch der Polizei schon erwartet und sich vorher abgesprochen.

Der Mord an ihrem Kollegen Heinrich Janssen schien beiden indessen sehr nahegegangen zu sein. Anton Berends wirkte außerdem äußerst nervös, als Klaus ihn zum Tode von Heinrich Janssen befragte. Berends wirkte fast ängstlich, erschien es ihnen. Trotzdem kam nichts wesentlich Neues bei den Gesprächen heraus, auch nicht als Klaus provokativ um ihre Zustimmung einer Gülleprobe bat. Anja war sogar äußerst überrascht darüber gewesen, dass Hajo Ukena sowie Anton Berends bei der Probeentnahme sich unerwartet hilfsbereit zeigten. Hajo Ukena sprach von bester Qualität, als er ihnen die Gülleprobe aushändigte. Etwas komisch war ihnen das schon vorgekommen.

Auf der Rückfahrt von Riepe zur Stadt waren sie dann noch zum Hof vom Bauern Janssen gefahren und hatten dort, in weiser Voraussicht, auch gleich etwas Gülle dem Tank entnommen. Alle Stichproben waren schon unterwegs zur kriminaltechnischen Untersuchung in Hannover, kam Klaus zum Schluss seiner Ausführungen.

Peter überlegte angestrengt, aber wie er es auch drehte, die Gespräche ergaben keinen Hinweis darauf, dass einer der Bauern direkt im Mordfall verwickelt war.

Unbefriedigt mit der Entwicklung und mit einem Hauch von Resignation in der Stimme sagte er schließlich:

„Die Spurensicherung von Janssens Hof ist auch negativ, es gibt nicht den Hauch einer Spur oder sonst irgendwas vom Mörder. Wir können im Moment nur abwarten, was die Gülletests ergeben.

Übrigens, ich treffe mich morgen mit einem holländischen Kollegen in Groningen und schau mir mal die Lage jenseits der Grenze an.

Kümmert ihr euch mal um die Finanzlage unserer Bauern, speziell die von diesem Ukena. Leuchtet mir auch noch mal das Umfeld von Janssen ab, befragt die Nachbarn in der näheren Umgebung, Bekannte und Freunde, ob es mit irgendjemanden irgendwann Streit gegeben hat. Ich möchte nicht, dass wir da etwas übersehen.

Das hat aber Zeit bis morgen, lasst uns für heute Schluss machen."

Kapitel XIII

Mittwoch, 19. Oktober, abends

Anton Berends war heilfroh gewesen, als die Polizeibeamten endlich seinen Hof verlassen hatten. Gott sei Dank hatte es mit der Lieferung der frischen Gülle noch vorher geklappt. Er hatte den ganzen Tag vorher und die halbe Nacht die alte Gülle aus dem Tank auf seine Felder in der Umgebung ausgebracht. Er hatte sie zwar erst vor einer Woche gegüllt, aber wen interessierte es schon. Dafür wird die Ernte nächstes Jahr umso besser, dachte er sich.

Hajo Ukena hatte ihn glücklicherweise frühzeitig gewarnt und den Besuch der Polizei angekündigt. Woher er wusste, dass die Polizei über kurz oder lang auftauchen würde, konnte er wiederum nur erahnen. Eins war ihm klar, Hajo hatte seine Beziehungen.

Mit seinen Beziehungen hatte auch alles angefangen. Hajo Ukena hatte ihn und Heinrich Janssen vor zwei Jahren dazu überredet, Gülle aus Holland auf ihre Felder auszubringen. Er hatte ihnen nicht nur die Transporte besorgt, sondern sie auch noch gut dafür bezahlt. Sie wussten natürlich beide von Anfang an, dass es sich um illegale, unbehandelte Güllelieferungen handelte. Ein schlechtes Gewissen hatten sie trotzdem nicht dabei, demgegenüber stand die gute Bezahlung. Er und Heinrich brauchten das Geld, um ihre Höfe zu retten. Also fragten sie nicht lange, pumpten den Dreck aus Holland auf ihre Felder und sparten sich somit sogar den teuren Zukauf von Industriedünger. Es ging ihnen wieder gut, die Erträge der Felder wuchsen, was scherte sie da die Umweltbelastung. Sollten sie ihn doch ruhig einen Umweltverschmutzer nennen. Jeder ist sich selbst der Nächste, dachte sich Anton. Er übergüllte seine Felder trotzdem, obwohl ihm nicht immer wohl dabei war. Alles lief so gut, bis dieser neugierige Reporter auftauchen musste und zu viele Fragen stellte.

Der tragische Tod von Bernd Wolters war nicht geplant, es war ein Unfall gewesen. Warum musste dieser Typ auch unbedingt herumschnüffeln und dumme Fragen stellen? Er hatte den anderen gleich gesagt, dass das nicht gut gehen würde. Er hatte vorgeschlagen, dass sie eine Pause mit den Lieferungen der unbehandelten Gülle einlegen sollten, leider wollte ja niemand auf ihn hören. Nach dem Tod des Reporters war Anton schon total neben sich. Was Anton aber vollends den Rest gegeben hatte, war der Mord an Heinrich. Wer konnte ihn umgebracht haben, fragte er sich wieder und wieder. Warum musste Heinrich sterben, hatten eventuell die anderen damit etwas zu tun?

Anton hatte Angst! War er der Nächste?

Er wählte die Nummer von Hajo Ukena und nach zweimaligem Klingeln antwortete Hajo auch schon.

„Ich habe dir doch gesagt, du sollst mich nicht anrufen", klang es sofort wütend aus dem Hörer.

„Ich halt das nicht aus, ich will raus aus der Sache. Die Polizei war heute hier, genau wie du es vorausgesagt hast. Eine Gülleprobe haben sie auch entnommen. Dann haben sie mir noch jede Menge Fragen nach dem Journalisten Bernd Wolters, illegalen Gülletransporten und den Mord an Heinrich gestellt. Der Unfall des Reporters war schon schlimm genug, der Mord an Heinrich allerdings geht zu weit, Hajo. Was läuft hier eigentlich für ein Film? Hast du etwas mit dem Tod von Heinrich zu tun? Ich glaube, die Polizei weiß etwas, ich kann das nicht noch mal durchstehen", brachte Anton mit unsicherer Stimme hervor.

„Nun bleib mal ganz ruhig, Anton, die Polizei weiß absolut gar nichts. Die versuchen dich nur zu verunsichern, damit du dich verplapperst. Wenn die was wüssten, hätten sie dich doch gleich mitgenommen, oder? Hat doch super geklappt mit der frischen Gülle. Die ist abgekocht und sauber, da gibt es keinerlei Probleme. Bei mir waren sie übrigens auch, haben die gleichen Fragen gestellt und auch eine Probe entnommen. Lass sie doch untersuchen so viel, wie sie wollen, die finden nichts. Was Heinrichs Tod angeht, da habe ich nichts mit zu tun, das musst du mir glauben, Anton. Ich bin genauso ratlos wie du. Ich kann dir versichern, das hat absolut auch nichts mit unseren Geschäften zu tun. Wichtig ist jetzt nur, dass du die Schnauze hältst, versprich mir das", forderte Hajo eindringlich.

„Ja, ich versuch es, aber wenn die Polizei hier noch mal auftaucht, kann ich für nichts garantieren, ich bin nicht so abgebrüht wie du. Außerdem will ich nicht mehr, ich bin ich raus aus dem Geschäft. Ich habe Familie, an die ich denken muss, gute Nacht, Hajo." Damit beendete Anton das Gespräch.

Hajo Ukena überlegte nach seinem Gespräch mit Anton Berends kurz und wählte seinerseits eine Nummer. Als der Teilnehmer am anderen Ende abnahm, sagte Hajo nur: „Wir haben ein Problem und müssen reden. In einer Stunde an der üblichen Stelle." Dann legte er auf.

Kapitel XIV

Donnerstag, 20. Oktober

Peter freute sich auf die Fahrt mit dem Stag nach Winschoten. Er hatte erst noch überlegt, ob er Anja oder Klaus mitnehmen sollte, sich aber dann dagegen entschieden. Er wollte allein sein und während der Fahrt den Fall in Ruhe durchdenken.

Es war wieder ein schöner Herbstmorgen, die Sonne schien. Es war auch nicht allzu kalt, sodass Peter sogar das Verdeck des Cabrios öffnen konnte. Er steckte sich eine Zigarette zwischen die Lippen und startete den Motor. Er hatte seine dicke Fliegerjacke angezogen, trug dazu einen warmen Kaschmirschal um den Hals, eine lederne Fliegerkappe auf dem Kopf und schwarze Lederhandschuhe, die seine Hände wärmten. Die acht Zylinder seines Triumphs brummten satt und kräftig, als er die gewundene Petkumer Landstraße in Richtung Leer am Deich entlangfuhr. Kurz vor Leer bog er in den Emstunnel ein.

Der Emstunnel war 1989 für die Verbesserung der Verkehrsinfrastruktur Ostfrieslands, insbesondere durch die Anbindung der A31 an die Wirtschaftsregion des Ruhrgebietes, fertiggestellt worden. Er unterquerte auf 945 Meter Länge die Ems. Der Tunnel war zugleich die Verlängerung der niederländischen A7 von Groningen und Teil der Europastraße 22.

Auf der anderen Seite des Emstunnels, bei Bunde, bog Peter von der A31 ab auf die A7, die ihn direkt nach Winschoten führte. Er genoss die Fahrt allein in seinem Cabriolet. Es empfand es schon als seltsam, nachdem er die alten Grenzanlagen bei Bunde hinter sich gelassen hatte, dass alle Fahrzeuge heute so einfach die Grenze zwischen den Ländern ohne Kontrolle passieren können.

Seit dem Schengener Abkommen sind 1995 direkte Grenzkontrollen bei Bunde weggefallen und der allgemeine Personenverkehr fährt seitdem ungehindert von Deutschland nach Holland und umgekehrt genauso.

Natürlich hat dies nicht nur Vorteile, denn viele Staaten sind illegaler Einwanderung ausgesetzt, wenn die Außengrenzen des Schengengebietes nicht ausreichend abgesichert werden. Auch der Drogenschmuggel aus Holland nach Deutschland erfreut sich der offenen Grenzen und wird von vielen Konsumenten zur kleinen, eigenen Versorgungslage genutzt. Für diejenigen, die im großen Stil schmuggeln, sind Grenzen, offen oder geschlossen, sowieso egal. Natürlich ist es nicht abzustreiten, dass es auch für die Profis Vorteile hat, wenn nur noch Stichprobenkontrollen im Grenzbereich gemacht werden.

Am Marktplatz in Winschoten angekommen, parkte Peter seinen Stag vor dem Hotel Viktoria, in dem schon sein holländischer Kollege Kommissar Jan van de Felden auf ihn wartete.

Jan van de Felden war ein Mann mittleren Alters, dunkle Haare, an den Schläfen leicht ergraut, hohe Wangenknochen, relativ schlanke Figur mit leichtem Bauchansatz und graugrüne Augen. Peter schätzte das Alter des relativ gut aussehenden Holländers auf etwa 45 Jahre. Van de Felden war für einen Polizisten sehr modisch gekleidet. Designerjeans von Joop, Ecco-Schuhe, ein am Kragen offenes Hugo-Boss-Hemd und ein schickes Sakko der gleichen Marke gaben Peter Anlass zur Vermutung, dass die holländische Polizei bessere Gehälter als die Deutschen zahlen musste.

„Goede Morgen, mien Herr Kommissar Streib. Ich hoffe, Sie hatten eine gute Fahrt", begrüßte ihn sein Kollege, als Peter die Hotellobby betrat.

„Tolles Auto haben Sie da. Ein alter TR6, acht Zylinder mit einem super Drehmoment. Da muss die Fahrt nach Winschoten ja ein absolut wahres Vergnügen gewesen sein."

„Guten Morgen, Herr Kommissar van de Felden. Danke, der Nachfrage, ja, ich habe den kleinen Ausflug sehr genossen", antwortet Peter. „Ich freue mich darüber, dass Ihnen mein Wagen gefällt. Ich sehe, Sie sind ein Kenner. Danke auch dafür, dass Sie mir auf halbem Weg aus Groningen entgegengekommen sind. Das ist wirklich sehr nett von Ihnen", fuhr er fort.

„Absolut keine Ursache, mien Herr Kommissar Streib, das ist doch selbstverständlich, und außerdem befinden sich unsere zwei Kandidaten, denen wir heute einen Besuch abstatten wollen, ganz in der Nähe von hier. Aber dazu kommen wir später. Erst mal, was halten Sie von einem zweiten Frühstück und einer guten Tasse holländischen Kaffee. Dabei können wir uns dann in aller Ruhe unterhalten", erwiderte van de Felden mit einem breiten Grinsen im Gesicht.

Peter gefiel der Mann auf Anhieb. Jan van de Felden strahlte für ihn eine angenehme Ruhe aus, die jeglichen, möglich aufkommenden Stress sofort absorbierte. Ihm war aber auch nicht entgangen, dass Jan van de Felden ihn bei der Begrüßung sehr genau in Augenschein genommen hatte. Das zeugte von Wachsamkeit und schneller Einschätzungsgabe. Smart war auch, sich erst einmal unterhalten zu wollen, kombiniert mit der Idee zu einem zweiten Frühstück einfach perfekt. Außerdem, da er an diesem Morgen zu Hause nicht viel gefrühstückt hatte, empfand Peter einen richtigen Hunger.
Sie setzten sich an einen Fensterplatz im Café des Hotels mit Blick zum Marktplatz. Das Café war gut besucht, und nachdem sie ihre Bestellung aufgegeben hatten, kam Kommissar van de Felden auch gleich auf den Grund ihres Treffens zu sprechen.

„Wenn ich das alles richtig verstanden habe, Herr Kommissar Streib, vermuten Sie, dass von den beiden Adressen, die Sie mir gegeben haben, illegale Gülletransporte aus Holland nach Deutschland gehen."

„Erst mal, Sie können ruhig Peter zu mir sagen", entgegnete er mit einem Lächeln, um die Förmlichkeit aus dem Gespräch zu nehmen. „Zweitens wissen wir nicht genau, was unser Mord mit illegalen Transporten aus Holland zu tun hat, aber dass eine Verbindung besteht, steht außer Frage."

„Ich bin der Jan, freut mich, Peter. Das ist viel besser so und nicht so ein Steifes, wie sagt man, Amtsdeutsch oder? Da wir das schon mal geklärt haben, denke ich, erzähle ich dir erst mal, was ich über illegale Transporte weiß, und von unseren beiden Adressen, die wir später besuchen werden."

Jan van de Felden hielt Peter einen kurzen Vortrag über die Geschichte der extremen Überdüngung in Holland zusammen mit der drastischen Verschärfung der Gesetzeslage in den letzten zehn Jahren. Er erklärte weiter, dass im Gegensatz zu Deutschland die Ausfuhren von Wirtschaftsdüngern in den Niederlanden wesentlich strenger überwacht werden. Hierzu sind alle niederländischen Transportfahrzeuge mit einem GPS-Sender ausgestattet, sodass ihr Standort jederzeit abrufbar ist. Zudem werden alle Daten zum Herkunfts- und Zielort der Wirtschaftsdünger, zu den Mengen und enthaltenen Nährstoffen bei einer Behörde zentral erfasst. Den Haag kann auf diese Weise lückenlos nachverfolgen, dass überschüssige Nährstoffe das Land wirklich verlassen. Nach der Grenze endet die Überwachung jedoch. Denn mit Verlassen der Niederlande dürfen die Fahrer das GPS-Gerät ausschalten. Seit 2015 gibt es verschärfte Normen für die Ausbringung von Wirtschaftsdüngern. Die Rabobank hat kalkuliert, dass jährlich 14 Millionen Kilogramm Phosphor und 26 Millionen Kilogramm Stickstoff zusätzlich untergebracht werden müssen. Dies entspricht einem zusätzlichen Bedarf an Gülleflächen von 150.000 Hektar, die die Niederlande nicht haben. Fazit: Die Niederlande haben ihren Export von Wirtschaftsdünger kräftig hochgeschraubt. Fast zwei Millionen Tonnen Hähnchenmist und Co. kamen allein im letzten Jahr zusätzlich nach Deutschland über die Grenzen.

Jan stoppte hier mit seinen mehr offiziellen Ausführungen, ließ die Informationen auf Peter einwirken, bevor er dann mit einem bitteren Unterton sagte:

„Ich kann gut verstehen, Peter, dass niemand sehr glücklich ist über die Situation, aber das Konsumverhalten unserer Gesellschaft ist ein sehr zweischneidiges Schwert. Alle wollen billiges Fleisch, ohne sich über die Konsequenzen im Vorfeld Gedanken zu machen. Ich brauche dir auch nicht zu sagen, da wo Missstände herrschen, gibt es immer wieder Profiteure. Es ist viel Geld mit illegalen Transporten zu machen, sehr viel Geld. Das bringt mich dann auch zu deinen zwei Adressen, die einer Schweine- und einer Hühnerfarm zugeschrieben werden. Was sehr interessant daran ist, beide gehören ein und demselben Besitzer. Der Mann heißt Willem Kuipers und er ist bei uns kein unbeschriebenes Blatt. Exmilitär, Königliche Marinier Spezialkommandos mit Einsätzen in Afghanistan und Kosovo. Ein äußerst gefährlicher Mann, der auch vor Mord nicht zurückschreckt. Wir verdächtigen ihn schon seit Langem im internationalen Drogen- und Waffenhandel tätig zu sein, konnten ihm aber bisher nie etwas direkt nachweisen. Die Farmen gehören zu seinen legalen Aktivitäten, dienen vermutlich aber nur zur reinen Geldwäsche."

Er wurde unterbrochen von der Bedienung, die das Frühstück brachte, lächelte der hübschen jungen Frau zu, bedankte sich höflichst und fuhr fort:

„Wir schauen uns die Läden später gemeinsam einmal an, aber jetzt lass uns erst einmal frühstücken. Ich bin hungrig wie ein Bär."

Peter, noch etwas überrascht von den Informationen, die Jan ihm gerade über den Besitzer der Farmen mitgeteilt hatte, überfiel ein mulmiges Gefühl. Er spürte, wie sich die Härchen in seinem Nacken aufstellten, und fragte sich, in was für ein Wespennest er hier reingestochen hatte. Der frische Duft des Kaffees und der Croissants aber brachte ihn schnell wieder auf andere Gedanken. Er wünschte Jan einen guten Appetit und widmete sich ganz seinem Frühstück.

Nachdem sie fertig gefrühstückt hatten, fuhren sie mit van de Feldens Dienstwagen zur ersten Farm, die circa 15 Kilometer von Winschoten entfernt lag. Jan konnte Peter dazu erzählen, dass auf einer Fläche von derzeit fünf Hektar ungefähr 2.000 Tiere gehalten wurden. Das Anwesen war riesig, mit sechs Ställen, drei Güllehochbehältern, Gülleauffüllplatz, zwei Güllegruben, mehreren Futtersilos und das ganze Areal von einem robusten Stacheldrahtzaun umgeben. Als sie zum Tor der Farm kamen, deutete Jan auf die gut sichtbaren Überwachungskameras und bemerkte lakonisch:

„Bei uns in Holland gibt es sogar eine Sicherheitsverwahrung von Schweinen."

„Ja, ist mir auch sofort aufgefallen", antwortete Peter. „Fragt sich nur, ob für Zwei- oder Vierbeinige?"

„Hahaha, der Witz ist gut", lachte Jan, „den muss ich mir merken."

Er hupte mehrmals und hielt seinen Dienstausweis in Richtung Kamera am Tor, das sich wenige Minuten später automatisch öffnete. Jan lenkte den Wagen zum Bürogebäude, wo sie schon von zwei Mitarbeitern der Farm erwartet wurden. Die Nervosität der Männer war sichtlich greifbar, sie verhielten sich nicht gerade wie normale Mitarbeiter einer einfachen Schweinefarm, die nichts zu verbergen haben. Misstrauen und Ablehnung schlugen Peter und Jan entgegen. Der Empfang fiel dementsprechend auch sehr frostig aus und die Typen musterten nochmals gründlich die Dienstausweise der beiden, bevor der größere Mitarbeiter der Farm zögernd das Wort ergriff:

„Goedendag, ich bin Gerrit Veenstra, der Manager des Betriebes und das ist mein Assistent Daan Bruin. Was verschafft uns die Ehre Ihres Besuches, Herr Kommissar van de Felden?"

„Ach, nur ein reiner Höflichkeitsbesuch. Wir wollen uns nur nach dem Befinden der Schweine erkundigen", antwortete Jan van de Felden zweideutig trocken. „Ich hoffe, Sie haben nichts dagegen, uns ein wenig herumzuführen. Uns interessiert Ihre Produktion, hauptsächlich aber der anfallende Mist und insbesondere dessen Entsorgung."

Die Männer schauten sich uneinig, fast erlöst wirkend, an. Peter konnte ihnen anmerken, dass sie das nicht erwartet hatten. Aber was war es, dass sie hatte vorher so nervös wirken lassen? Er nahm sich vor, auf alles bei diesem Besuch genau zu achten, speziell auf Dinge, die nicht unbedingt zur Schweinemästung gehörten.

„Einen kleinen Moment bitte", sagte der kleinere Mann, nahm wortlos sein Handy heraus, stellte sich etwas abseits, wählte eine Nummer und führte ein kurzes Gespräch. Während des Telefongespräches nickte er mehrmals, immer wieder dabei nervös in Richtung Jan und Peter blickend. Offensichtlich bekam er direkte Anweisungen von jemand, wie er sich weiter verhalten sollte. Mit der Beendigung des Gespräches schien sein Selbstvertrauen gewachsen zu sein. Sein Gesichtsausdruck nahm freundliche Züge an, er lächelte sogar, als er sagte:

„Meine Herren, Sie haben selbstverständlich unsere volle Unterstützung und wir gewähren Ihnen unsere Kooperation. Wir führen Sie gerne durch unseren Betrieb und bitte stellen Sie Ihre Fragen, die wir, soweit in unserem Rahmen möglich, Ihnen auch gerne beantworten werden."

Der Rundgang durch den Betrieb dauerte eine gute Stunde. Sie wurden vorher mit weißen Ganzkörperanzügen und Plastiktüten an den Schuhen ausgestattet, bevor sie die verschiedenen Gebäude auf dem

Hof betreten durften. Die Tour begann im Deckzentrum, wo die Besamung der Sauen stattfand. Von dort zum Wartebereich für die trächtigen, in Gruppen gehaltenen Sauen, zu den Abteilen zum Abferkeln der Sau sowie zu den sogenannten Flatdeckställen, die nach der dritten bis zur zehnten Lebenswoche das Zuhause für die Tiere waren. Zum Schluss kamen die Mastabteile, das Futterlager und die Technologieeinrichtungen zur Entsorgung der Abfallprodukte.

Die Gülle wurde zweimal die Woche von Spezialunternehmern entsorgt und laut Unterlagen in einer nahen Biogasanlage verbrannt. Alles war sauber, organisiert, nach den Papieren und was sie gesehen hatten, ein absoluter Vorzeigebetrieb.

Warum also die anfängliche Nervosität, dachte sich Peter, als er wieder im Freien stand und sich eine Zigarette ansteckte.

Eins war ihm jedoch schon aufgefallen, er hatte bei den Mitarbeitern in der Fabrik verhältnismäßig viele Tattoos gesehen. Nicht irgendwelche Tattoos, sondern bei einigen eindeutige Knasttattoos, wie drei Punkte auf der Hand zwischen Daumen und Zeigefinger oder die sogenannte Knastträne, alles Zeichen dafür, dass die Männer schon einmal eingesessen hatten. Auf der Suche nach einem Aschenbecher für seine Zigarette sah Peter, wie zwei Männer in einen abseits gelegenen, halb unterirdischen Komplex verschwanden, der ihnen bei ihrem Rundgang nicht gezeigt worden war. Das Gebäude oder die Halle war unter einem riesigen Erdhügel kaum auszumachen. Mit angrenzender Sicherheit auch nicht aus der Luft zu sehen, und wenn Peter nicht zufällig die Männer hätte reingehen sehen, wäre es total unentdeckt geblieben. Er wunderte sich über die extreme Belüftungsschächte des Gebäudes und nahm sich vor, der Sache zu einem späteren Zeitpunkt noch mal genauer auf den Grund zu gehen. Er verwarf auch schnell die anfängliche Idee, Jan van de Felden von seiner Entdeckung zu erzählen, da es sich auch nur um eine ganz normale Lagerhalle handeln könnte. Für ihn stand aber fest, da war mehr dahinter und er musste es auf seine Weise herausfinden, allein.

Sie verließen die Schweinezuchtanlage und statteten gleich im Anschluss ihren zweiten Besuch bei der Hühnerfarm, circa zehn Kilometer entfernt, ab. Auch dort verhielt sich alles im Einklang mit Gesetz und Ordnung. Ihr Besuch erschien aber schon angemeldet gewesen zu sein. Man zeigte Jan und Peter wieder ohne Hindernisse alle Gebäude, Produktionsabläufe und Unterlagen. Es war wiederum ein reiner Musterbetrieb.

Zurück in Winschoten verabschiedete sich Peter dann von Jan van de Felden, der sich fast dafür entschuldigte, dass weder bei der Schweinefarm noch bei der Hühnerfarm etwas zu beanstanden war. Keinem der beiden Höfe konnte laut Unterlagen eine illegale Gülletransportaktivität nachgewiesen werden. Er versprach Peter aber, die Unterlagen und Zahlen der Zuchtfarmen nochmals genau mit denen von der angegebenen Biogasanlage abzugleichen. Im Fall von irgendwelchen Abweichungen würde er Peter sofort als Erstes verständigen.

Peter bedankte sich herzlichst für die Unterstützung. Er sagte Jan, dass es ihm ein Vergnügen gewesen war, ihn kennenzulernen und dass er mit ihm gerne weiter in Kontakt bleiben würde. Er winkte van de Felden noch kurz aus seinem Wagen zu, dann fuhr er von Winschotens Marktplatz wieder in Richtung Deutschland.

Auf dem Weg zurück nach Emden telefonierte er mit Anja im Büro. Er informierte sie über seine Besuche der holländischen Tierfarmen und dass er nichts weiter herausgefunden hatte.

Peter verschwieg auch ihr seine Beobachtung der unterirdischen Anlage auf dem ersten Hof. Es wollte sich erst persönlich vergewissern, ob er recht hatte mit seiner Vermutung.

Kapitel XV

Donnerstag, 20. Oktober, abends

Durch das Küchenfenster von Anton Berends' Hof schien ein schwacher Lichtschein und beleuchtete etwas den dunklen kleinen Weg, der vom Hintereingang des Hauses zur alten Scheune führte. Eine unwirkliche Stille lag über dem Hof, nur in der Ferne klang leiser Verkehrslärm, der das Schichtende des VW-Autoherstellers anzeigte.

Anton Berends saß auf seiner Eckbank, trank ein Bier und hing seinen Gedanken nach. Er fühlte sich etwas erleichtert, denn er hatte sich mit seiner Frau ausgesprochen, ihr erklärt, dass er den Entschluss gefasst hatte, reinen Tisch zu machen. Anton wollte am nächsten Morgen gleich zur Polizei gehen und auspacken. Seine Frau Swantje hatte ihm zugestimmt, dass das bisschen illegale Gülle ihm nicht mehr als eine Geldstrafe einbringen würde, und die Sache mit dem Journalisten war nicht seine Schuld gewesen. Er war von Anfang an gegen ein Treffen mit dem Reporter, aber die anderen hatten ihn dazu überredet. Von Bestechung war erst die Rede gewesen, wenn das nicht half, wollten sie ihn einschüchtern.

Leider war alles anders gekommen, aber er war unschuldig am Tod von Bernd Wolters. Hätte er sich nur nie mit Hajo eingelassen. Swantje hatte ihm von Anfang an gleich gesagt, dass dabei nichts Gutes rauskommt. Er hatte aber keine andere Wahl gehabt, der Hof war verschuldet gewesen und er musste die Familie ernähren. Gerda, seine Tochter, studierte in Bremen und sein Sohn Frerk machte eine Ausbildung auf der Insel Borkum. Das kostete alles Geld, Geld, das er aber nicht hatte.

Da kam ihm damals die Idee mit der illegalen Gülle von Hajo ganz recht. Sie hatten sich auf einem jährlichen Treffen der Landwirte Ostfrieslands in Greetsiel, als alle schon gegangen waren, darüber unterhalten, Hajo, Heinrich und er. Hajo ging es als Einzigen von ihnen finanziell richtig gut und auf die Frage von Heinrich, wieso eigentlich, offenbarte er ihnen im Vertrauen sein Geheimnis. Hajo erzählte ihnen von dem Geldsegen der unbehandelten Gülle aus Holland und dass sie genauso davon profitieren könnten wie er. Er schlug ihnen vor, alles zu organisieren. Sie bräuchten nur die Gülle auf ihren Feldern auszubringen, den Mund zu halten und wären alle ihre Sorgen los. Das Angebot war zu verlockend, als dass sie es ausschlagen konnten. Der außerdem an dem Abend reichlich konsumierte Alkohol hatte ihnen die Entscheidung zusätzlich erleichtert, sie willigten ein.

Am Anfang lief auch alles reibungslos, die Tanker kamen nachts aus Holland und brachten die Gülle, die er und Heinrich dann am nächsten Tag sofort auf ihren Feldern ausbrachten. Hajo bezahlte sie gut dafür, sie stellten keine Fragen. Die Lieferungen wurden dann aber immer mehr, schon lange überschritten sie bei Weitem sogar die erlaubten Kapazitäten einer legalen Ausbringung. Doch der Rubel rollte, die Gülle machte sie über die Jahre wohlhabend. Wegen des vielen Düngers wuchsen ständig die Erträge, die Ernten übertrafen alle Erwartungen.

Alles lief gut, bis dieser Reporter Bernd Wolters eines Tages auftauchte und dumme Fragen stellte. Erst tauchte er bei Heinrich auf und dann bei ihm und Hajo. Wolters tat so, als wüsste er alles von den Lieferungen illegaler Gülle. Heinrich hatte sie frühzeitig gewarnt, ihnen von den Fotos, von den nächtlichen Anlieferungen erzählt, die Wolters ihm gezeigt hatte. Heinrich warnte davor, dass der Typ nach einem Insider suchte, der mit mehr Informationen und Beweisen seine Theorien bestätigte. Bernd Wolters wurde, um es mit Hajos Worten auszudrücken, zu einem ernsthaften Problem. Hajo sagte, wenn der seine Story veröffentlichen würde, wäre es aus mit dem zusätzlichen Geldsegen. „Das können wir uns alle nicht leisten, der macht uns kaputt", waren seine exakten Worte. Sie einigten sich darauf, dass einer von ihnen ein Treffen organisieren sollte und sie ihm Geld für sein Schweigen anbieten würden. Heinrich hatte dann ein Treffen mit dem

Reporter verabredet. Dann war alles anders gekommen als geplant und jetzt waren Bernd Wolters und Heinrich tot. Hajo hatte den Tod von Wolters als unglücklichen Unfall abgestempelt, aber Anton hatte schließlich mit im Wagen gesessen. Für ihn auf der Rücksitzbank hatte es mehr nach Absicht ausgesehen. Hajo hatte ihm auch versichert, er hätte nichts mit dem Mord an Heinrich zu tun, aber Anton glaubte ihm nicht mehr. Vor allem misstraute er diesem Holländer Henk Visser, mit dem Hajo unter einer Decke steckte. Der Mann war ihm nie geheuer gewesen, vor dem fürchtete er sich. Er hatte Angst, dass er der Nächste ist, der zum Schweigen gebracht werden wird.

Seine Frau Swantje ging pünktlich wie immer um 10:00 Uhr zu Bett. Weil Anton immer so laut schnarchte, schliefen sie schon seit Jahren in getrennten Schlafzimmern. Er selber ging nie vor Mitternacht zu Bett, Anton konnte einfach nie früh einschlafen. Trotzdem stand er jeden Morgen um 05:00 Uhr auf, er brauchte nicht viel Schlaf, ein paar Stunden reichten ihm. Mit einem weiteren Bier aus dem Kühlschrank in der Hand ging er von der Küche in die gute Stube und ließ sich in seinen ledernen Fernsehsessel fallen. Dann schaltete er lustlos durch die vielen Sender, bis er endlich ein Programm fand, das ihm gefiel.

Es war kurz vor 23:00 Uhr, als Anton im Halbschlaf vor dem Fernseher glaubte, draußen ein Geräusch gehört zu haben. Sofort drückte er den Ausknopf des Fernsehers, lief zum Fenster, schaute und horchte in die Nacht. Nichts, du hörst schon Gespenster, dachte er sich. Eine kalte Angst beschlich ihn, aber er konnte draußen nichts Außergewöhnliches entdecken. Als er sich gerade abwenden und ins Bett gehen wollte, sah er dass die kleine Scheunentür noch offen war. Eigenartig schoss es ihm durch den Kopf, er war sich sicher, bevor er zum Abendbrot ins Haus gegangen war, die Tür geschlossen zu haben. Ohne einen weiteren Gedanken daran zu verschwenden, zog er seine Schuhe an, lief vorsichtig zur Scheune, um die Tür zu schließen. Vorher hatte er noch sein altes Jagdgewehr aus dem Schrank genommen und mit zwei Schrotpatronen bestückt. Anton blickte sich nach allen Seiten Ausschau haltend dabei um. Die kühle Nachtluft füllte seine Lungen mit Sauerstoff, er fror ein wenig, zumindest erklärte er sich selber so das Zittern seiner Hände. Am großen Scheunentor angekommen, hörte er plötzlich ein schabendes Geräusch. Es kam aus dem Innern der dunklen Scheune.

Anton trat langsam mit dem Gewehrlauf vorweg ein und wollte gerade den Lichtschalter betätigen, als ihn zwei kleine Nadeln trafen und 50.000 Volt seinen Körper durchfluteten. Seine Muskeln zuckten plötzlich unkontrollierbar, Anton fiel auf den Grund, als seine Beine nachgaben. Das Jagdgewehr entglitt seinen verkrampften Händen. Der Schmerz, den er fühlte, war, als ob ihm jemand bei lebendigem Leib alle Eingeweide herausriss. Ohne sich dessen bewusst zu werden, biss er seine Zunge blutig. Dann wurde es dunkel um ihn herum, ein erlösender Schlag auf den Kopf befreite ihn endlich von seiner Pein.

Als Anton wieder zu sich kam, wusste er im ersten Moment nicht, wo er sich befand. Dann kam die Erinnerung. Blut, das aus einer Platzwunde an seinem Kopf heruntergelaufen war, klebte auf seinem Gesicht. Seine Zunge schmerzte von den eigenen Bissen. Angstschweiß und Panik brachen in ihm aus. Anton wollte aufstehen, aber es ging irgendwie nicht. Dann bemerkte er auch den Grund dafür, er saß gefesselt an einem Balken seiner Scheune. Er sah, dass mehrere Heuballen um ihn herum platziert worden waren. Seine Kleidung war feucht oder besser gesagt durchtränkt, gleichzeitig stieg ein stechender Gestank in seine Nase, der Geruch von Benzin. Erst dachte Anton, er wäre allein, dann nahm er eine Bewegung hinter sich wahr, er hörte, wie sich leichte Schritte ihm näherten.

Wütend über seine prekäre Lage, krächzte er:

„Was soll der Scheiß, seid ihr verrückt geworden? Hajo, bist du das? Kommt, lasst den Quatsch, wir können doch über alles reden."

Dann tauchte eine dunkel gekleidete Gestalt vor ihm auf, das Gesicht tief unter einem Kapuzenshirt verborgen. Sie leerte wortlos den restlichen Inhalt eines Benzinkanisters über einem Strohballen und stellte eine brennende Kerze darauf. Anton dämmerte die Konsequenz, wenn die Flamme der Kerze den Ballen erreichen würde.

„Das könnt ihr nicht machen. Nein, das nicht, bitte nicht. Ich sage nichts, ich halte dicht, bestimmt, glaubt mir. Ich mache alles, was ihr verlangt. Ich habe Familie, ich flehe euch an, bitte nicht", schluchzte Anton jetzt mit verzweifelter Stimme.

Ohne sich um Antons verzweifelte, flehende Worte zu kümmern, drehte sich sein Angreifer um und sah ihn mit mitleidslosen Augen an. In dem Augenblick erkannte Anton, wer sein Angreifer war. Er wollte noch etwas sagen, aber ein zweiter harter Schlag ließ Anton verstummen. Der Eindringling knebelte Anton und nahm sein Handy aus der Hosentasche. Dann tippte er eine SMS, schaltete es aus und warf es mit einem letzten verächtlichen Blick auf den am Boden zusammengesunkenen Anton Berends. Vor der Scheune horchte die dunkle Gestalt kurz zum Haus hinüber, versicherte sich, dass dort alles ruhig und still blieb. Ohne sich noch einmal umzudrehen, verließ der nächtliche Besucher lautlos, wie er gekommen war, den Hof.

Eine Stunde später, als die Kerze fast heruntergebrannt war, entzündeten sich die Benzingase aus dem Strohballen. Der benzingetränkte Heuballen stand alsbald in Flammen, das Feuer breitete sich langsam immer weiter aus. Dunkle Rauchschwaden durchzogen das Innere der Scheune, sie umhüllten den reglos am Boden liegenden Mann. Anton Berends wurde noch einmal kurz wach, als er schon lichterloh in Flammen stand, dann verzehrte ihn das Feuer und er starb.

Ein spät heimkehrender Nachbar entdeckte das Feuer der brennenden Scheune und rief sofort die Feuerwehr. Es dauerte nicht mehr als 15 Minuten, bevor der erste Löschzug mit der Brandlöschung begann. Doch da stand die Scheune bereits über ihre ganze Länge lichterloh in Flammen. Aus einigen anderen Dörfern der Umgebung trafen vermehrt Löschfahrzeuge der freiwilligen Feuerwehren ein.

Der Brand war endlich in den frühen Morgenstunden ganz gelöscht.

Swantje Berends, Antons Frau, war verzweifelt, sie konnte nirgendwo auf dem Hof ihren Mann finden. Immer wieder starrte sie in die Flammen der Scheune, eine grausame Unruhe beschlich sie. Die Vermutung lag nahe, dass Anton sich eventuell während des Ausbruchs des Feuers in der Scheune befunden hatte. Warum ihr Mann noch so spät in seine Scheune gegangen sein sollte, war für Swantje ein Rätsel.

Die Polizei wurde daraufhin vorsorglich verständigt.

Kapitel XVI

Freitag, 21. Oktober, nachts

In der Nacht, etwa zur gleichen Zeit des Brandes, fuhr ein dunkelgrüner Triumph Stag durch Winschoten. Peter war auf dem Weg zurück zu der Schweinemastfarm, um herauszufinden, was es mit der unterirdischen Halle auf sich hatte. Er hätte seinen holländischen Kollegen Jan van de Felden am Vortag darauf aufmerksam machen können, hatte sich aber, aus mehreren Gründen, dagegen entschieden. Einer der Gründe war, falls etwas Illegales in der Halle vor sich ging, wäre ihnen, ohne offiziellen Durchsuchungsbeschluss, sowieso der Zutritt verweigert worden. Der offizielle Dienstweg hätte auch zu nichts weiter geführt, als dass Beweise vorher eventuell verschwunden wären. Daraus resultierte auch sein zweiter Grund, Peter wollte die Betreiber der Schweinefarm nicht unnötig auf seine Beobachtung aufmerksam machen. Für Peter stand fest, wenn er herausfinden wollte, was es mit dem unterirdischen Lager auf sich hatte, musste er es selbst in die Hand nehmen. Er musste auf seine Weise herausbekommen, was hier nicht stimmte. Peter hatte sich entschieden, seinem untrüglichen Jagdinstinkt zu folgen. Sein siebter Sinn sagte ihm auch, dass der Schlüssel zu seinem Fall hier in Holland zu suchen war. Was er hier finden würde, wusste er nicht genau, aber er hatte eine wage Vermutung. Er fragte sich dabei auch, hatte Bernd Wolters hier bei seinen Exkursionen etwas beobachtet, das ihm das Leben gekostet hat?

Peter hatte für die kurze Fahrt nach Winschoten weniger als eine Stunde gebraucht. Er erreichte die Farmanlage in den frühen, noch immer sehr dunklen Morgenstunden. Leichter Tau lag auf den Wiesen, der Himmel war sternenklar, aber eine dunkle Neumondnacht. Es war eine perfekte Nacht für sein Vorhaben.

Er parkte seinen Triumph Stag etwas abseits auf einem nahe gelegenen Feldweg. Außer dem leisen Knistern des abkühlenden Motors drang kaum ein Geräusch durch die nächtliche Stille.

Die Schweinefarm befand sich in etwa 300 Meter von Peter. Er konnte sie leicht ausmachen, denn sie stach aus der Dunkelheit, von mehreren Scheinwerfern angestrahlt, hervor. Beim offiziellen Besuch am Tage hatte er auch einige Überwachungskameras an den Gebäuden ausgemacht. Es stand daher für ihn außer Frage, dass er bei seinem zweiten, inoffiziellen Besuch auf jeden Fall unerkannt bleiben musste.

Er war ganz in Schwarz gekleidet und trug seine leichten Einsatzstiefel. Zusätzlich mit einer schwarzen Balaklava über dem Kopf, die sein Gesicht unkenntlich machte, lief er in Richtung der Farm. Peters Adrenalinspiegel stieg, wie immer wenn er vor einer heiklen Aktion stand, langsam an. Er atmete ein paar Mal ruhig durch, der anfängliche Adrenalinschub senkte sich, Peter wurde zu einer eiskalten Kampfmaschine.

Er überprüfte seine Sig Sauer P225, die er vor einigen Jahren bei einem Einsatz einem Drogendealer abgenommen, aber nie gemeldet hatte. Er wusste damals auch nicht, warum er die Waffe nicht abgegeben hatte, heute war es ihm klar. Peter liebte seine Alleingänge, da kam ihm eine nicht gemeldete Waffe gerade recht. Mehr als einmal hatte er sich in Fälle außerhalb der polizeilichen Legalität begeben und ermittelt. Er konnte nicht anders, die Verbrecher waren oft zu gerissen. Viele nutzten die Gesetze, um ihren kriminellen Machenschaften nachzugehen. Also nutzte Peter seinerseits illegale Mittel, um sie dennoch hinter Gitter zu bringen, quid pro quo!

Es stand für ihn auch außer Frage, dass er seine eigene Dienstwaffe bei inoffiziellen Eskapaden, wie er sie nannte, jemals benutzen konnte. Falls er aber doch zu einem unerwarteten Schusswechsel gezwungen werden sollte, durfte er keine Spuren hinterlassen, die ihn belasten würden. Der Schusswaffengebrauch war für Peter aber der absolute Notfall. Er verließ sich mehr auf seine Krav-Maga-Fähigkeiten und zur Not hatte er auch immer noch ein Messer im Stiefel. Nicht zum Töten, sondern mehr um Gegnern Verletzungen, die sie kampfunfähig machten, beizubringen.

Mit einer mitgebrachten Zange kniff er ein Loch in den Drahtzaun, groß genug, um hindurchzuschlüpfen. Er hatte sich die Lage des Eingangs zur unterirdischen Halle am Tage genau eingeprägt. Jeden auch noch so kleinen Schatten ausnutzend, schlich Peter wie ein Phantom leise durch die Dunkelheit. Nach wenigen Minuten befand er sich an seinem Ziel, dem Eingang der unterirdischen Halle. Gerade als er die Tür überprüfen wollte, öffnete sich diese nach außen und ein Mann im grünen Overall trat heraus. Der Typ steckte sich beim Hinausgehen eine Zigarette an, inhalierte tief und genüsslich.

Peter war durch das plötzliche Öffnen der Tür ein klein wenig überrascht worden. Er hatte keine ausreichende Zeit mehr für den totalen Rückzug gefunden. Peter konnte sich daher nur noch schnell seitlich neben den Türrahmen in den Schatten stellen. Wenn noch mehr Männer aus der Halle kämen, hätte er ein echtes Problem. Er konnte nur hoffen, dass es bei dem einen bleiben würde. Als die Tür langsam zurückschwingend ins Schloss fiel, stellte Peter erleichtert fest, dass er Glück hatte. Nur ein einzelner Mann war für eine kurze Zigarettenpause aus der Halle gekommen. Der Mann drehte sich zu Peter, der verborgen hinter der vorher noch offenen Tür gestanden hatte, um. Als er ihn erblickte, ließ er vor lauter Schreck seine Zigarette fallen. Der Mann öffnete seinen Mund zu einem Schrei, doch er hatte keine Zeit mehr Alarm zu schlagen. Mit einer gezielten speziellen Kampftechnik hatte Peter seinen Kontrahenten ausgeschaltet. Der Mann lag bewegungslos auf dem Boden. Von seinem Gürtel nahm Peter eine mitgebrachte Plastikeinwegfessel und legte sie dem Mann an. Damit er niemand durch Rufe warnen konnte, verklebte Peter vorsichtshalber noch seinen Mund mit Klebeband. Anschließend schulterte er den immer noch bewegungslosen Mann und verfrachtete ihn etwas abseits hinter einen Holzstapel außer Sicht. Er hielt dem Mann ein auf Ammoniumkarbonat basierendes Riechsalz unter die Nase. Ammoniak verstärkt den Atemreiz in Nase und Lunge, was wiederum zu einer erhöhten Aufnahme von Sauerstoff führt. Kurz darauf erlangte der Mann wieder sein Bewusstsein. Angstvoll blickte er Peter an, der mit verstellter Stimme ihn auf Englisch fragte, wie viele weitere Männer sich noch in dem Gebäude befinden würden. Um seiner Frage den nötigen Nachdruck zu verleihen, hielt Peter dem armen Kerl sein Messer unter die Nase. Das musste zu viel für den Typ gewesen sein, der stechende Geruch von Urin zog plötzlich in Peters Nase. Offensichtlich kein Held, hatte sich der Mann vor lauter Angst in die Hosen gemacht. Das störte Peter jedoch nicht weiter, er wiederholte seine Frage noch mal und hielt dabei abwechselnd eine Anzahl von Fingern hoch, erst zwei, dann drei, bei vier Fingern nickte der Typ.

Vier weitere Gegner, das kann ja heiter werden, dachte Peter. Er drückte einen bestimmten Punkt am Hals des Mannes und der verlor wieder sein Bewusstsein. Diese besondere Technik hatte Peter von einem indischen Kalarippayat-Meister gelernt. Sie ist extrem effektiv für den lautlosen Angriff, um Gegner unschädlich zu machen, aber darauf zu verzichten, sie zu töten.

Peter öffnete leise die Tür, betrat vorsichtig die Lagerhalle, ohne sich weiter um den Ausgeschalteten zu kümmern. Was er dann zu sehen bekam, sprach mehr als tausend Bände. Auf mehr als 50 Meter Länge standen unter künstlichem Licht in Zehnerreihen riesige Marihuanapflanzen. Im mittleren Bereich der Halle machte er zwei wiederum in hellgrüne Overalls gekleidete Männer aus. Diese waren emsig damit beschäftigt, an einer automatischen Bewässerungsanlage eine Reparatur vorzunehmen. Der kalte Luftzug der offenen Tür ließ sie kurz aufschauen und sie sahen nur die dunkle Silhouette eines Mannes hereinkommen. Sie mussten gedacht haben, ihr Kollege käme von seiner Zigarettenpause zurück, und schenkten der Gestalt keine weitere Beachtung. Erst in dem Moment, als Peter in seiner schwarzen

Tarnkleidung mit Balaklava direkt vor ihnen stand, waren sie sichtlich geschockt. Doch der Schock dauerte nur wenige Sekunden.

„Hey wat doe je hier", rief der eine, weniger auf eine Antwort wartend, als seiner Verwunderung Luft zu machen. Er griff sofort in der nahestehenden Werkzeugkiste zu einem Hammer.

Sein Partner hielt schon einen großen Schraubenschlüssel in der Hand. Mordlust blitzte in ihren Augen, als sie so bewaffnet sich aufrichteten und langsam auf Peter zugingen.

„Claas, Jaap, kom nar me", rief der mit dem Hammer Bewaffnete laut durch den Raum und schwang gleichzeitig das schwere Werkzeug in Richtung Peters Kopf.

Der Schlag wurde unpräzise ausgeführt und verfehlte Peter. Ihm war aber klar, auch ohne viel Holländisch zu verstehen, dass sein Angreifer mit dem Ruf seine weiteren zwei Kollegen verständigt hatte. Peter musste jetzt schnell handeln, um das ungleiche Verhältnis der Überzahl seiner Kontrahenten schnellstens zu reduzieren.

Jetzt waren seine ganzen Krav-Maga-Fähigkeiten gefragt. Es ist eine spezielle Nahkampftechnik, die lehrt, auch mit mehreren Gegnern gleichzeitig fertigzuwerden.

Krav Maga, das in Hebräisch Kontaktkampf bedeutet, ist das offizielle System für Selbstverteidigung und Nahkampf der israelischen Streitkräfte. Imi Lichtenfeld ist der Begründer von Krav Maga. Er entwickelte ein völlig neues Nahkampfsystem, das den israelischen Erfordernissen Rechnung trug. Imi hatte Techniken aus mehreren Kampfsportarten zusammengestellt und dabei gelernt, dass manche Kampftechniken auf der Straße funktionierten und andere wiederum nicht. Es werden keine Formen gelehrt, es werden keine Wettkämpfe ausgetragen, es gibt keine Regeln.

Die Grundvoraussetzungen des Krav Maga lauten, wie von seinem Begründer formuliert:

„Lass dich nicht verletzen."

„Sei bescheiden."

„Handle richtig."

Peter war einer der besten Krav-Maga-Kämpfer, die es gab. Er hatte mit vielen Eliteeinheiten wie der israelischen Sajeret Matkal, der britischen S.A.S., der russischen Speznas, dem deutschen KSK oder der GSG9 trainiert, er war überall anerkannt.

Beim zweiten Versuch, ihn mit dem Hammer zu treffen, schritt Peter in seinen Gegner und hebelte ihn unsanft von den Beinen. Der Mann schlug dabei sehr hart mit dem Kopf auf den Boden und rührte sich nicht mehr. Der andere versuchte gleichzeitig die Gelegenheit zu nutzen, um mit seinem Schraubenschlüssel anzugreifen, doch Peter wehrte diesen Angriff mit einer stechenden Handabwehr gegen die Innenseite des Unterarms ab. Er klemmte die den Schlüssel haltende Hand ein und fuhr gleichzeitig dabei einen der Distanz angepassten, waagerecht verlaufenden Ellenbogenschlag zum Kopf als Gegenangriff aus. Der Angreifer verdrehte von der Wucht des Schlages die Augen und war außer Gefecht gesetzt. In wenigen Sekunden hatte Peter die Männer mit Plastikhandfesseln versehen und es ging keine weitere Gefahr mehr von ihnen aus.
    Drei versorgt, zwei weitere waren übrig, von denen noch Gefahr ausging.
    Den Gedanken noch nicht vollendet, hörte Peter auch schon aus dem rückwärtigen Ende der Halle die Geräusche schneller Schritte.

Rufe wurden laut:
    „Dirk, Gerd, Andreas, hoe zit me jou?"

Peter hatte sich zwischenzeitlich von den beiden am Boden gefesselten Männern einige Meter entfernt und hinter eine Reihe von mannshohen Marihuanapflanzen gestellt.

Plötzlich erschien ein Bär von einem Mann in seinem Sichtfeld. Der Typ war fast zwei Meter groß, ein Kerl wie ein Schrank; ein richtiger Bulle, mit Stiernacken und Händen wie ein Metzger. Er rannte auf seine am Boden liegenden Kollegen zu. Als er ihre Fesseln sah, blieb er plötzlich wie abrupt stehen. Der Mann schaute sich vorsichtig nach allen Seiten um. Er atmete schwer, ballte seine großen Hände zu Fäusten. Das Knacken seiner Fingergelenke war dabei deutlich hörbar.

Peter, gerade noch am Überlegen, wie er diesen Gorilla angehen sollte, vernahm ein seichtes Rauschen in seinem Rücken. Er wich mit dem Kopf instinktiv zur Seite, dennoch verspürte er einen heftigen Schlag an der Schulter. Den Schmerz ignorierend, rollte er reflexartig vorwärts und entging somit dem zweiten Hieb eines Baseballschlägers. Der fünfte und letzte Mann der Gang hatte sich heimlich von hinten an Peter rangeschlichen. Nur seinen ungewöhnlich gut ausgebildeten, immer wieder trainierten Reflexen hatte Peter es zu verdanken, dass der erste Schlag seinen Kopf sowie der zweite Schlag ihn ganz verfehlt hatten.

Peter stand jetzt zwischen seinen beiden Gegnern. Der Angreifer mit dem Baseballschläger trat langsam aus der Pflanzenreihe. Dabei hielt er den Schläger hinter seinem Kopf, wie Alex aus „Uhrwerk Orange" seinen Spazierstock. Vor ihm stand der bärige Typ, zähneknirschend vor Wut. Er griff sofort mit seinen riesigen Pranken nach Peter und erwischte ihn am Arm. Anstatt, wie es der Gegner von ihm erwartet hatte, sich aus dem Griff herauszuwinden, schritt Peter vorwärts in den Mann hinein, zog das Knie hoch in seine Weichteile und drehte ihn in die Richtung des zweiten Angreifers. Dieser hatte in der Zwischenzeit zu einem weiteren Schlag mit dem Baseballschläger ausgeholt, konnte aber seinen Schlag nicht mehr bremsen und traf seinen Kollegen mit voller Wucht am Unterarm. Peter konnte förmlich hören, wie der Aufprall des Schlägers den Knochen an mehreren Stellen brach. Der Riese schrie vor Schmerzen, löste seine Hand von Peters Arm und stellte vorerst keine weitere Gefahr mehr dar. Nicht aber so der andere Typ, der bewegte sich im sicheren Abstand, lauernd und mit kreisenden Bewegungen seines Schlägers vor ihm. Peter konnte ihm ansehen, dass er im Straßenkampf geübt war. Die Art, wie er den Baseballschläger, kleine Vorstöße antäuschend, von einer Seite zur anderen schwang, zeugte davon, dass er nicht zum ersten Mal jemand damit angegriffen hatte. Der Mann lächelte ihn teuflisch dabei an. Er hatte stechende kleine Augen, ein unrasiertes Gesicht, das von strähnigen langen blonden Haaren eingerahmt wurde. Er war muskulös mit wenig Fett an seinem Körper.

Der Angreifer täuschte einen Überkopfschlag vor, stürmte auf Peter zu und änderte dabei die Richtung des Schlägers zu einem waagerechten Schlag. Peter hatte das Aufblitzen in den Augen des Gegners gesehen. Er wusste, der Angriff kam. Mit einer Körperdrehung sprintete Peter nach vorn, wobei sich seine Schulter und sein Bein auf der angegriffenen Seite befanden. Zum Schutze seines Kopfes hatte er die vordere Hand beim Voranstürmen nach unten und die hintere Hand nach oben geführt. Beim Zusammenprall schlugen die Schultern aneinander, die Waffe war in ihrer Wirkung neutralisiert. Mit einer Drehbewegung des rechten Arms schlug Peter seinen Ellbogen unter das Kinn und stieß dabei gleichzeitig sein Knie in den Unterleib seines Gegners. Die Anwendung beider Techniken gleichzeitig verfehlte nicht ihre Wirkung, der Typ verdrehte die Augen und sackte kampfunfähig zu Boden.

Der Bär hielt sich seinen schmerzenden gebrochenen Arm und konnte nur stumm dabei zusehen, wie auch Peters letztes Paar Handfesseln an seinem Freund zum Einsatz kam.

„Wie je bent, who are you?", fragte er schmerzverzogen und mit hasserfülltem Gesicht, aber Peter hatte keinerlei Absicht, ihm zu verraten, wer er war.

Er zog stattdessen seine Waffe und richtete diese auf den Mann und gab ihm unmissverständlich zu verstehen, dass er derjenige war, der die Fragen stellte.

„Let's talk", begann er auf Englisch, dann steckte er seine Waffe mit einem Lächeln ein und nahm dafür demonstrativ den am Boden liegenden Baseballschläger auf.

In weniger als zehn Minuten erfuhr Peter alles, was er wissen wollte. Im hinteren Bereich des Lagers befand sich ein weiterer Raum, in dem die Drogen verpackt wurden. Neben fast zwei Tonnen Marihuana lagerten dort auch noch einige Kilo Hasch und Kokain zum fertigen Transport über die Grenze. Die Schweinefarm war ein Drogenumschlagplatz im großen Stil. Das Rauschgift wurde von hier, zusammen mit Gülle, in wasserdichten Säcken nach Deutschland geschmuggelt und kam dort in den Straßenhandel.

Wer genau in den Handel verwickelt war, konnte oder wollte der Mann ihm aber nicht erzählen. Peter hatte da so seine eigenen Vermutungen.

Er sperrte die Männer im rückwertigen Teil der Lagerhalle in den Waschraum. Dann nahm er das Handy des Riesen und verständigte anonym die holländische Polizei.

Als er mit seinem Stag auf dem Rückweg durch Winschoten fuhr, sah er mehrere niederländische Polizeifahrzeuge mit Blaulicht in die Richtung der Schweinefarm fahren.

Es war fast 05:00 Uhr morgens, als Peter wieder in Emden eintraf. Er duschte noch schnell und legte sich nach seinem nächtlichen Abenteuer zufrieden schlafen.

Kapitel XVII

Freitag, 21. Oktober, morgens

Peter wachte am nächsten Tag um 10:00 Uhr morgens auf und fluchte laut darüber, dass er verschlafen hatte. Ein Blick auf das Display seines Handys sagte alles, es war aus. Die Batterie war leer, Peter hatte, wie so oft, vergessen sein Handy aufzuladen. Es lag für den Fall aber immer eine Ersatzbatterie in der Ladestation. Er wechselte in Windeseile den Akku des Handys, das mit neuem Saft versehen, dann sofort anfing, fortgesetzt verschiedene Töne von sich zu geben. Er drückte ein paar Tasten und das Handy zeigte ihm mehrere verpasste Anrufe und SMS.

Peter sah, dass Anja mehrfach versucht hatte, ihn zu erreichen. In einer der SMS schrieb sie etwas von einem Scheunenbrand bei Bauer Anton Berends.

Peter fluchte jetzt umso lauter und wählte sofort Anjas Nummer. Sie nahm beim ersten Klingelzeichen ab. Nach kurzer Begrüßung und ohne ihr eine Erklärung zu geben, warum er nicht erreichbar gewesen war, fragte Peter Anja, was es mit dem Scheunenbrand bei Berends auf sich habe.

Anja erzählte ihm von dem Feuer in der Nacht auf dem Hof, dass sie mit Klaus schon seit 09:00 Uhr vor Ort war und die letzten Löscharbeiten gerade abgeschlossen waren. Sie informierte Peter weiter darüber, dass Anton Berends vermisst wurde. Von der Vermutung seiner Ehefrau, dass er sich während des Brandes womöglich in der Scheune befunden habe.

Bisher hatten die Einsatzkräfte aber noch keine Spur gefunden, die den Verdacht bestätigte.

Peter versprach Anja, so schnell wie möglich vor Ort zu sein. Er duschte, zog sich in Rekordzeit an und verließ seine Wohnung, ohne Frühstück oder Kaffee zu sich zu nehmen.

Auf dem Weg zu Anton Berends' Hof kreisten Peters Gedanken um seine nächtliche Exkursion. Der Fall hatte für ihn eine ganz neue Dimension angenommen. Sind Drogen ein besserer Grund für Mord als Gülle, fragte er sich. Eigentlich ist es egal, beantwortete er sich die Frage selber, beides ist Scheiße. Die Drogen standen in einem direkten Zusammenhang mit den Gülletransporten, so viel war ihm klar. Welche Verbindung die Spedition Frerichs und die Bauern haben und wer in die Sache verwickelt ist, musste er noch herausbekommen. Handelte es sich bei dem Brand um einen weiteren Mordanschlag oder hatte das Scheunenfeuer eine ganz andere Ursache? Wo verdammt noch mal ist Anton Berends? Fragen, Fragen, Fragen, es war an der Zeit, Antworten zu finden.

Zum jetzigen Zeitpunkt durfte Peter eigentlich noch nichts über einen Zusammenhang von Drogen und Gülle wissen. Er konnte ja noch gar nicht darüber informiert sein, er musste so lange warten, bis die Kollegen in Holland ihn offiziell informieren würden. Er war sich aber sicher, dass Jan van de Felden ihn sehr bald anrufen würde. Außerdem war bis jetzt noch nicht bewiesen, dass mit den Gülletransporten durch die Spedition Frerichs gleichzeitig auch Drogen geschmuggelt wurden. Vielleicht spielte sich aber alles nur in seiner Fantasie ab, obwohl er das eher für unwahrscheinlich hielt. Andererseits war sich Peter ziemlich sicher, dass alles auf die Spedition Frerichs hinwies, nur wie gesagt, beweisen konnte er es noch nicht.

Der starke Brandgeruch schlug Peter sofort entgegen. Schon von Weitem hatte er die immer noch schwelenden Überreste der Scheune ausmachen können. Ostfriesland war flach und man konnte über die Felder überall meist bis zum Horizont blicken. Als er auf den Hof von Bauer Anton Berends fuhr, sah er, dass außer einem Stahlrahmen und ein paar Seitenmauern von der Scheune nicht mehr viel übrig geblieben war. Das Feuer hatte gründliche Arbeit geleistet. Das bekannte Bild von mehreren Löschfahrzeugen sowie Polizeiwagen gab ihm ein

Déjà-vu-Erlebnis zum Einsatz ein paar Tage vorher auf dem Janssen-Hof. Die Feuerwehrmänner durchsuchten die Scheune, oder besser gesagt die noch vom Löschwasser dampfenden Überreste, vorsichtig mit langen Stangen. Abseits von den Feuerwehrleuten standen Anja und Klaus am Haupthaus des Hofes und winkten Peter zu.

„Moin, Chef", empfing ihn Anja. „Harte Nacht gehabt, was?", fuhr sie fort, ohne eine Antwort abzuwarten.

Wenn Anja wüsste, wie recht sie mit ihrer spitzfindigen Bemerkung hatte, würde ihr die Frage im Hals stecken bleiben, dachte Peter und antwortete nur kurz:
„Schlecht geschlafen, mein Handy war ausgeschaltet, sorry."

Klaus musterte Peter mit einem argwöhnischen Seitenblick, bevor er seinen Senf dazugab.
„Ich wär auch gerne zum Urlaub nach Holland gefahren und hätte mir dort die Nacht um die Ohren geschlagen. Tausendmal lieber, als mir hier seit 09:00 Uhr morgens die Beine in den Bauch zu stehen."

„Okay, Leute, ist ja gut, ich habe verschlafen, aber wofür habe ich euch denn? Ihr habt doch alles im Griff, wie ich sehe. Wenn ihr mir jetzt noch eine Tasse Kaffee besorgen könntet, seid ihr fast perfekt", grinste Peter.
„Also erzählt mal, ihr Frühaufsteher, was ist hier genau passiert, wann ist das Feuer ausgebrochen, wer hat es gemeldet und wo ist Anton Berends?"

Anja nahm ihren Notizblock und las laut:
„Der Anruf bei der Feuerwehr kam um halb eins morgens. Einer der Nachbarn hatte auf dem Nachhauseweg den Feuerschein entdeckt und danach sofort die Feuerwehr benachrichtigt. Die war innerhalb von

15 Minuten vor Ort, die Löscharbeiten folgten umgehend. Der Brand muss so um Mitternacht ausgebrochen sein, vermutlich Brandstiftung. Genaueres wird uns aber der Brandexperte der Feuerwehr später nach gründlicher Untersuchung sagen können. Anton Berends wird seit dem Brand vermisst. Laut seiner Frau war er weder in seinem Bett noch sonst wo auf dem Hof zu finden, als die Löscharbeiten begannen. Wir vermuten, er ist in der Scheune verbrannt, aber Genaueres können wir erst sagen, wenn alles abgesucht worden ist.

Wie auf Befehl kam im gleichen Augenblick aus den Trümmern der Ruf eines Feuerwehrmannes.
  „Hier, hierher, da liegt einer!"

Unter einem noch schwelenden Balken lagen die verkohlten Überreste eines Menschen. Eine sofortige Identifizierung war wegen der starken Verbrennungen so nicht möglich. Es war aber mit großer Sicherheit anzunehmen, dass es sich um keinen anderen handeln könnte als um Anton Berends. Den letzten Zweifel würde natürlich Sigurd Schmitz bei der Obduktion ausräumen.
  Der Gerichtsmediziner war in der Zwischenzeit eingetroffen und hatte sich zu Anja, Peter und Klaus gestellt.
  „Böse Sache", bemerkte er nebenbei mit einem Blick auf die verkohlten Überreste des Toten. „Wenn das Bauernsterben hier so weitergeht, ist bald die Versorgungslage der Bevölkerung in Ostfriesland gefährdet."

Obwohl die Bemerkung einer humorvollen Wahrheit entsprach, fand keiner sie besonders komisch. Sich seines Fauxpas bewusst, streifte Sigurd einen weißen Schutzanzug über, zog sich die obligatorischen Gummihandschuhe an und murmelte mehr zu sich selber als zu den anderen:
  „Na, dann wollen wir mal sehen, was uns der Tote zu erzählen hat."
  Das gesagt, begann er mit seiner Arbeit, der Untersuchung der Leiche.

Als Anja, Klaus und Peter das Haupthaus vom Hof betraten, empfing sie die Frau von Anton Berends mit hasserfülltem Blick in der Küche. Sie zeigte auf Klaus und Anja und sagte:

„Sie sind schuld an allem, Sie und dieser Reporter mit seinen dummen Nachforschungen über illegale Gülle."

„Nun mal langsam, Frau Berends", fiel ihr Klaus ins Wort. „Wir machen hier nur unsere Arbeit, und wenn alles so in Ordnung gewesen ist, wieso ist ihr Mann denn jetzt tot? Erzählen Sie uns lieber, was hier gestern Nacht passiert ist."

Swantje Berends, von Klaus zurechtgewiesen, schluchzte und schlug ihre Hände dabei vor ihr Gesicht.

„Ich kann es Ihnen nicht sagen, ich habe geschlafen und bin erst von dem Lärm der Feuerwehren aufgewacht. Alles, was ich weiß, ist, dass Anton heute zur Polizei gehen wollte, eine reinen Tisch machende Aussage hatte er noch gesagt. Er wollte alles gestehen und deshalb musste er sterben."

Peter, Anja und Klaus schauten sich fragend an, das hatten sie jetzt nicht erwartet. War Anton Berends eventuell direkt am Tod von Bernd Wolters und Heinrich Janssen beteiligt? Peter wartete, bis Frau Berends sich wieder gefangen hatte. Dann setzte er die Befragung vorsichtig fort.

„Was wollte er gestehen, Frau Berends?"

„Na dass er und Heinrich Janssen von Hajo Ukena dazu überredet worden sind, illegale Gülle aus Holland auf die Felder auszubringen, das wollte er gestehen. Wie, was dachten Sie denn?", fragte sie, als sie den enttäuschten Blick von Peter sah. Gleichzeitig dämmerte ihr, welche Ungeheuerlichkeit, die Polizisten erwartet hatten.

„Das ist doch wohl jetzt nicht Ihr Ernst? Dachten Sie etwa, er hätte etwas mit dem Mord an Heinrich oder dem Unfall an diesem Reporter zu tun? Sie spinnen ja total, wenn Sie so etwas denken. Mein Anton konnte keiner Fliege etwas zuleide tun. Das hat alles dieser Hajo Ukena zu verantworten, den sollten Sie einmal etwas genauer unter die Lupe nehmen. Dieser schmierige Parasit, der hat bestimmt auch meinen Anton umgebracht, dem traue ich alles zu."

„Das werden wir mit Gewissheit tun, Frau Berends, verlassen Sie sich darauf", sagte Anja mit entschlossener Miene.
„Nun zu gestern Abend. Haben Sie irgendetwas gesehen oder gehört, was uns irgendwie weiterhelfen könnte?"

„Nein, mein Mann und ich haben seit Jahren getrennte Schlafzimmer. Ich bin wie immer so um 10:00 Uhr, ins Bett gegangen und dann auch gleich sofort fest eingeschlafen. Anton wollte noch etwas aufbleiben, Fernsehen schauen, wie es seine Gewohnheit war. Aufgewacht bin ich erst wieder um etwa 01:00 Uhr, als die Feuerwehr mit Sirenen auf den Hof gefahren kam. Als ich dann Anton wecken wollte, bemerkte ich, dass Anton nicht in seinem Zimmer im Bett lag. Erst habe ich mir nichts weiter dabei gedacht. Ich nahm an, er wird wohl auch die Feuerwehr gehört haben und war schon nach draußen gegangen, um beim Löschen zu helfen. Als ich ihn aber dann nirgendwo auf den Hof finden konnte, bekam ich es mit der Angst zu tun."

Peter und die anderen beiden schauten sich fragend an. Klaus ergriff die Initiative und fragte:
„Frau Berends, können Sie uns einen Grund dafür nennen, warum Ihr Mann noch zu so später Stunde in die Scheune gegangen sein könnte?"

„Nein, normalerweise verschließt Anton die Scheune so um spätestens 09:00 Uhr. Ich kann Ihnen nicht sagen, warum Anton noch in der Nacht in die Scheune gegangen ist. Ich weiß nur, er ist jetzt tot, verbrannt. Oh mein Gott, wie sage ich es nur unseren Kindern. Bitte lassen Sie mich jetzt in Ruhe, ich möchte keine weiteren Fragen beantworten."

Es war ziemlich klar, die Frau wusste auch nichts weiter zu berichten und Peter brach die Befragung ab. Er gab ihr noch für den Fall, dass sie Hilfe benötigte, die Telefonnummer eines Polizeipsychologen. Dann nickte er Klaus und Anja zu, die drei verabschiedeten sich.

Auf dem Hof stand neben einem Krankenwagen Sigurd Schmitz, der, wie es schien, seine Voruntersuchung gerade abgeschlossen hatte. Zwei Bestatter waren dabei, die Leiche Anton Berends' abzutransportieren.

Sigurd Schmitz' Blick war düster und das bedeutete meistens nichts Gutes. Er sah Peter aus dem Haus kommen und winkte ihn zu sich herüber. Sigurd streifte seine Gummihandschuhe ab, holte einmal tief Luft und resümierte:

„Ich kann euch sagen, Leute, das war kein Unfall gewesen. Dieser Anton Berends ist nicht einfach nur so verbrannt, der war gefesselt gewesen. Ich habe Überreste von Stricken an seinen Handgelenken gefunden. Außerdem, die Verbrennungen der Leiche sehen auch aus, als ob mit einem Brandverstärker nachgeholfen wurde. Es war vermutlich Benzin oder so. Ich schicke dir meinen ausführlichen Bericht später, aber eins steht jetzt schon fest, Peter, es war eindeutig Mord!

Ihr könnt schon mal die Spurensicherung verständigen, die Scheune, oder was von ihr übrig geblieben ist, ist jetzt ein Tatort."

Kapitel XVIII

Freitag, 21. Oktober, mittags

Die Spurensicherung war kurz vor ihrer Abfahrt eingetroffen und hatte sich sofort an ihre Arbeit gemacht. Für Klaus, Anja und Peter gab es nichts mehr auf dem Hof zu tun, sie fuhren zurück in die Stadt. Kaum waren sie im Revier angekommen, klingelte auch schon Peters Telefon. Anja, die dem Telefon am nächsten stand, nahm das Gespräch an.

„Peter, Anruf aus Holland, dein Freund, dieser Jan van de Felden, ist für dich am Apparat."

Peter nahm den Hörer aus Anjas Hand und konnte sich schon denken, warum Jan van de Felden ihn anrief.

„Hallo, Jan, womit habe ich die Ehre deines Anrufes verdient?"

„Moin, Peter, du wirst es nicht glauben, aber gestern Nacht ist jemand in die Schweinefarm, die wir tagsüber besucht haben, eingedrungen. Du weißt nicht zufällig, wer das gewesen sein könnte, oder?", klang es mit einem ironischen Unterton von Jan durch den Hörer.

„Nein, wie kommst du denn darauf?", antwortete Peter genauso ironisch zurück.

„Lange Rede, kurzer Sinn. Also dieser sogenannte Eindringling, von dem niemand weiß, wer er war, hat dort fünf Personen ausgeschaltet, gefesselt und dann die Polizei verständigt. In einem unterirdischen Bunker fanden die Beamten eine riesige Marihuanaplantage, tonnenweise Amphetamine, mehrere Kilo Kokain, Hasch sowie Heroin. Daraufhin wurde sofort eine Razzia eingeleitet und auch noch die Hühnerfarm des gleichen Besitzers von oben bis unten gründlichst durchsucht. Auch dort wurde in großem Stil Marihuana unterirdisch angebaut sowie ein Labor zur Herstellung von Ecstasy gefunden."

„Da kann ich dir ja gratulieren, Jan. Habt ihr den Besitzer, wie heißt der noch gleich, auch festgenommen?"

„Nein, noch nicht, mehrere andere Personen wurden noch in der gleichen Nacht festgenommen. Wir ermitteln jetzt gegen Willem Kuipers wegen illegalen Drogenanbaus und Drogenschmuggels, konnten ihn selber aber noch nicht ausfindig machen und verhaften."

„Der Typ scheint mir ganz schön clever zu sein. Ich hoffe, ihr findet ihn bald, Jan, damit die, im wahrsten Sinne des Wortes, Schweinerei ein Ende hat."

„Ja, das hoffe ich auch, Peter. Clever ist Willem Kuipers ganz bestimmt. Es ist jetzt bewiesen, dass er die Schweine- und Hühnerfarm als eine Tarnung für den hohen Anbauenergiebedarf von Marihuana benutzt hat. Gleichzeitig hat er sie nach außen als Deckmantel benutzt, um als ein legaler Fleischexporteur mit Transporten von Schweinen und Hühnern den Schmuggel von Drogen zu organisieren."

„Oder mit Gülle", warf Peter ein.

„Ja, das ist durchaus möglich, die ist ja dabei in sehr großen Mengen als Abfallprodukt angefallen und wer schaut schon gerne in Gülletankern nach Drogen. Da hilft auch kein noch so guter Drogenhund mit der besten Spürnase. Die perfekte Tarnung für Drogenschmuggel. Wir kalkulieren alle diese Möglichkeiten mit ein. Die Kollegen sichten Unmengen von Dokumenten, die wir sichergestellt haben. Sobald ich mehr weiß, rufe ich dich wieder an. Auf Wiedersehen und vielen Dank, Peter."

„Bis bald, Jan."
Nachdem Peter den Hörer aufgelegt hatte, blickte er in Klaus' und Anjas fragende Gesichter.

„Es gibt interessante Neuigkeiten", stillte er ihre Neugier. „In Holland hat die Polizei gestern Nacht eine Razzia durchgeführt. In der Schweine- und Hühnerfarm, die ich mit Jan van de Felden bei meinem Besuch inspiziert habe, wurden große Mengen von Drogen gefunden. Es sieht so aus, als ob die Drogenbande die Tierfarmen im großen Stil als Deckmantel für den Anbau und den Schmuggel von Drogen benutzt haben. Die Kollegen in Holland überprüfen gerade alle Verbindungen der Bande nach Deutschland. Es ist nicht unwahrscheinlich, dass auch Gülletransporte zum Schmuggeln der Drogen benutzt wurden. Was uns wieder zu unserer Spedition Frerichs bringt. Wir sollten der einfach noch mal einen Besuch abstatten und uns speziell diesen Transportmeister Henk Visser vornehmen. Ich bin mir sicherer denn je, der hängt da irgendwie in der Sache mit drin."
Peter verschwieg den beiden natürlich, dass er das alles schon vorher gewusst hatte, bevor der Anruf von Jan kam. Er behielt auch wohlweislich für sich, dass einer aus der Drogenbande ihm letzte Nacht praktisch schon den Missbrauch der Gülletransporte für den Drogenschmuggel gestanden hatte. Nur die Namen der Leute, die dahintersteckten, oder die Abnehmer der Drogen, die kannte er nicht, aber die würde er auch noch herausbekommen.
Es war alles nur eine Frage der Zeit, bis er auch die Namen hatte. Einer davon war der Mörder von Janssen, Berends und eventuell auch Wolters. Peter war sich ziemlich sicher, dass er kurz vor der Lösung des Falls stand. Die Jagd hatte begonnen, es wurde Zeit, die Treiber auszuschicken und das Wild aufzuscheuchen.

„Klaus, du nimmst dir mit ein paar Leuten noch mal in Leer die Spedition Frerichs vor. Stell dort alles auf den Kopf und lass dir die Listen der Fahrer geben, die in Holland immer die Gülle abholen. Ich möchte, dass du dir genau diese Fahrer herauspickst und sie unter Druck setzt. Sieh zu, was du über den Henk Visser herausbekommen kannst, seine privaten Vermögensverhältnisse, irgendwelche Vorstrafen, Familienabstammung usw. Zusätzlich möchte ich wissen, wo er zum genauen Zeitpunkt der Morde war und überprüfe auch sein Telefon. Noch Fragen?"

„Ja, wie sieht es mit einem Durchsuchungsbeschluss aus?", fragte Klaus.

„Ich kümmere mich sofort darum, den bekommst du umgehend. Anja und ich werden in der Zwischenzeit zu Hajo Ukena fahren und uns den einmal genauer vornehmen. Nachdem was Frau Berends ausgesagt hat, steckt der tiefer in der Sache drin, als wir bisher angenommen hatten."

Kapitel XIX

Freitag, 21. Oktober, Nachmittag

Anja und Peter fuhren in Peters offenem Triumph Stag entlang eines neu angelegten Teilstücks der Wolthuser Straße. In Höhe der Wolthuser Schule wunderten sie sich über die zusätzlichen Fahrradwegstreifen auf der Straße.

„Was soll denn dieser Unsinn jetzt, sollen die armen Fahrradfahrer sich dem Autoverkehr auf der Straße aussetzen?", fragte Anja empört.

„Die Bürgersteige waren doch immer superbreit genug gewesen für die Fußgänger sowie gleichzeitig für die Fahrradfahrer und sie sind es immer noch. Sieh doch, Peter, sie sind auch nach der Erneuerung immer noch, intelligenterweise mit farblich unterschiedlichen Steinen, für die entsprechenden Verkehrsteilnehmer getrennt. Das macht doch keinen Sinn, die neue Straße ist ja jetzt nicht einmal mehr breit genug für einen Lastwagen, Bus und Fahrradfahrer zusammen. Auf der ausgewiesenen neuen Fahrradspur zu fahren ist ja lebensgefährlich."

„Beruhige dich, Anja, da hat wieder einmal jemand im Emder Straßenbauamt, ohne richtig nachzudenken, es zu gut gemeint", antwortete Peter nur ironisch und fuhr im Schritttempo an ein paar Kindern auf Fahrrädern vorbei. „Eins muss man aber sagen, die neuen Teilstücke der Wolthuser Straße sind wesentlich besser als die alte Ruppelpiste vorher. Leider müssen wir noch ein paar Jahre warten, bis alles fertig sein wird, aber wir werden es überleben."

Ein paar Hundert Meter weiter war es dann wieder Status quo, der Stag flog über herausstehende Gullydeckel und aufgewölbten Asphalt. Anja gab Peter die Richtung zum Hof von Hajo Ukena in Riepe vor. Dieser staunte nicht schlecht, als er auf die Einfahrt des Hofes fuhr und das prachtvolle Anwesen zum ersten Mal sah. Ukenas uralter, schöner Gulfhof aus dem 19. Jahrhundert lag weit abseits von anderen Höfen, verborgen hinter einer langen Auffahrtsallee von riesigen, steinalten Eichenbäumen. Die alte Scheune war so groß, dass mehrere Lastwagen mit Anhänger bequem darin Platz hätten finden können. Das Dach war mit einer riesigen Solaranlage ausgestattet, die den Eindruck machte, als könnte sie ein ganzes Dorf mit Strom versorgen. Zwei weitere etwas kleinere Nebengebäude neueren Datums rahmten den Innenhof des Anwesens ein. Sie beherbergten die viel benutzten landwirtschaftlichen Fahrzeuge. Prunkstück des kompletten Gutes, konnte man sagen, aber blieb das schöne dreistöckige Haupthaus des Gulfhofes mit Reetdach. Offensichtlich war es erst vor ein paar Jahren aufwendig restauriert worden. Alles war neu verfugt, die Fenster gleich dreifach isoliert, neues Dach und zu einem herrlich angelegten Garten mit einer bodentiefen Fensterfront versehen. Peter parkte seinen Stag neben einem Mercedes-Geländewagen, zündete sich eine Zigarette an und schlenderte zu einer nahe gelegenen Koppel mit Pferden.

„Nicht schlecht, Anja, oder was sagst du dazu? Bauer müsste man sein. Das alles hier muss eine richtig schöne Stange Geld gekostet haben", stellte Peter, ohne irgendwelchen Neid zu empfinden, fest.

„Ja, oder Drogendealer, kommt darauf an", antwortete Anja knapp und erinnerte Peter damit an den Grund ihres Besuches.

„Na, dann wollen wir mal sehen, womit der liebe Herr Ukena seinen aufwendigen Lebensstil finanziert."

Zwei weiße Säulen zierten die prächtige grüne Holzeingangstür, in deren Mitte zur Zierde ein großer, alter, bronzener Löwenkopf mit Ring als Türklopfer angebracht war. Peter drückte, anstatt zu klopfen, den seitlich an der Hauswand installierten modernen Klingelknopf. Wenig später öffnete ihnen eine elegante Frau mittleren Alters die Tür. Sie trug einen knielangen blauen Reitrock mit Reitstiefeln, dazu eine weiße Bluse aus Seide. Ihre Fingernägel waren auffällig rot lackiert, die Finger mit teuren Ringen bestückt, die mit Sicherheit mehr als ein Jahresgehalt von Peter und Anja zusammen gekostet haben mussten. Ihre blonden Haare hatte sie vornehm hochgesteckt, ein leicht dezentes Make-up unterstrich beim Betrachter, dass sie sehr viel Wert auf ihr Äußeres legte.

Sieglinde Ukena musterte ihre Besucher mehr misstrauisch-arrogant als höflich, bevor sie nach dem Grund des Besuches fragte:

„Ja, womit kann ich Ihnen dienen, was führt Sie zu uns?"

„Moin, Frau Ukena, mein Name ist Peter Streib, Erster Hauptkommissar der Mordkommission Emden, und das ist meine Kollegin Kommissarin Anja Kappels", stellte Peter sich und Anja vor und hielt der Frau dabei seinen Dienstausweis entgegen.

„Wir würden gerne mit Ihrem Mann sprechen."

Mit jetzt noch mehr Misstrauen als vorher beäugte Sieglinde Ukena die Dienstausweise von Peter und Anja. Mit einer abweisenden Geste antwortete sie etwas näselnd:

„Das tut mir leid, dass ich Sie enttäuschen muss, Herr Kommissar, aber mein Mann ist mit einem Freund heute Morgen segeln gegangen. Ich erwarte ihn frühestens erst am Sonntagabend wieder zurück. Wenn Sie ihn sprechen wollen, müssten Sie schon bis Montag warten. Darf ich höflichst fragen, was die Mordkommission von meinem Mann möchte?"

„Natürlich dürfen Sie das. Schade, dass Ihr Mann nicht da ist, wir hätten da nur ein paar kleine Fragen gehabt, aber vielleicht können Sie uns ja auch weiterhelfen. Wenn wir reinkommen dürfen, ich verspreche auch, es dauert nicht lange."

Sieglinde Ukena war sichtlich nicht erfreut über Peters Antwort, bat sie aber dennoch höflich einzutreten und führte sie in ein geräumiges, sehr geschmackvoll, teuer eingerichtetes Wohnzimmer. Der Raum hatte einen gemauerten offenen Kamin, in dem angenehm ein paar frisch angezündete Holzscheite knisterten und eine wohlige Wärme verbreiteten. Mehrere teure Teppiche bedeckten Teile des dunklen Echtholzfußbodens. An den Wänden hingen Bilder von Alex Katz, Werner Reiter, Anselm Kiefer und sie sahen nicht so aus, als wären sie billige Drucke. Auf einem eleganten weißen Marmortisch standen eine offene Flasche Rotwein und zwei Gläser. Sieglinde Ukena sah, wie Peter und Anja fragende Blicke tauschten, aber ignorierte diese einfach. Sie verwies auf eine braune Ledergarnitur, bat Platz zu nehmen, rückte ihren knielangen Rock zurecht und wartete darauf, dass Peter oder Anja begannen, ihre Fragen zu stellen.

„Sehr schön haben Sie es hier, Frau Ukena. Das hat doch alles sicher eine Menge Geld gekostet, oder? Ich wusste gar nicht, dass Landwirtschaft so lukrativ sein kann", schoss Anja einfach drauflos.

„Was wollen Sie damit andeuten, Frau Kommissarin? Der Hof ist seit sechs Generationen im Besitz meiner Familie. Wir sind die größten Grundbesitzer hier im Ort und bewirtschaften mehr als 180 Hektar Ackerland. Uns geht es gut, die Böden sind fruchtbar und die Ernteerträge steigend. Meine Familie hat hart dafür gearbeitet, wir tun es immer noch, uns wird nichts geschenkt", erwiderte Sieglinde Ukena mit einer selbstbewussten Arroganz alten Landadels.

„Das glaube ich Ihnen gerne, aber bei der vielen Arbeit mit dem Hof hat Ihr Mann so einfach Zeit, ein ganzes Wochenende segeln zu gehen?", bohrte Anja weiter.

„Wenn Sie es genau wissen wollen, ja. Er hat sogar seine eigene Segeljacht und für die Arbeit auf dem Hof beschäftigen wir zusätzlich zwei

Angestellte. Aber was soll diese Fragerei nach unserer Finanzlage? Sie können sich gerne an das Finanzamt wenden, die werden Ihnen genau sagen, wie viel Steuern wir jedes Jahr auf unsere Einkünfte bezahlen. Das ist bestimmt mehr, als Sie pro Jahr verdienen, meine Liebe."

„Es geht hier nicht um Steuern, Frau Ukena, sondern um Mord, um genau zu sagen, gleich zwei Morde", schaltete sich Peter in das Gespräch ein.

Er hatte gemerkt, wie Anja wieder einmal in ihren leicht aggressiven Angriffsmodus verfiel. Nachdem Sieglinde Ukena Anja jetzt auch noch meine Liebe genannt hatte, wusste er, es wurde Zeit einzulenken.

Mit seinem Statement hatte er Sieglinde Ukena leicht aus ihrer vornehmen Selbstsicherheit gebracht.

Sieglinde Ukena strich sich eine Haarsträhne aus der Stirn, bevor sie mit neu gewonnener Kraft entrüstet antwortete:

„Wiederholt haben Sie jetzt das Wort Mordfall benutzt, Herr Kommissar. Ich frage Sie, was hat mein Mann denn mit Ihrem Fall zu tun, da muss doch ganz bestimmt ein Irrtum vorliegen. Glauben Sie denn, er hat jemand ermordet? Das wäre ja eine absurde, ungeheuerliche Beschuldigung, mein Mann ist doch kein Mörder."

„Beruhigen Sie sich, Frau Ukena, das sagt ja auch niemand. Wir ermitteln hier in zwei Mordfällen und Ihr Mann hatte geschäftliche Beziehungen zu beiden Mordopfern. Im Rahmen unserer Ermittlungen müssen wir standardgemäß alle Beteiligten zu ihrem Verhältnis mit den beiden Toten befragen. Eine einfache Alibiüberprüfung aller ist somit ein ganz normaler Teil unserer Untersuchung, wie Sie sicher verstehen. Daher können Sie uns vielleicht etwas dazu sagen, wo Ihr Mann am Montag des 17. Oktobers zum Zeitpunkt zwischen 09:00 und 10:00 Uhr morgens und gestern so um Mitternacht war."

Sichtlich erleichtert, die Fragen einfach und ihrer Meinung nach auch wahrheitsgemäß beantworten zu können, beteuerte sie, ohne lange nachdenken zu müssen:

„Gestern war er bei mir im Bett die ganze Nacht. Wir sind so um 11:00 Uhr schlafen gegangen. Dann ist er heute sehr früh, schon um 04:00 Uhr aufgestanden, um sich mit seinem Segelfreund zu treffen. Montagfrüh, lassen Sie mich überlegen. Ach ja, da war er morgens in Aurich, bei Joke Ulferts, Landmaschinenvertretung. Wir überlegen schon länger, uns einen neuen Mähdrescher anzuschaffen. Er wollte sich dort einen zum Verkauf stehenden Mähdrescher anschauen. Das können Sie leicht überprüfen, ich kann Ihnen gerne die Nummer von Ulferts-Landmaschinen geben, Herr Kommissar."

„Danke, Frau Ukena, Sie haben uns damit sehr geholfen. Wir werden das natürlich überprüfen müssen, aber ich nehme an, dass Ihre Aussage schon ihre Richtigkeit haben wird. Nichtsdestotrotz werden wir mit Ihrem Mann noch persönlich ein Gespräch führen müssen. Das hat aber Zeit bis Montag, wenn er vom Segeln zurück ist. Das war es auch schon, wir verabschieden uns hiermit, auf Wiedersehen, Frau Ukena. Ach, da wär noch was, es geht dabei mehr um eine ganz persönliche Angelegenheit. Dürfte ich mich auf Ihrem Hof noch etwas umschauen? Mich faszinieren diese alten ostfriesischen Gulfhöfe, insbesondere die großen Scheunen. Ich spiele seit geraumer Zeit mit dem Gedanken, mir selber einen alten Bauernhof zu kaufen und zu restaurieren."

„Natürlich, Herr Kommissar, schauen Sie sich ruhig alles an. Wir haben hier nichts zu verbergen. Der Gulfhof ist aus dem Jahre 1734, und wie ich schon erzählte, unser Hof ist seit vielen Generationen in Familienbesitz. Wir haben ihn vor ein paar Jahren aufwendig renoviert, aber wie Sie ja selber sehen, hat es sich gelohnt. Warten Sie hier einen Moment, ich sage nur schnell Arne, einem unserer Knechte Bescheid, der kann Sie dann herumführen und Ihnen alles zeigen."

Arne Vermeulen war ein großer hagerer Mann in den Vierzigern mit hellblondem Haar und strahlend blauen Augen. Peter war sofort sowohl der holländische Akzent des Mannes als auch sein niederländischer Nachname aufgefallen. Wieder reiner Zufall oder steckte doch mehr dahinter, fragte er sich innerlich. Der Mann musterte sie argwöhnisch und im ersten Augenblick wirkte er erschrocken, als Frau Ukena Anja und Peter als Kriminalkommissare vorstellte. Er fasste sich aber schnell wieder und erklärte Peter und Anja die historische Bewandtnis des alten Gulfhofes.

Der Gulfhof der Familie Ukena wurde erstmals 1734 in den Annalen des Ortes erwähnt. Gulfhöfe sind die für Ostfriesland typischen geräumigen Bauernhäuser, die aus einem tragenden Skelett aus innerhalb des Raumes stehenden Holzpfeilern in sogenannter Ständerbauweise entstehen. Der Gulfhof ist ein Wohn- und Wirtschaftsgebäude, bei dem sich die Konstruktion der Scheune hinter niedrigen Ziegelwänden und unter einem tief herabgezogenen Dach verbirgt. Zwischen den hoch aufragenden, aus Ständern, Balken und Rahmen gezimmerten Vierkanten, den sogenannten Gulfen, wurde die Ernte vom Boden bis ins offene Dach hineingestapelt. Beidseitig davon liegen Stall und Dreschdiele, von außen leicht an dem zur Seite gerückten großen Einfahrtstor zu erkennen. Vor der Scheune liegt der oft stattliche Wohnteil mit zahlreichen Fenstern. Die Scheunenform des Gulfhauses entstand wahrscheinlich im 16. Jahrhundert. Sie umfasste mit einem Minimum an Material ein Maximum an Raum und konnte mit verschiedenen Wohnhausformen kombiniert werden. Weil sich das Gulfhaus als wohnlich, praktisch und flexibel erwies, breitete es sich an der Nordseeküste vom Groningerland bis in die Wesermarsch aus. Die ostfriesischen Gulfhäuser, die vom Wohnen, Wirtschaften und vom handwerklichen Geschick vieler Generationen zeugen, bestimmen bis heute in eindrucksvoller Weise das Bild unserer Landschaft. Der Ukena-Gulfhof war ein besonders schönes Anwesen mit dem reetgedeckten Haupthaus. Reet bezeichnet man das an Ufern auf sumpfigem Gelände wachsende Schilfrohr, das vielerorts in getrocknetem Zustand zur Dacheindeckung verwendet wird. Es ist eine alte Tradition und eine kostspielige Art der Bedachung, beendete Arne Vermeulen seine Exkursion in die Geschichte und Entstehung der Gulfhöfe Ostfrieslands.

Bei der anschließenden Führung durch die große Hauptscheune fiel Peter in einer Ecke ein dunkles Fahrzeug, abgedeckt unter einer staubigen Plane, auf. Im ersten Augenblick hatte Peter sich weiter nicht viel dabei gedacht, doch als er den rechten Kotflügel, der unter der Abdeckung etwas hervorschaute, sah, wurde er neugierig. Leichte Lackkratzer sowie eine kleine Beule waren klar auszumachen. Peter gab Anja sofort einen leichten Ellbogenknuff und nickte kurz, unbeobachtet von Vermeulen, mit dem Kopf in Richtung Plane. Während Peter Vermeulen mit einer Frage zu einem hinteren, verschlossenen Raum ablenkte, nahm Anja mit ihrem Handy unbemerkt Fotos von dem Fahrzeug auf.

Peter kam Vermeulens Erklärung, es würden nur ein paar alte, rostige Maschinenteile in dem Raum lagern, komisch vor. Wozu war denn das neu aussehende, sehr moderne Sicherheitsschloss, mit dem die solide Tür verschlossen war, nötig? Wer es glaubt, wird selig und kommt auch in den Himmel, dachte er sich bei der Antwort.

Den Wagen unter der Plane fand er schon äußerst verdächtig, dazu jetzt noch der verschlossene Raum? Seine Nackenhaare sträubten sich, sein Instinkt sendete ihm alle möglichen Alarmsignale.

Er hielt es für besser, die Scheune schnellstmöglich zu verlassen, bevor er allzu viel Aufmerksamkeit mit seinen Fragen erregte. Außerdem, ohne offiziellen Durchsuchungsbefehl konnte er hier im Moment sowieso nichts ausrichten. Nichts hätte vor Gericht bestand, jeglicher Fund würde durch einen cleveren Anwalt bei einer illegalen Durchsuchung für nichtig erklärt. Sein Verstand sagte ihm auch, zum jetzigen Zeitpunkt zu neugierig zu erscheinen wäre ein großer Fehler. Er würde riskieren, dass am Ende eventuell noch Beweise verschwinden. Nein, dachte Peter sich, er musste cool bleiben, mehr ablenkende allgemeine Fragen zum Hof stellen. Es stand aber für ihn außer Frage, er würde ganz schnell mit einem offiziellen Durchsuchungsbefehl zurückkommen.

Mit Bemerkungen zur Thematik der Scheunenbalkenkonstruktion und der enormen Solaranlage dirigierte er das Gespräch wieder in sichere Bahnen. Zur weiteren Sicherheit ließ Peter sich auch noch die anderen Gebäude zeigen und machte immer wieder positive Anmerkungen über den Hof. Er erzählte Vermeulen von seinem Kindheitstraum, selber einmal einen solchen Hof zu besitzen. Peter war sich am Ende einigermaßen sicher, dass Arne Vermeulen keinerlei Verdacht zu schöpfen schien und sein Interesse ausschließlich der Architektur der Gebäude des Hofes galt. Am Ende der Führung suggerierte er dem Mann sogar, für ihn Ausschau zu halten und ihn zu informieren, falls er über einen anstehenden Verkauf eines Hofes etwas hören würde.

Peter bedankte sich höflich für die Führung, rauchte noch eine Zigarette und fuhr mit Anja vom Hof.

Nach wenigen Metern Fahrt im Wagen platzte es förmlich aus Anja heraus:

„Der Wagen in der Scheune, du denkst, das könnte das Fahrzeug sein, das Wolters' Unfall verursacht hat, oder?"

„Du etwa nicht? Könnte doch gut sein, dass sie es nach dem Unfall hier in der Scheune versteckt haben. Um das herauszufinden, brauchen wir aber einen offiziellen Durchsuchungsbeschluss. Ich hoffe, du hast ein paar brauchbare Fotos von dem Wagen gemacht. Das ist aber nicht alles, ist dir etwas zu dem abgetrennten hinteren Raum in der großen Scheune aufgefallen?"

Anja tippte sich durch das Display ihres Handys, bevor sie es Peter stolz unter die Nase hielt.

„Ja, hier, sieh her, durch dein geschicktes Ablenkungsmanöver hatte ich ausreichend Gelegenheit, unbemerkt mit dem Handy ein paar

Aufnahmen zu machen. Aber von welchem abgetrennten hinteren Raum sprichst du? Ich habe da nichts gesehen."

„Mensch, Anja, wie soll denn aus dir jemals eine gute Kommissarin werden, wenn du blind durch die Gegend rennst. Im hinteren Bereich der Scheune war ein abgetrennter Raum. Der sah nachträglich eingebaut aus und die Tür war mit einem sehr modernen Sicherheitsschloss versehen. Auf meine Frage, was sich dort befindet, bekam ich nur zu hören: „Alte Maschinenteile." Einen Scheunenraum für alte Maschinenteile mit einem so modernen Sicherheitsschloss zu verschließen ist doch ungewöhnlich, oder? Ich vermute, da lagert etwas ganz anderes."

„Sorry, das habe ich total übersehen. Ich war schließlich auch mit dem Fotografieren des Wagens beschäftigt. Was dir nicht alles so auffällt! Aber was, wenn diesem Arne Vermeulen deine Neugier aufgefallen ist, er jetzt seinen Chef anruft und die Sachen aus dem Raum verschwinden lässt?"

„Das glaube ich nicht und weißt du auch warum? Er hat keinerlei Grund dafür. Ich war mit meinen Fragen nur ein ganz normaler Interessent für einen alten Gutshof, kein Polizist, zumindest hoffe ich, das ist so rübergekommen. Falls er doch etwas bemerkt haben sollte, wird er seinen Chef kaum beim Segeln stören wollen. Er wird sich denken, dass es auch noch bis nächste Woche Zeit hat und darauf baue ich. Nichtsdestotrotz werde ich sofort den Durchsuchungsbeschluss beantragen. Vorsicht ist besser als Nachsicht, oder? Noch was, ist dir die Flasche Wein mit den zwei Gläsern im Wohnraum aufgefallen?"

„Ja, das kam mir schon etwas komisch vor. Ihr Mann ist auf einem Segeltörn und die Dame des Hauses ist nicht allein, das wirft Fragen auf. Hoffentlich behältst du recht mit deinem Verdacht über den Wagen. Ich vertraue da Ihrem untrüglichem Instinkt, Mr Holmes."

„Keine Sorge, Watson, vertraue mir einfach."

„Ich bin ja mal gespannt, was Klaus bei der Spedition rausgefunden hat. Komm, gib Gas, ich brauch 'nen Kaffee."

Kapitel XX

Freitag, 21. Oktober, später am Nachmittag

Im Büro ihres Reviers wartete Klaus Marquart schon ungeduldig auf Peter und Anja. Klaus saß an seinem Schreibtisch und hackte geschäftig auf die Tastatur seines Computers. Immer wieder entnahm er mit einem zufriedenen Gesichtsausdruck dem Drucker mehrere Blätter. Diese stapelte er dann fein säuberlich auf seinem Schreibtisch neben einer wohlduftenden Tasse Kaffee. Er blickte kurz auf, als die beiden das Büro betraten, zeigte auf eine halb volle Kanne Kaffee und hielt fünf Finger in die Höhe. Peter und Anja wussten aus Erfahrung, sein Zeichen bedeutet „Bitte nicht stören, ich brauche noch fünf Minuten". Sie folgten Klaus' Aufforderung, schenkten sich eine Tasse Kaffee ein und warteten, bis er mit seiner Arbeit fertig war. Mit einem zufriedenen Lächeln entnahm Klaus die letzten Blätter aus dem Drucker, räusperte sich kurz und begann von seinen Ermittlungen in der Spedition zu berichten:

„Mein Besuch bei der Spedition Frerichs hat so einiges gebracht, ich habe interessante Neuigkeiten. Zuerst zu den Gülletankfahrern. Ich habe herausgefunden, dass zwei polnische Fahrer der Spedition diese Woche von Henk Visser entlassen worden sind. Beide Fahrer haben ihre Papiere bekommen und sind seitdem wie vom Erdboden verschwunden. Ihre Zimmer in Leer haben sie aufgegeben, sagte uns ihre Wirtin. Wir können mit einiger Sicherheit davon ausgehen, dass sie zurück in ihre polnische Heimat geflohen sind. Natürlich handelt es sich bei den beiden genau um die Fahrer, die immer die Gülletransporte der dubiosen Tierfarmen in Holland unternommen haben. Ich habe auch schon mit den polnischen Behörden ihre Personalien überprüft. Wie nicht anders zu erwarten, sind die Personalien gefälscht. Henk

Visser konnte ich leider nicht zu den Entlassenen befragen, der ist im Urlaub. Frerichs Personalabteilung informierte mich darüber, dass er sich den heutigen Tag für einen Segeltörn freigenommen hat. Und jetzt ratet mal, mit wem er zum Segeln gegangen ist."

„Hajo Ukena", kam es gleichzeitig, wie aus der Pistole geschossen, aus Peters und Anjas Mund.

„Wie, was, woher wisst ihr das denn nun schon wieder?", fragte Klaus mit verdutzter Miene.

„Egal, ihr Alleswisser, ich weiß zwar nicht, woher ihr diese Information schon wieder herhabt, aber jetzt schaut mal auf den Besprechungstisch, was ich in Henk Vissers Büroschrank versteckt unter einigen alten Klamotten gefunden habe."

Peter und Anja gingen rüber zum Besprechungstisch. Auf dem Tisch lag ein schwarzer Laptop mit den Initialen B&W, gleich neben dem Laptop lag auch noch ein billiges Prepaidhandy.

„Ist es das, was ich vermute?", fragte Peter und nahm dabei den Laptop mit neugierigem Blick vom Tisch.

Klaus strahlte voller Stolz über seinen Fund und fuhr fort:
„Da staunt ihr, was? Und ich glaube, du liegst mit deiner Vermutung richtig, Peter, die Initialen passen zumindest. Ich bin mir fast sicher, dass es sich um Bernd Wolters' gestohlenen Laptop handelt. Fingerabdrücke haben wir keine gefunden, alles wurde fein säuberlich abgewischt. Das Passwort konnte ich bisher noch nicht knacken, aber ich arbeite daran. Alles, was ich dafür brauche, ist ein bisschen Zeit."

„Was ist mit dem Prepaidhandy?", kam es von Anja.

„Das Prepaidhandy habe ich in Henk Vissers Schreibtisch gefunden. Die Telefonauswertung des Handys hat ergeben, dass es eindeutig das Handy ist, von dem Heinrich Janssen am Tage seines Todes die SMS zum Treffen für 09:30 Uhr gesendet wurde. Des Weiteren enthält es eine eingegangene SMS von Anton Berends an dem Abend vor dem Brand. Jetzt haltet euch fest, in der SMS bestätigt Anton Berends ein Treffen für Mitternacht auf seinem Hof. Dann konnte ich noch jede Menge Anrufe zwischen Ukena, Berends, Janssen und verschiedene, uns aber bisher noch unbekannte Telefonnummern in Holland ausmachen.“

Peter nahm das Handy in die Hand und las die verschiedenen SMS. Nach kurzer Überlegung sagte er dann stirnrunzelnd:

„Gute Arbeit, Klaus. Das Handy aber allein beweist noch gar nichts. Es besagt nur, dass Visser mit Janssen an dem Morgen um 09:30 Uhr sowie mit Berends um Mitternacht verabredet war. Er kann immer noch leicht behaupten, er wäre nicht zu den Verabredungen erschienen. Wir haben leider keinen einzigen Beweis dafür, dass er zu den Tatzeiten auch an den Tatorten war, zumindest bis jetzt nicht. Henk Visser wird aber eine sehr gute Erklärung benötigen, um uns vom Gegenteil zu überzeugen.

Einmal könnte man ihm noch glauben, aber gleich zwei Verabredungen nicht einzuhalten, ist äußerst unwahrscheinlich.“

„Warum nicht, ist doch typisch Mann“, warf Anja ein.

„Nein, Spaß beiseite, es deutet alles darauf hin, dass Henk Visser unser Mörder ist. Er hat gerade ein großes Problem bekommen, jetzt wo wir Wolters' Laptop in seinem Schrank gefunden haben und von beiden Verabredungen mit den Mordopfern wissen.“

Mit dem Laptop in der Hand ging Peter zu Klaus' Schreibtisch. Er platzierte den Laptop vor ihm und bat:

„Wenn du jetzt noch das Passwort für den Laptop knackst, Klaus, bist du mein Hero. Falls es sich bestätigt, dass es der Laptop von Bernd Wolters ist, bringt es uns ein ganzes Stück weiter. Wir müssen unbedingt herausfinden, was für Geheimnisse sich auf dem Laptop befinden. Was hatte Bernd Wolters alles herausgefunden, dass er dafür sterben musste? Wenn sich bestätigt, was ich vermute, sind wir der Lösung des Falles ein ganzes Stück näher. Henk Visser wird dann noch mehr Erklärungsnot haben, uns zu erklären, wie der Laptop in seinen Schrank gekommen ist."

„Kleinigkeit", antwortete Klaus knapp.

„Damit du nicht denkst, Klaus, du allein warst fleißig, wir waren in der Zwischenzeit auch nicht ganz untätig. Anja wird dir gleich von unserem Besuch bei Hajo Ukena erzählen. Ich muss noch eiligst zum Chef, sodass wir so schnell, wie möglich, einen Durchsuchungsbeschluss für den Ukena Hof bekommen."

Das gesagt, verließ Peter das Büro. In Peters Abwesenheit informierte Anja Klaus darüber, was sie auf dem Hof der Ukenas entdeckt hatten. Sie klärte ihn auf, wie sie von Hajo Ukenas Segeltörn mit Visser erfahren hatten. Sie erzählte ihm von der Entdeckung des Wagens in der Scheune unter der Plane sowie Peters Verdacht über den abgeschlossenen Raum im hinteren Teil der Scheune.

15 Minuten später war Peter wieder zurück und hielt in Siegerpose den Daumen hoch.
„Alles klar, den Durchsuchungsbeschluss bekommen wir gleich morgen, heute ist es leider schon zu spät. Der zuständige Staatsanwalt in Aurich war nicht mehr erreichbar. Bevor wir aber den nächsten Schritt unternehmen, lass uns erst einmal zusammenfassen, was wir bis jetzt

haben. Wir dürfen keine zu voreiligen Schlüsse in dem Fall ziehen. Was können wir wem bisher wirklich beweisen?"

Keiner der drei hatte Ambitionen, an diesem Tag frühzeitig nach Hause zu gehen. Anja sortierte zusammen mit Peter das Whiteboard. Sie fügten alle neuen Informationen hinzu und entfernten mehrere alte, mittlerweile überholte. Währenddessen versuchte Klaus die ganze Zeit, das Passwort des Laptops zu knacken. Er brauchte fast zwei Stunden, bis er es endlich gefunden hatte. Am Ende war es ziemlich einfach gewesen, gewusst wie. Wolters hatte einfach die Vornamen seiner zwei Kinder als ein einziges, zusammenhängendes Wort genommen. Der Computer bootete, auf dem Display erschienen unzählige Ordner. Ihr Augenmerk aber galt sofort dem einen mit der Bezeichnung Güllemafia. Gespannt blickten alle drei auf den Bildschirm, als Klaus den Ordner mit dem bezeichnenden Namen Güllemafia öffnete.

Sauber nach Orten und Datum geordnet, erschien auf dem Bildschirm eine Liste von mehreren Unterordnern. Er klickte nacheinander Ordner für Ordner an. Was das Team zu sehen bekam, übertraf dann alle ihre Erwartungen. Auf dem Computer befand sich eine fast fertige, detailliert recherchierte Reportage über eine ausufernde Güllewirtschaft speziell in Ostfriesland, Niedersachsen und Deutschland. Es wurde eine ständige Überdüngung der Felder und die daraus resultierende Umweltbelastung aufgezeigt. Die Rede war von sogenannten Güllebörsen und einem boomenden Gülletourismus. Der steigende Missbrauch illegaler Gülle aus Holland sowie die Machenschaften verschiedener Bauer, diese zusätzlich auf ihre Felder auszubringen, wurden angeprangert. Die Reportage war unterlegt mit Laboruntersuchungsberichten verschiedener Boden- sowie Wasserproben. Fotokopierte Frachtbriefe und Untersuchungsberichte unbehandelter holländischer Gülleproben rundeten den Bericht ab. Dazu kamen unzählige Fotos von Gülletransporten aus Holland, vorwiegend von nächtlichen Anlieferungen bei ostfriesischen Bauern. Die Bauern waren auf den stechend klaren Fotos sehr gut zu erkennen. Es waren immer wieder Heinrich Janssen, Anton Berends und Hajo Ukena. Auf den Fotos waren außerdem noch der Fuhrparkleiter der Spedition Frerichs Henk Visser, der Ukena-Knecht Arne Vermeulen und die Fahrer der Tanklastwagen. Das war aber immer noch nicht alles, es war noch viel mehr zu sehen. Auf vielzähligen Bildern bei Anlieferungen am Ukena-Hof sah man eindeutig, dass außer der Gülle auch noch etwas anderes entladen wurde. Die Fotos zeigten, dass aus den Gülletanks der Transporter mehrfach längliche Pakete gezogen, abgewaschen und in die große Scheune gebracht wurden.

„Wow", entfuhr es Anja, „kein Wunder, dass der Mann nicht mehr am Leben ist. Mit dieser Reportage hätte er die ganze Bande für viele Jahre hinter Gitter bringen können. Ich verwette meine Mutter, bei den Paketen handelt es sich mit hundertprozentiger Sicherheit um Drogen."

Peter wirkte sehr nachdenklich, strich, wie er es immer machte, wenn ihn etwas beschäftigte, dabei seine blonden Haare aus der Stirn. Wortlos öffnete er ein Fenster, steckte sich eine Zigarette an und rauchte mit verschlossener Miene. Er brauchte ein paar Minuten, um alles, was er auf dem Laptop von Wolters gesehen hatte, setzen zu lassen.

Klaus in seiner praktischen Art blieb währenddessen nicht untätig. Er nahm den Laptop, schloss ein Druckerkabel an und begann die ganze Reportage samt den unzähligen Fotos auszudrucken.

Anja, erfüllt mit neuem Enthusiasmus, sortierte die vielen ausgedruckten Blätter sorgfältig zu kleinen Stapeln. Zwischendurch nahm sie immer wieder mal ein Foto oder eine Notiz, lief zum Whiteboard und heftete diese dort mit einem Ausdruck innerer Genugtuung an.

Nach kürzester Zeit war das ganze Whiteboard überladen mit Wolters' Fotos und Notizen.

„Okay, hört mal zu, ich werde jetzt einmal versuchen, alles, was wir bisher wissen, zu einer kleinen Geschichte zusammenzufassen. Ihr unterbrecht mich einfach, wenn ihr Einwände habt oder etwas hinzufügen möchtet", kam es dann von Peter, der zu Ende geraucht hatte.

„Also, Bernd Wolters trifft nach Jahren seine Jugendliebe Andrea Wilkes wieder. Diese arbeitet als Speditionskauffrau bei der Spedition Frerichs. Sie ist diejenige, die Bernd Wolters auf ihre Beobachtungen über Unregelmäßigkeiten bei den Gülletransporten der Spedition Frerichs aufmerksam macht. Seine Neugier ist geweckt. Da er als freier Reporter viel Zeit hat, investigierte er die Angelegenheit. Er stößt dabei sehr schnell auf eine sehr professionelle, groß angelegte, illegale Aktion und Missbrauch von Gülle aus Holland in Ostfriesland."

„Was ist mit den Drogen?", kam Anjas Einwand.

„Ich bin mir hier noch nicht ganz sicher, ob er überhaupt die Zusammenhänge mit den Drogentransporten realisiert hat. Es steht zumindest kein einziges Wort darüber in seiner Reportage. Ich kann es mir nur so erklären, dass es reiner Zufall war. Nehmen wir mal an, er hat völlig ahnungslos die Aufnahmen von den Paketen gemacht, ohne sich einen Reim über dessen Inhalt zu machen."

„Ja, das würde erklären, warum er nichts darüber geschrieben hat", folgerte Klaus.

„Wolters kontaktiert also unsere Bauern Janssen und Berends, nur um sie über die illegalen Gülletransporte zu befragen. Voll ins Wespennest gestochen, wird die Bande zu Recht nervös über seine viele Fragen. Sie wundern sich, ob er auch von den Drogenlieferungen weiß. Sie kontaktieren ihren Verbindungsmann Hajo Ukena und informieren ihn über den unbequemen, zu viele Fragen stellenden, lästigen Reporter. Hajo Ukena wiederum informiert mit angrenzender Sicherheit Henk Visser über den Schnüffler. Ob Visser dann auch die holländische

Drogenbande kontaktiert hat, ist nicht ganz auszuschließen, muss aber nicht sein. So oder so gefährdet Bernd Wolters mit seinen Recherchen ihre kriminellen Aktivitäten, die Gülletransporte sowieso, aber viel wichtiger noch: den lukrativeren Drogenschmuggel. Ihre oberste Priorität war, erst einmal herauszufinden, was Wolters über ihre dubiosen Geschäfte wusste."

„Aber wir wissen doch gar nicht, ob Janssen oder Berends von den Drogen wussten. Die wurden doch, wie man anhand der Fotos sieht, immer nur auf Ukenas Hof entladen", kam Anjas zweiter Einwand.

„Da hast du einen guten Punkt, Anja. Fakt ist, Hajo Ukena und Henk Visser sind definitiv in den Schmuggel der Drogen verwickelt. Das geht eindeutig aus den Fotos hervor. Weiter richtig, die Anlieferungen der Pakete erfolgten immer nur auf Ukenas Hof. Wussten Janssen und Berends von den Drogen und waren sie beim Schmuggel mit im Boot? Es kann durchaus sein, dass sie stille Teilhaber waren, muss aber nicht. Auf jeden Fall stellte Bernd Wolters für die ganze Bande eine Gefahr dar und wird durch einen Unfall im wahrsten Sinne des Wortes aus dem Weg geräumt. Wer der Täter war oder die Täter waren, wissen wir nicht."

„Das Fahrzeug in Ukenas Schuppen deutet auf Hajo Ukena als unseren Mörder", war Anjas nächster Einwand.

„Eventuell, Anja, aber haben wir wirklich das beteiligte Unfallfahrzeug in Ukenas Scheune entdeckt? Erst ein Abgleich der gefundenen Lackspuren am Fahrrad mit denen vom Fahrzeug wird uns volle Gewissheit geben. Auch wenn die übereinstimmen, ist Hajo Ukena damit immer noch nicht gleich der Mörder."

„Sehe ich auch so, uns bleibt da noch Henk Visser als Alternative. Der hat schließlich einiges zu verlieren", stimmte Klaus Peter zu.

„Ja, kommen wir zu Henk Visser. Ich werde nicht ganz schlau aus dem Typen. Klaus hat bei der Durchsuchung der Spedition Frerichs in Henk Vissers Schrank Wolters' Laptop mit für die Bande vernichtenden Beweisen gefunden. Wir können somit davon ausgehen, dass dieser nach dem Unfall von Visser aus dem Gartenhaus gestohlen wurde. Weiter fanden wir in der Schreibtischschublade seines Arbeitsplatzes ein Prepaidhandy mit Verabredungen zu den Tatzeiten der Morde zwischen ihm und den Opfern."

Peter nahm seine Tasse vom Schreibtisch, trank einen Schluck Kaffee und schaute dabei abwechselnd Anja und Klaus an. Keiner der beiden widersprach ihm. Sie nickten nur kurz mit dem Kopf zu Peters bisherigen Erläuterungen und somit fuhr er fort:

„Dass Bernd Wolters aus dem Weg geräumt werden musste, ist so weit klar. Die Morde an Heinrich Janssen sowie Anton Berends sind aber noch ein großes Rätsel. Warum wurden sie ermordet? Weil sie zu viel über die illegalen Gülle- und Drogentransporte wussten oder um die Mitwisser am Unfalltod von Wolters zu beseitigen?"

„Wie uns Frau Berends von ihrem Mann erzählt hat, wollte dieser bei der Polizei gestehen. Wollte Heinrich Janssen eventuell auch gestehen? Und wenn, was wollten sie gestehen? Die Gülletransporte, die illegalen kriminellen Drogenmachenschaften ihrer Partner oder dass sie am Unfall von Wolters beteiligt waren?", wandte Klaus ein.

„Leider können sie uns das nicht mehr sagen, nur ihr Mörder weiß es. Ist Henk Visser der Täter, oder hat sogar die holländische Drogenbande den Mörder geschickt? Wir wissen es nicht. Hajo Ukena hat, laut seiner Frau, ein wasserdichtes Alibi. Von Henk Visser haben wir noch keine Ahnung, wo er während der Mordzeiten war. Dafür haben wir die SMS, die ihn belasten. Im Moment bleibt uns aber keine andere

Wahl, als abzuwarten, bis die beiden von ihrem Segeltörn zurück sind, um sie zu befragen. Wenn ihr mich fragt, ist Henk Visser zum jetzigen Zeitpunkt mein Hauptverdächtiger!"

„Was ist, wenn die beiden einfach abgehauen sind? Sollten wir nicht lieber die Küstenwache verständigen und die Segeljacht aufbringen lassen?", fragte Klaus zu Recht.

„Nein, das ergebe keinen Sinn, sie haben keinerlei Anlass zu flüchten. Sie sind heute Morgen ganz normal für ein kurzes Wochenende zu einem Segeltörn aufgebrochen. Ich kann mich täuschen, aber ich glaube, sie haben noch keine Ahnung davon, dass die holländische Polizei gestern Nacht eine Razzia bei ihrem Lieferanten durchgeführt hat."

„Bist du da nicht ein wenig blauäugig, Peter? Was ist, wenn jemand sie per Handy warnt?", fragte Anja.

„Natürlich könnte jemand sie per Handy über die neusten Ereignisse in Holland verständigen, aber ihren Segelausflug deshalb ungeplant zur Flucht benutzen, warum? Sie denken, dass bisher niemand auch nur einen blassen Schimmer von ihren kriminellen Aktivitäten hat. Sie können auch nicht wissen, dass wir Wolters' Laptop gefunden und ausgewertet haben, und sie haben keine Ahnung davon gehabt, dass Wolters die nächtlichen Drogenlieferungen fotografiert hatte."

„Frau Ukena oder Arne Vermeulen könnten sie nach unserem Besuch auf dem Hof angerufen haben", warf Anja ein.

„Falls sie über unseren Besuch bei Ukena informiert worden sind, warum sollten sie in Panik geraten? In vielen Scheunen stehen alte Autos herum. Ich denke nicht, dass sie erahnen, dass wir hinter Wolters' Tod mehr als nur einen simplen Unfall vermuten. Außerdem weiß keiner außer uns, dass wir das Fahrzeug unter der Plane in der Scheune entdeckt haben. Außerdem wird sich erst zeigen müssen, ob das Fahrzeug unter der Plane überhaupt den Beweis für unsere Theorie liefern kann."

Die Argumentation machte Sinn, aber sie wussten auch, das meiste war auf reinen Spekulationen aufgebaut. Klaus seufzte ärgerlich und mit enttäuschter Stimme sagte er:

„Ich hoffe, du behältst recht, Peter. Ich stimme dir zu, woher sollte die Bande wissen, was wir vermuten. Wir wissen ja noch nicht einmal selber, ob unsere Mutmaßungen zutreffen. Fast alles, was wir bisher haben, beruht auf einen Verdacht, uns fehlen aber die handfesten Beweise. Wir haben weder eindeutige Laborberichte illegaler unbehandelter Gülellieferungen noch bisher irgendwelche Drogen gefunden. Die Laptopfotos, die zeigen, wie ein paar ominöse Pakete aus der Gülle gezogen werden, beweisen noch gar nichts. Die können behaupten, da kann alles Mögliche drin gewesen sein. Wir haben auch immer noch keinen Beweis, ob Wolters' Tod etwas anderes als ein unglücklicher Unfall war. Es gibt auch keine Zeugen oder Spuren für die Morde an Janssen oder Berends. Die einzigen beweisbaren Spuren sind das Prepaidhandy mit den Verabredungen sowie Wolters' Laptop in Henk Vissers Schrank. Er wird eine gute Story brauchen, um uns die SMS auf seinem Prepaidhandy zu erklären oder wie der Laptop in seinen Schrank gekommen ist. Sorry, Leute, ich möchte nicht negativ klingen, aber ich bin zu ausgelaugt und kann nicht mehr klar denken, ich mach Schluss für heute."

Wie als wenn sie auf das Stichwort gewartet hatte, schaute Anja daraufhin auf ihre Uhr. Diese zeigte ihr an, dass es mittlerweile schon wieder recht spät geworden war. Sie überlegte kurz und fragte:

„Wann hast du vor, die Durchsuchung auf Ukenas Hof durchzuführen, Peter?"

Mit einem breiten Grinsen im Gesicht antwortete Peter:

„Sieht ganz nach weiteren Wochenendüberstunden aus, Kollegen. Ich bin dafür, dass wir nicht bis Montag warten, sondern gleich schon morgen früh dort alles auf den Kopf stellen. Wir dürfen der Bande keinerlei Gelegenheit geben, Beweise verschwinden zu lassen. Gleichzeitig ist wichtig, dass wir keinerlei Warnung per Telefon an Visser und Ukena danach zulassen. Die sollen ruhig ihre Segeltour beenden. Mit den hoffentlich bis dahin gefundenen Beweisen nehmen wir sie, falls ihr einverstanden seid, dann bei ihrer Rückkehr seelenruhig im Emder Hafen fest."

„Gut, so machen wir es", stimmten beide gleichzeitig im Chor zu.

„Es ist ein langer Tag gewesen. Falls ihr noch Lust habt, lade ich euch noch zum Essen ein, ansonsten sehen wir uns in aller Frühe morgen hier im Revier."

Klaus hielt abwehrend die Hände hoch.

„Danke für die Einladung, Peter. Ich würde gerne gehen, aber es geht nicht, meine Frau hat mir schon drei SMS geschrieben und wartet mit dem Abendessen."

„Ich kann auch nicht, tut mir leid", gab auch Anja Peter einen weiteren Korb. „Mein Freund möchte mal wieder mit mir ins Kino gehen. Die Karten für den Film hat er schon letzte Woche besorgt, der bringt mich um, wenn ich absage."

„Okay, dann sehen wir uns morgen", sagte Peter mehr enttäuscht darüber, dass die beiden anderen jemanden hatten, mit dem sie den Abend ausklingen lassen konnten, als dass sie ihm absagten. Lenas Lehrgang ging noch fast zwei Wochen, 14 lange Abende, Nächte, die er allein verbringen musste.

Anja, Klaus und Peter verabschiedeten sich und verließen, genau als die Rathausuhr 20:00 Uhr schlug, gemeinsam das Büro. Es war mal wieder einmal spät geworden.

Kapitel XXI

Freitag, 21. Oktober, abends

Peter fasste den Entschluss, seinen Wagen am Revier stehen zu lassen und den kurzen Weg nach Hause zu laufen. Er freute sich darauf, unterwegs beim Italiener am Markt auf eine Pizza einzukehren. Es wurde ihm erst jetzt richtig bewusst, dass er den ganzen Tag kaum etwas gegessen hatte. Der Gedanke allein machte ihn schon hungrig, sein Magen knurrte. Vom Revier zum Marktplatz in der Innenstadt waren es nur ein paar Hundert Meter, die Peter in weniger als fünf Minuten zurücklegte. Nach einer großen Pizza im Restaurant La Trattoria am Markt, die er mit Heißhunger verschlungen hatte, verspürt Peter noch Lust, auf ein Bier ins Maxx zu gehen. Dort begrüßten ihn ein paar der üblichen Stammgäste sowie die immer freundlichen Bedienungen. Er setzte sich an die Theke, bestellte sich ein Bier und beobachtete die Leute.

Es war einer dieser spannungsvoll geladenen Freitagabende. Schon beim Hinausgehen aus der Pizzeria hatte Peter eine Gruppe junger Männer auf dem Marktplatz pöbeln gesehen. Sie beschimpften andere Passanten mit vulgären Ausdrücken und warfen leer getrunkene Bierflaschen vor ihnen auf den Boden. Peter wunderte sich nicht mehr über solch ein aggressives Verhalten der jungen Leute. Er wusste, die einschüchternde Macht, die ihre gewaltbereite Aggression ausübte, verlieh ihnen, wenn auch ein falsches, dennoch ein Selbstwertgefühl. Sie beherrschten das Terrain, sie waren diejenigen, die das Sagen hatten. In ihrem Machtrausch ergötzten sie sich daran, friedliche Bürger zu verängstigen. Sie in ihrer Freiheit einzuschränken, einen fröhlichen, friedlichen Abend in der Stadt zu verbringen. In Wirklichkeit war es die Schuld der Masse, die es zuließ, sich einschüchtern zu lassen. Wenn sie gegen die Tyrannei dieser Schläger aufstehen würde, wäre es schnell vorüber. Wie immer natürlich war das einfacher gesagt als getan.

Emden hatte sich in den letzten 20 Jahren sehr verändert, sagte ihm ein Kollege einmal. Die eine oder andere Schlägerei hatte es immer gegeben, aber da gab es mal kurz eins auf die Fresse und dann war gut gewesen. Heute werden Menschen gleich krankenhausreif geprügelt oder getreten. Es geht sogar bis zu Totschlag. Leuten wird mit einem zerbrochenen Glas in den Hals- und Gesichtsbereich gestoßen, dabei in Kauf nehmend, dass diese auch sterben könnten. Es grenzte für das allgemeine Verständnis der Bürger fast an gesetzlosen Zuständen, wenn es danach Täter auch noch zu Opfern macht.

Erst Ende Juli dieses Jahr wurden drei junge Polizisten, die privat in einer Diskothek am Emder Marktplatz feierten, von einer Gruppe Schläger angegriffen und zusammengeschlagen. Flaschen wurden als Waffen eingesetzt, Fußtritte gegen die Köpfe der am Boden Liegenden folgten.

Die anrückende Polizei traf dann auf etwa hundert Schaulustige, Schläger, Gaffer oder Helfer, die Lage war hierzu unklar, die obendrein ihren Einsatz noch behinderten. Die drei Polizisten wurden zum Teil schwer verletzt. Ein polizeilich bekannter Mann, der schon ein paar Monate vorher an einer Schlägerei beteiligt gewesen war, wurde später daraufhin festgenommen. Er hatte, polizeilich bekannt, zuvor mehrfach schon Beamten bei Einsätzen gedroht. Mit ihm zusammen wurden zwei weitere Männer angeklagt. Der folgende spektakuläre Prozess endete mit einem Freispruch der Aggressoren. In der Urteilsbegründung hieß es, den drei Angeklagten konnte keine Straftat nachgewiesen werden. „Im Zweifel für den Angeklagten", sagte der Richter am Ende des vierten Prozesstages. Zum Hohn der Rechtsprechung wurde dem Angeklagten für die Untersuchungshaft sogar noch eine Entschädigung zugesprochen.

Die Polizisten sind in Berufung gegangen.

Eine zunehmende, verrohende Gewaltbereitschaft bei jungen Menschen ließ in Peter den Verdacht aufkommen, dass die Gesellschaft als Ganzes versagt haben könnte. Videogewaltspiele, tagtägliche Berichterstattung von Krieg, Terror und Tod hatten die Menschen total abstumpfen lassen.

Bei ehrlicher Betrachtung ist es eine traurige Wahrheit geworden, dass die meisten Selbstmordattentate von heute am nächsten Morgen meist schon wieder vergessen waren. Diese so total pervertierten Anschläge waren seiner Meinung nach Aufmerksamkeitserreger einiger weniger Fanatiker. Je nach Opferzahl oft nur noch für eine kurze Zeit in den Medien. Ausgeschlachtet durch konsequent einschaltquotengesteuerte Berichterstattung wird der Bevölkerung die grausame Kost in ständig wiederholender Sequenz präsentiert. Dann, so plötzlich wie gekommen, ist der ganze Spuk auch schon wieder vorbei. Resigniert gestand er sich, Nachrichten veralten immer schneller, nur für die Opfer und deren Hinterbliebene blieb der grauenvolle Akt als solches, ein unheilvoller Eingriff in ihr Leben. Die Masse nimmt immer weniger Notiz, verdrängt sofort, lebt, abgefunden mit der Realität, einfach notgedrungen weiter. Wen stört es denn heute wirklich noch, fragte er sich, wenn wir am Flughafen mehrmals durch diverse Sicherheitschecks müssen, über Taschenkontrollen bei Konzerten, Warnungen für gewisse Urlaubsgebiete oder abgesagte Veranstaltungen wegen vermeintlicher Terrorgefahr. Es ist unser banaler Alltag geworden, die Gesellschaft hat sich den Umständen angepasst. Vielleicht, so hoffte Peter, würden Terroristen, die mit ihrem gewollt sensationslüsternen, Angst verbreitenden Terror bei vielen kaum mehr so richtig eine nachhaltige Betroffenheit hervorrufen, eines Tages eine aussterbende Spezies sein.

Peter stellte sich in seinen Gedanken eine Karikatur vor, auf der Tausende von Terroristen mit obligatorisch umgehängten Sprengstoffgürteln in einem gemeinsamen Protestmarsch dafür demonstrierten, wieder ernst genommen zu werden. Sie hielten Plakate in den Händen, auf denen „Habt wieder Angst", „Fürchtet euch", „Panik in euren Köpfen", „Tod allen Andersdenkenden" und „Mord & Blut" geschrieben stand, bevor sie sich alle gleichzeitig, aus Protest wegen zunehmender Missachtung, in die Luft sprengten.

„Möchtest du noch ein Bier, Peter?", riss ihn Natalie, die Bedienung, plötzlich aus seinen düsteren, morbiden Gedanken.

„Gerne", antwortete Peter mit einem etwas gequälten Lächeln zurück.

Natalie stellte Peter ein frisch gezapftes Bier auf die Theke, bevor sie sich wieder den anderen Gästen zuwendete. Das Maxx, eine ausgewiesene Raucherkneipe, war mittlerweile durch mehr und mehr eintreffende Nachtschwärmer voller geworden. Die Luft im Raum, durchzogen von Rauchschwaden von Zigarettenqualm, schien nur allzu bereit für eine schnelle Lüftung. Um seinen eigenen Beitrag für die schlechte Luft im Raum zu leisten, zündete sich Peter eine weitere Zigarette an. Für ihn gehörte zu einem Bier in der Kneipe die Zigarette wie der Pinkel zum Grünkohl. Wen der Rauch störte, der konnte ja draußen bleiben. Nichtraucher hatten schließlich die freie Wahl, in andere ausgewiesene Nichtraucherkneipen zu gehen.

Nach seinem dritten Bier, Peter war im Begriff zu gehen, kam eine junge Frau ins Maxx gerannt und schrie aufgelöst unter Tränen:
„Hilfe, die bringen meine Freund um! Bitte helft uns! Schnell, schnell, jemand muss doch eingreifen."

Peter folgte sofort mit einigen anderen Männern der jungen Frau aus dem Maxx auf den Marktplatz. Dort hatte sich eine größere Menge Menschen versammelt. Sie umringten eine Gruppe von drei Männern, die brutal auf einen am Boden liegen jungen Mann eintraten. Keiner der umstehenden Gaffer zeigte auch nur den leisesten Ansatz zu helfen oder dem grausigen Schauspiel ein Ende zu bereiten.
Die Schlägergruppe bestand aus zwei, nach ihrem nordafrikanischen

Aussehen zu urteilen, möglichen Marrokkanern und einem jungen Deutschen. Sie grölten laut, brüsteten sich mit Machogesten und traten dabei immer wieder abwechselnd auf ihr Opfer ein. Ihr Anführer, ein etwa zwanzigjähriger Nordafrikaner, mit moderner Hip-Hop-Frisur, gekleidet in sogenannte Gangster-Rap-Kleidung, schrie auf die in einer Fötusstellung liegenden Gestalt ein:

„Du Wichser, ich schlage dich tot. Du deutsches Arschloch, mir gar nix verbieten deine Hure zu sprechen. Ich ficken deine Freundin, wenn du in Krankenhaus."

Er wollte gerade wieder zutreten, als Peter ihn mit einem Fußhebel von den Beinen riss. Der Nordafrikaner schlug hart auf den Boden. Etwas benommen von dem harten Aufprall blieb er liegen. Die Menge schien geschockt über Peters plötzliches Eingreifen.

„Du schlägst oder trittst hier niemand mehr und ihr zwei, ihr haltet euch besser zurück", sagte Peter mit einem ernsten Blick auf seine Kumpane.

„He, Alter, was willst du Penner denn? Das geht dich hier gar nix an, verpiss dich, sonst machen wir dich fertig!", rief der Deutsche der Gruppe, hielt sich aber verunsichert durch Peters eiskaltes Handeln zurück. Der andere Nordafrikaner kümmerte sich um seinen am Boden liegenden Freund.

Peter schaute dem jungen Mann in die Augen, blieb dabei ganz ruhig, deutete in die mit Spannung wartende Menge und sagte eiskalt:

„Könnte bitte jemand sofort die Polizei und einen Krankenwagen rufen? Sagt ihnen, hier gibt es einen Verletzten und drei Schläger, eventuell auch verletzt, die wegen gefährlicher Körperverletzung und versuchten Totschlags festgenommen worden sind."

Der vorher ausgehebelte junge Nordafrikaner war mittlerweile wieder aufgestanden. Er gab seinen Freunden Zeichen, dabei sprühte der pure Hass für die vorhergehende Erniedrigung förmlich aus seinen Augen.

„Du bist tot, Arschloch", stieß er hervor und griff Peter gleichzeitig mit den anderen an.

Was dann geschah, sorgte noch lange für Gesprächsstoff in der Stadt. In wenigen Sekunden war das Spektakel vorbei. Die Schaulustigen erzählten immer wieder anderen, die nicht dabei gewesen waren, wie Peter mit ein paar gezielten Techniken die drei Angreifer unschädlich gemacht hatte. Sie lagen in null Komma nix nebeneinander auf dem Pflaster des Marktplatzes. Ein paarmal versuchten sie aufzustehen, Peter beförderte sie dann sofort mit einer kurzen Technik unsanft zurück auf den Boden. Danach, immer wenn einer von ihnen versuchte aufzustehen, schüttelte Peter nur leicht mit dem Kopf. Sie verstanden die Message und blieben einfach liegen. Die Polizei erschien zehn Minuten später mit zwei Streifenwagen und einem Krankenwagen. Die Schläger wurden vorläufig festgenommen, ihr Opfer ins Krankenhaus gebracht. Peter sprach kurz mit seinen Kollegen, die genau wussten, wer er war, und verließ den Marktplatz unter dem Applaus der Menge.

Es war ihm eigentlich gar nicht recht, so viel Aufmerksamkeit zu erregen, aber in diesem Fall war ihm keine Wahl geblieben, er hatte eingreifen müssen.

Peter fragte sich, warum niemand vorher eingegriffen hatte, wusste aber sich die Frage selber zu beantworten.

Ganz einfach, weil nicht jeder, so wie er, ein Martial-Arts-Experte war.

Kapitel XXII

Samstag, 22. Oktober, morgens

Peters Wecker klingelte pünktlich um 06:00 Uhr. Er duschte schnell und bereitete sich ein kleines Frühstück. Der frisch gemahlene Kaffee sowie die vier gebratenen Eier weckten wieder neue Lebensgeister in ihm.

Nach seinem gestrigen Abenteuer auf dem Marktplatz war er direkt nach Hause gegangen. Wenige Minuten vor Mitternacht war er erschöpft ins Bett gefallen, aber nicht ohne vorher noch mit Lena zu telefonieren. Es hatte sich zu ihrem gemeinsamen Ritual entwickelt. Jeden Abend, vom ersten Tag, seit dem Lena zu ihrem Lehrgang aufgebrochen war, hatten sie immer vor Mitternacht miteinander telefoniert. Sie berichteten sich dann lange gegenseitig von den Geschehnissen ihres Tages, bevor sie sich am Ende des Gespräches eine gute Nacht und schöne Träume wünschten.

Der kurze Spaziergang in der frischen Morgenluft von seiner Wohnung am Schreyers Hoek zum Revier tat Peter gut. Er nahm den Weg über den Wochenmarkt, der schon geschäftig die früh aufgestandenen Kunden mit ihren Einkäufen versorgte. Nichts deutete mehr auf die gewalttätigen Ereignisse vom Vorabend hin, alles wirkte unschuldig und friedlich.

Die Uhr zeigte 07:15 an, die Sonne kam langsam am Horizont hervor, es versprach, wieder ein schöner Tag zu werden. Die Wetterfrösche sollten endlich einmal mit ihren Prognosen recht behalten. Ein Hochdruckgebiet über Westeuropa hatte für mehrere Tage ein letztes Mal kräftig Sonne für Ostfriesland versprochen. Peter sah es als das endgültige Aufbäumen des Spätsommers. Mit Unbehagen dachte er an die kalte Hälfte des Herbstes. Die Jahreszeit, wenn Ostfriesland, der Natur entsprechend, in ein unendlich dauerndes, trübseliges, kaltes Grau gehüllt würde. Noch hielten die Bäume teilweise ihr rotes, gelbes, braun tönendes, buntes Herbstlaub, aber wie lange? Bald würden die Herbststürme wieder mit voller Macht über die Küste fegen, die letzten Blätter herunterfetzen, alles ihnen in den Weg befindliche biegen oder sogar brechen. In den letzten Jahren hatten die Herbst- und Winterstürme erhebliche Schäden in der Küstenregion angerichtet. Manche waren so stark gewesen, dass sogar die Schafe ihre Locken verloren hatten.

Peter erreichte sein Büro fünf Minuten später. Anja und Klaus warteten schon ungeduldig auf ihn.

„Moin", klang es gleichzeitig aus ihren Mündern zur Begrüßung.

„Moinsen", grüßte Peter zurück.

In der Anfangszeit, als Peter gerade nach Emden gezogen war, hatte er sich immer gewundert, warum die Menschen zur jeder Tageszeit Moin, Moin, Moin oder auch Moinsen sagten. Da er mit Anja eine Expertin der ostfriesischen Kultur im Team hatte, hielt er sich auch nicht lange zurück und befragte sie danach. Peter konnte sich noch genau daran erinnern, wie Anja ihm erklärte, dass ihr das Thema ganz besonders am Herzen lag. Voller Stolz erläuterte sie, dass kein anderer Gruß sich über ganz Deutschland mehr verbreitet hat als ihr beliebtes ostfriesisches Moin.

Moin hat überhaupt nichts, wie viele glauben, mit Morgen zu tun, sondern entspringt dem Plattdeutschen und ist die Kurzform für „Mojen Dag", was im Friesischen so viel bedeutet wie schöner Tag. „Moj" bedeutet also übersetzt auf Hochdeutsch einfach nur schön. Sagt der Ostfriese Moin, Moin heißt das also schön, schön und ist einfach nur als freundlicher Gruß zu sehen. Das Wort schön hat keine zeitliche Relevanz, also kann man demnach Moin zur jeder Tages- und Nachtzeit verwenden, was der Ostfriese auch mit Freude vor circa 200 Jahren angenommen hat. Wenn ein Ostfriese einen anderen trifft und er ihn mit Moin, Moin begrüßt, kann dieser auch zur Antwort bekommen: „Alter, du redest zu viel." Der Gruß Moinsen ist nicht ganz eindeutig abzuleiten, vermutet wird aber, dass es sich dabei um eine Verkürzung der Worte Moin zusammen handelt. Ostfriesisch, praktisch, gut für eine Gruppenbegrüßung. Anstatt jedem einzelnen Anwesenden Moin zu wünschen, nimmt man gerne als Sammelgruß das Moinsen. Zum Schluss ihres Ausflugs in die Kulturgeschichte klärte ihn Anja noch auf, dass das Kulturgut Moin es sogar geschafft hat, von Microsofts Rechtschreibprüfung anerkannt zu werden, und somit die rote Linie der automatischen Fehlerkorrektur verschwand.

Peter hatte sich alsbald an den Gruß der Ostfriesen gewöhnt, empfand ihn richtig moj, schön.

Während der folgenden kurzen Einsatzbesprechung beglückwünschten die Kollegen Peter zu seinem couragierten Auftreten am vorhergehenden Abend in der Innenstadt. Gegen die drei festgenommenen Männer waren in der Zwischenzeit Haftbefehle erlassen worden. Einschlägig bekannt und vorbestraft, drohte ihnen jetzt eine längere Gefängnisstrafe.

Man hatte sie in der gleichen Nacht noch nach Oldenburg in das dortige Untersuchungsgefängnis überführt. Der verletzte junge Mann war mit Schädeltrauma, Prellungen sowie mehreren Knochenbrüchen ins Emder Krankenhaus eingeliefert worden, wo er seiner hoffentlich baldigen Genesung entgegensah.

Klaus bemerkte voller Stolz auf seinen Chef:

„Ich glaube, ich sollte einmal Unterricht bei dir nehmen, Peter. Dein Kung-Fu oder wie auch immer dein Kampfsport heißt, scheint ja sehr effizient zu sein. Drei Angreifer gleichzeitig unschädlich gemacht, wow, Hut ab. Die Kollegen von der Nachtschicht berichteten, sie hätten so etwas noch nie erlebt. Sie erzählten, sie brauchten die drei Punks nur vom Boden aufsammeln. Die waren sogar erfreut, die Beamten in Uniform zu sehen, so verängstigt seien sie gewesen."

„Schon gut, Klaus, ich bringe dir gerne ein paar der Techniken bei, und es nennt sich Krav Maga, nicht Kung-Fu. Ich bin froh, dass ich dem jungen Mann helfen konnte, die waren dabei, ihn umzubringen. Ein totaler Wahnsinn! Kannst du dir vorstellen, mindestens 50 Leute standen da herum, ohne auch nur den kleinen Finger zu rühren. Wenn ich nicht eingeschritten wäre, ich weiß nicht, ob der junge Mann das überlebt hätte", entgegnete Peter.

„Das Problem ist, wenn jemand eingreift, wird der gleich mitverprügelt und deshalb haben alle Angst, irgendetwas zu tun. Einfach traurig, wie die Gemeinschaft sich dem Terror kleiner Gruppen oder einzelner gewalttätiger Schläger beugt", kommentierte Anja.

„Da triffst du den Nagel mal wieder genau auf den Kopf, Anja. Wie soll man das ändern, hast du eine Lösung?"

Die Frage hing schwer im Raum, die meisten blickten betroffen zum Boden, keiner wusste die Antwort. Um das bedrückende Schweigen zu lösen, fragte Peter mehr rhetorisch als eine Antwort erwartend:
„Zurück zu unserem Einsatz heute Morgen, ist das Team bereit zum Aufbruch? Dann kommt und lasst uns aufbrechen, das Nest der Bande auszuheben. Denkt daran, es ist extrem wichtig, dass, wenn wir den Hof erreichen, kein Telefonat mehr rausgeht. Henk Visser und Hajo Ukena dürfen auf ihrem Segelboot in keinem Fall über unseren Einsatz informiert werden."

Mit drei Teams zu je vier Beamten fuhren sie zum Bauernhof von Hajo Ukena in Riepe. Es war mittlerweile 08:00 Uhr morgens geworden, als die kleine Einsatzgruppe den Hof erreichte. Auf dem Ukena-Anwesen angekommen, ging dann alles blitzschnell. Wie tausendfach im Training geübt, schwärmten die Polizeibeamten aus und sicherten das Gelände, währenddessen Peter, Klaus und Anja, nachdem ihnen keiner, auch nicht nach mehrmaligem Klingeln, die Tür öffnete, ins Haus eindrangen.

Zu ihrer großen Überraschung fanden sie Sieglinde Ukena zusammen mit Arne Vermeulen im gemeinsamen ehelichen Schlafzimmer der Ukenas vor. Das Liebespaar hatte noch fest geschlafen und war von der Aktion der Polizei total überrascht worden. Wie sich später herausstellte, erfreute sich Sieglinde Ukena seit gut einem Jahr an einem Verhältnis mit Arne Vermeulen, ohne dass ihr Mann auch nur die geringste Ahnung davon hatte.

In flagranti ertappt, schrie Sieglinde Ukena in ihrer totalen Nacktheit die Beamten hysterisch an:

„Was erlauben Sie sich, was haben Sie hier zu suchen? Verlassen Sie sofort mein Schlafzimmer!"

Sich plötzlich ihrer Blöße bewusst werdend, zog sie sich schnell einen Bademantel über und fuhr mit hochrotem Kopf fort:

„Sie können so etwas mit mir nicht machen. Ich werde Sie verklagen, das werden Sie noch bereuen!"

„Beruhigen Sie sich, Frau Ukena, wir haben mehrmals geklingelt, aber niemand hat uns geöffnet. Da die Tür nicht verschlossen gewesen war, haben wir uns erlaubt das Haus zu betreten und unseren gerichtlichen Durchsuchungsbefehl auch ohne Ihre Zustimmung auszuführen. Ich würde vorschlagen, Sie ziehen sich jetzt besser etwas an und kommen dann mit nach unten. Dort werden wir Ihnen dann alles Weitere erklären", erwiderte Klaus Marquart trocken mit einem breiten Grinsen im Gesicht.

Arne Vermeulen verhielt sich die ganze Zeit über sehr still, er war sich in seinem Inneren darüber klar, dass das Spiel aus war. Er begann damit, seine überall im Zimmer verstreut herumliegende Kleidung anzuziehen. Er lächelte dabei sogar etwas verlegen und folgte den Beamten dann wortlos in die untere Etage des Hauses.

Anja wartete vor der Schlafzimmertür auf Sieglinde Ukena. Nachdem diese sich angezogen hatte, begleitete sie die Frau in das Wohnzimmer im unteren Bereich. Sieglinde Ukena wirkte immer noch fassungslos, schien sich aber wieder etwas beruhigt zu haben. Sie stand auf, ging zur Hausbar und schenkte sich mit zittrigen Händen ein großes Glas Cognac ein. Sie trank es in einem Zug aus, bevor sie das Glas ein zweites Mal füllte.

„Sie sagten etwas von einem Durchsuchungsbefehl. Wozu benötigen Sie den? Wir haben hier nichts zu verbergen, wie Sie bei Ihrem letzten Besuch feststellen konnten", fragte sie Peter, nachdem sie in einem der Sessel Platz genommen hatte. „Möchten Sie auch?", fragte sie mit einem Blick auf die Cognacflasche.

„Nein danke, es ist etwas zu früh für mich", antwortete Peter höflich. Er konnte daran sehen, wie Sieglinde Ukena den Cognac, ohne eine Miene zu verziehen, runterschüttete, dass sie eine gewohnheitsmäßige Trinkerin war. Der Alkohol hatte aber eine beruhigende Wirkung auf die Frau.

Mit jetzt mehr gefestigter Stimme und wachsender Selbstsicherheit fuhr sie fort:
„Helfen Sie mir, ich verstehe das alles nicht, Herr Kommissar. Erst kommen Sie und fragen nach meinem Mann und erzählen etwas von einem Mordfall. Nachdem ich Ihnen bereitwillig erklärt hatte, dass mein Mann segeln ist, überfallen Sie mich am nächsten Tag hier plötzlich in den frühen Morgenstunden in meinem Haus. Sie dringen ohne Rücksicht ohne Grund in mein Schlafzimmer ein und reden etwas von

einem Durchsuchungsbefehl. Was, denken Sie, haben wir verbrochen und was versuchen Sie hier zu finden?"

Peter antwortete nicht gleich, sondern bat Sieglinde Ukena, ihm zu folgen. Arne Vermeulen ließ er in der Obhut von zwei Beamten zurück. Er führte Sieglinde Ukena zur großen Scheune, wo er ihr, in dem jetzt nicht mehr verschlossenen Raum, mehrere Kilo Cannabis, drei oder vier Kilo Kokain sowie ein paar Hundert Gramm Heroin zeigte. In einer Ecke standen säckeweise Rohmaterial zur Herstellung von Ecstasypillen. Der kleine Raum war vollgestopft mit Drogen jeglicher Art, ein mitgebrachter Spürhund sprang aufgeregt bellend umher.

Danach zeigte Peter auf den dunkelblauen Wagen unter der Plane und sagte:

„Da haben Sie meinen Grund, Frau Ukena. Die hier gefundenen Drogen sind mehr als Beweis genug, um Sie unter dem dringenden Verdacht des illegalen Drogenschmuggels vorläufig festzunehmen. Das ist aber bei Weitem noch nicht alles, das Fahrzeug dort unter der Plane wurde vermutlich dazu benutzt, um vorsätzlich einen unliebsamen Journalisten von der Straße abzudrängen. Der Mann ist tot und somit kommt eventuell auch noch eine Mordanklage zum Drogenschmuggel hinzu. Außerdem ermitteln wir in zwei weiteren Mordfällen, wo wir eine Beteiligung Ihres Mannes und wer weiß noch vermuten."

Sieglinde Ukena wurde blass bei dem, was sie sah und Peter ihr vorhielt. Für einen Moment blieb sie sprachlos, als sie sich wieder gefangen hatte, erwiderte sie kühl:

„Ich habe weder von diesen Drogen noch von dem Wagen irgendwelche Kenntnis. Ich weiß auch nichts von einem toten Journalisten oder habe irgendjemand ermordet. Ich habe mit alledem überhaupt nichts zu tun. Das sind alles die Machenschaften meines Mannes. Ich möchte sofort meinen Anwalt sprechen!"

„Das dürfen Sie alles gerne dem Untersuchungsrichter erzählen, Frau Ukena. Er wird auch Ihren Anwalt verständigen. Abführen", antwortete Peter und nickte der beistehenden Beamtin zu.

Sieglinde Ukena und Arne Vermeulen wurden beide in Handschellen abgeführt und vorläufig festgenommen.

Peter war zufrieden mit seiner Aktion, sie war ein voller Erfolg gewesen. Die gefundenen Drogen waren der Beweis für die Verbindung nach Holland und für den illegalen Drogenschmuggel. Zwei Beteiligte waren in Untersuchungshaft und hinsichtlich Henk Visser oder Hajo Ukena hatte keiner von beiden irgendeine Gelegenheit gefunden, eine Warnung an sie herauszuschicken.

Wie sich später herausstellte, handelte es sich bei dem Wagen unter der Plane um einen alten Ford Escort, der einen leichten Unfallschaden am rechten Kotflügel aufwies. Lackproben wurden zur kriminaltechnischen Untersuchung nach Hannover geschickt, um sie mit den Lackspuren an Bernd Wolters' Fahrrad zu vergleichen. Die Beamten der Spurensicherung untersuchten den Wagen vor Ort weiter auf mögliche Fingerabdrücke und fanden reichlich Abdrücke, die aber erst ausgewertet werden mussten.

In den anschließenden Vernehmungen im Revier leugneten Sieglinde Ukena sowie Arne Vermeulen, vehement beide, weiter irgendetwas von dem Drogenschmuggel gewusst zu haben. Zu ihrer Verteidigung schoben sie weiterhin alle Schuld auf Hajo Ukena, worauf Klaus nur angewidert kommentierte, dass sie das dem lieben Herrgott erzählen konnten.

Das Team um Peter brauchte jetzt nur noch die Rückkehr von Hajo Ukena und Henk Visser abzuwarten. Sie beschlossen, die beiden in aller Ruhe am nächsten Tag im Emder Hafen am Anleger des Segelbootes zu verhaften.

Polizeirat Theesen strahlte über den Erfolg seiner Leute und wollte sofort eine Pressemitteilung über die Festnahmen und den Drogenfund verfassen.

Peter konnte ihn dann aber leicht davon überzeugen, dass es zu diesem Zeitpunkt nicht sehr ratsam war, Informationen an die Presse herauszugeben. Mit Internet würden sich die Nachrichten viel zu schnell verbreiten, Henk Visser und Hajo Ukena könnten dadurch leicht gewarnt werden. Er riet Polizeirat Theesen an, eher ganz im Gegenteil sogar eine Nachrichtensperre zu verhängen und besser in Ruhe abzuwarten, bis die Hauptschuldigen verhaftet worden sind. Zum Glück war Ewald Theesen ein einsichtiger Mann, aber viel mehr noch, er wollte nicht dafür verantwortlich sein, dass die mutmaßlichen Verbrecher eventuell durch seinen Übereifer entkommen könnten.

Sofort wurden Haftbefehle für Hajo Ukena und Henk Visser erlassen. Ein Durchsuchungsbeschluss für Henk Vissers Haus, der getrennt von seiner Familie lebend, ein kleines Haus zwischen Leer und Weener bewohnte, erstellt. Ein Team der Dienststelle in Leer wurde beauftragt, die dortige Durchsuchung durchzuführen.

Kapitel XXIII

Sonntag, 23. Oktober, nachmittags

Peter hatte endlich einmal wieder so richtig ausgeschlafen. Er fühlte sich ausgeruht, erfrischt, einfach erholt. Die Ereignisse vom Vortag hatten einen positiven Effekt auf seine Psyche. Er war zufrieden, der Fall schien so gut wie abgeschlossen zu sein. Die Drogenbande war so gut wie erledigt, jetzt musste Peter nur noch den Mörder finden.

Am gestrigen Vorabend waren Anja, Klaus und er noch gemeinsam in ein italienisches Restaurant zum Essen gegangen. Peter hatte die beiden eingeladen, um den Erfolg gebührend zu feiern, aber indirekt um auch nicht allein zu sein. Lena würde erst in etwa zwei Wochen wieder in Emden sein, sie fehlte ihm.

Peter, Klaus und Anja hatten sich um 14:00 Uhr im Revier am Bahnhof getroffen. Zu dritt saßen sie jetzt in einem zivilen dunklen, unauffälligen Dienstfahrzeug im Außenhafen. Sie warteten geduldig auf die Ankunft von Hajo Ukenas Segelboot. Ein zweiter ziviler Einsatzwagen mit ein paar weiteren Beamten parkte etwas abseits auf dem Besucherparkplatz. Zusätzlich zu dem Aufgebot an Land lag die Emder Wasserschutzpolizei mit ihrem schnellen Küstenkreuzer fertig zum Eingreifen im Hafen. Sieglinde Ukena hatte ihnen bei ihrer Vernehmung die genaue Liegestelle des Bootes ihres Mannes mitgeteilt sowie die ausgemachte Rückkehrzeit, wann sie ihren Mann abholen sollte.

Der Liegeplatz des Bootes befand sich genau gegenüber vom Borkum-Fähranleger, vor der Baustelle der neuen Nesserlander Schleuse.

Peter rauchte schon seine dritte Zigarette seit ihrer Ankunft im Hafen.

Die Nervosität im Wagen stieg stetig, weit und breit war nicht ein einziges einlaufendes Segelboot zu sehen. Mittlerweile war es schon fast 15:00 Uhr geworden, der von Sieglinde Ukena angegebene Ankunftstermin ihres Mannes.

Klaus zeigte rüber zur Baustelle der Schleuse, bevor er sein Gesicht zu einem spöttischen Grinsen verzog und sagte:

„Was haltet ihr beiden von unserer schönen Emder Emsphilharmonie?"

Anja wie auch Peter hatten beide ein Fragezeichen im Gesicht. Sie hatten keine Ahnung, wovon Klaus redete. Klaus, der merkte, dass weder Anja noch Peter wussten, was er mit Emder Emsphilharmonie meinte, fuhr erklärend fort:

„Ich rede über die Schleuse dort, Leute, oder besser gesagt über die unendliche Sanierungsbaustelle. Die Kosten übersteigen mittlerweile die Planung um das Achtfache und die Bauzeit dürfte schon mindestens fünf Mal länger sein als zuerst angenommen. In der Anfangsplanung im Jahr 2000 wurden vom damaligen Hafenamt 15 Millionen Euro für die Sanierung der Schleuse veranschlagt. Doch diese mit 15 Millionen Euro kalkulierte Variante war von Anfang an mit Blick auf den Schutz vor Sturmfluten bei Weitem nicht ausreichend. Im Jahre 2006 bestätigte das Orkantief Britta dann die Befürchtungen. Hafenrekord – Wasserstände traten ein, wie sie noch nie gemessen worden waren. Ein halbes Jahr später wurde dann von der privatisierten NPorts eine neue Lösung für 44 Millionen Euro präsentiert, die ungefähr 80 Jahre halten sollte. Fehlerhafte Ausschreibungen und andere Konflikte machten aber bald klar, dass auch die 44 Millionen nicht ausreichten. 2008 schraubten die Baukosten bei der nächsten Kostenkalkulation schon wieder um weitere 24 Millionen in die Höhe."

„Wie, ist nicht wahr, von 15 Millionen Euro auf 68 Millionen Euro, das glaube ich nicht", stieß Anja mit ungläubigem Ausdruck hervor.

„Warte es ab, Anja, es kommt noch viel besser. 2009 verkündete dann der damalige Oberbürgermeister von Emden endlich die frohe Botschaft, der Baubeginn würde definitiv im Herbst stattfinden. Gebaut wurde aber noch lange nicht, Anwälte, Vergabekammern und die Gerichte bestimmten das weitere Geschehen und vorerst wurde gar nichts gemacht. Fünf lange Jahre war die Schleuse schon gesperrt, als endlich 2011 die ersten Arbeiten begannen und Pfähle gerammt wurden. Man sollte annehmen, jetzt wird alles gut, aber es kam noch schlimmer. 2012 wurden dann die neuen Schleusentore angeliefert, doch da wussten die Planer schon lange, dass diese nicht in die alte Substanz integrierbar waren. Nun ratet mal, was das Resultat daraus war."

„Ein Neubau?", kam die rhetorische Frage von Peter.

„Richtig, nur noch ein kompletter Neubau der Schleuse kam infrage. Die Kosten wegen von Anfang an unzureichender Planungen und der vielen fehlerhaften Untersuchungen würden weiter auf 80 Millionen Euro wachsen. Aber es kommt noch viel dicker, Leute."

„Du machst Witze, Klaus", sagte Anja, aber sie wusste, Klaus war bei solchen Themen selten zu Späßen aufgelegt.
„Ein totaler Baustopp der Arbeiten im Sommer 2013. Druckänderungen am Leitungstunnel für Gas und Fernwärme und daraus resultierende Schutzmaßnahmen sorgten für weitere Verzögerungen", fuhr er mit ernster Miene fort.
„Beim Schutz der sogenannten Düker stieß man dann auch noch zu allem Übel auf eine artesische Quelle. Für euer besseres Verständnis, eine artesische Quelle ist ein natürlicher Austritt von Grundwasser. Wenn Grundwasser in einer Senke eingestaut wird und das Druckniveau größer als der Abstand zur Erdoberfläche wird, kann es als artesische Quelle hervorsprudeln. Ihr müsst euch das so vorstellen, wenn

die artesische Quelle angestochen wird, ist das Ergebnis, als wenn man in einem Whirlpool arbeiten muss. Das führte zur Erkenntnis, dass in Zukunft notgedrungen unter Wasser weitergebaut werden musste. Ein kleiner winziger Nachtrag für die Umstellung auf teuren Unterwasserbau wurde gestellt."

„Und wie teuer kam dieser kleine winzige Nachtrag?", kam es ironisch von Peter.

„Die tragische Folge des Ganzen, die Kosten wurden jetzt neu auf 120 Millionen Euro kalkuliert. Die gute Nachricht aber ist, so wie es aussieht, soll die Schleuse bis Ende 2017 fertig werden und 2018 in Betrieb gehen. Nach den letzten Kostenkalkulationen wurden sogar noch zehn Millionen eingespart. Das Projekt hat somit nur runde 110 Millionen Euro gekostet, wobei die Betonung auf dem Wort ‚nur' liegt."

Peter pfiff durch seine Zähne und stellte fest:
    „Das hört sich mehr nach unserem desaströsen Berliner Hauptstadt-Flughafen an. Ich muss aber zugeben, Emder Emsphilharmonie ist auch nicht schlecht. Hätte da nicht besser geplant werden müssen?"

„Natürlich fragen sich viele, ob nicht ein geologisches Gutachten vor Beginn der Pläne hätte gemacht werden müssen. Wie immer und überall ist es einfach, hinterher mit dem Finger auf die Schwachpunkte einer Planung zu zeigen. Im Fall der Nesserlander Schleusensanierung kann man sagen, es kommen viele unglückliche Umstände zusammen. Fakt bleibt trotzdem, es wurden sehr teure Fehler gemacht."

„Das scheint mir immer der Fall zu sein, wenn mit öffentlichen Geldern gebaut wird. Die Firmen geben möglichst billige Angebote ab, um überhaupt den Auftrag zu bekommen. Nachforderungen sind in der Regel von Anfang an vorgesehen. Zudem treten, wie auch im Fall

unserer Schleuse, natürlich auch immer ungeahnte Probleme auf –
ob technischer oder anderer Natur. Eins ist dabei aber gewiss: Ein
paar Firmen haben sich bestimmt an dem Projekt gesundgestoßen",
ergänzte Anja mit sehr ironischem Unterton.

„Das möchte ich nicht verneinen, aber wisst ihr, was das größte Risiko bei der ganzen Sache war? Seit der Schließung der Nesserlander
Schleuse hängt unser gesamter Emder Schiffsverkehr von der großen
Seeschleuse ab. Bei circa 12.000 Schiffen mit 6.000 Schleusungen pro
Jahr, die durch die auch schon mittlerweile 100 Jahre alte Schleuse ab-
gewickelt werden, ist das Risiko enorm. Das Damoklesschwert hängt
seit Jahren über dem Emder Hafen. Ein Ausfall der einzigen funkti-
onstüchtigen Schleuse würde einer Katastrophe für die Stadt gleichkommen. Gott sei Dank hat die große Seeschleuse bis heute gehalten."

„Mann, woher weißt du das alles, Klaus? Du bist ja wie eine Enzyklo-
pädie der Emder Bauwirtschaft", stellte Peter anerkennend fest.

„Das ist überhaupt kein Hexenwerk, das kannst du alles schön im Internet nachlesen. Als interessierter Bürger meiner Stadt ist es außerdem
meine Pflicht, mich zu informieren, speziell, wenn meine Steuergelder
unnötig ausgegeben werden."

In der Zwischenzeit war es schon fast 16:00 Uhr geworden, aber immer noch weit und breit keine Spur von Ukenas Boot. In knapp einer
Stunde würde es dunkel werden, irgendetwas stimmte hier nicht. Peter
hatte ein ungutes Gefühl. Er stieg zum x-ten Mal aus dem Wagen aus
und zündete sich eine weitere Zigarette an. Er fragte laut, obwohl er
wusste, dass keiner ihm diese Frage beantworten konnte:
    „Wo bleibt denn das Segelboot mit unseren beiden Freunden, die
können doch nicht ewig auf dem Wasser bleiben. Ob die am Ende
doch Wind von den Razzien bekommen haben und abgehauen sind?"

„Das glaube ich nicht, die müssen jeden Moment hier einlaufen. Wir können ja das Polizeiboot auf die Ems vorausschicken, um zu sehen, ob sich das Boot zumindest bereits im Dollart befindet", antwortete Anja trotzdem, mehr um Zuversicht zu verbreiten als wissend.

„Gute Idee, Anja, ich hätte das von vornherein veranlassen sollen, als nur hier herumzusitzen und abzuwarten. Es ist mein Fehler, dass wir die Wasserschutzpolizei nicht viel früher losgeschickt haben. Ich könnte mir dafür glatt in den Arsch beißen. Hoffentlich war ich mir nicht zu sicher mit meiner Sichtweise, die beiden würden ganz normal segeln gehen und am Sonntag wieder zurück im Hafen anlanden. Sei doch bitte so gut, verständige die Kollegen der Wasserschutzpolizei, sie möchten sofort auslaufen, um das Boot von Hajo Ukena aufzubringen. Sag ihnen auch, sie sollen uns sofort verständigen, wenn sie es sichten."

Wenige Minuten später konnten die drei sehen, wie der Küstenkreuzer mit voller Kraft voraus den Hafen verließ. Nachdem das Polizeiboot ausgelaufen war, dauerte es auch nicht lange, da erhielten sie vom Kapitän den Funkspruch, dass kein einziges Segelboot auf der Ems auszumachen war. Peter instruierte die Kollegen des Küstenkreuzers, trotzdem weiter nach dem Boot zu suchen. Dann brach er die Aktion im Hafen ab, sie fuhren zurück zum Revier. Gleichzeitig begann dort wiederum das Warten, diesmal auf hoffentlich gute Nachrichten von der Wasserschutzpolizei. Knapp zwei Stunden später kam endlich der erlösende Funkspruch der Kollegen. Sie hatten trotz beginnender Dunkelheit das Segelboot von Hajo Ukena aufgebracht. Die gute Nachricht war, es lag nur ungefähr eine Seemeile ankernd außerhalb Borkums. Die schlechte Nachricht, von der Besatzung fehlte jede Spur, es befand sich niemand mehr an Bord. Die Nachricht schlug wie eine Bombe im Büro ein. Was war geschehen, wo waren Hajo Ukena und Henk Visser? Peter gingen tausend Fragen gleichzeitig durch den Kopf. Die Vermutung lag nahe, dass sie geflohen waren, aber er glaubte irgendwie nicht daran. Sein untrüglicher Instinkt sagte ihm, irgendetwas anderes musste sich auf dem Boot abgespielt haben. Es ergab keinen logischen Sinn, warum sollten die beiden ein so teures Segelboot einfach so zurücklassen. Angenommen, sie wären über die Polizeiaktionen informiert worden, dann hätten sie doch in Ruhe mit dem Boot nach Holland, Dänemark oder sonst wohin segeln können. Gesetzt den Fall, sie hatten es wirklich ankernd vor Borkum verlassen, dann stellte sich immer noch die Frage, wie waren sie von Bord gegangen? Hatten sie ein Beiboot oder ein zusätzliches Schlauchboot genommen? Eine ganze Seemeile schwimmen kann schließlich nicht jeder. Vor allem bei den kalten Wassertemperaturen in dieser Jahreszeit würde das fast einem Selbstmordversuch gleichkommen. Was würde das auch bringen? Sie hätten dann immer noch von Borkum mit der Fähre nach Emden oder Eemshaven gemusst. Das passte alles vorne und hinten nicht zusammen, es musste einen anderen Grund für ihr plötzliches Verschwinden geben und wesentlich wichtiger noch: Wo waren sie jetzt?

Peter verständigte die Kollegen der Wasserschutzpolizei, nichts auf dem Boot weiter anzufassen. Das Boot so ankernd zu sichern, wie sie es vorgefunden hatten. Peter wollte sich ein Bild vor Ort machen, außerdem hatte er Angst, dass durch ein Abschleppen des Bootes eventuelle Spuren verwischt wurden. Er würde am nächsten Morgen beim ersten Tageslicht mit einem Team der Spurensicherung das Segelboot untersuchen.

Kapitel XXIV

Montag, 24. Oktober, morgens

Der Kreuzer der Wasserschutzpolizei machte mit seinen fast 20 Knoten bei auflaufendem Wasser schnelle Fahrt. Mit Peter, Anja sowie den Kollegen von der Spurensicherung an Bord hatte das Schiff den Emder Hafen in aller Herrgottsfrühe um 06:00 Uhr verlassen. Es war noch sehr dunkel gewesen, als sie den Dollart durchquerten. Die ersten Anzeichen des neuen Tages zeigten sich erst knapp anderthalb Stunden später mit dem Aufgang der Sonne, als sie die Insel Borkum in ihrer Sichtweite hatten. Die Luft war frisch und Peter zog, um sich vor der kalten Luft und der aufsprühenden Gischt des Wassers besser zu schützen, den Kragen seiner warmen Jacke höher ins Gesicht. Anja hatte sich fröstelnd ins Innere des Schiffes verzogen, ihr war es zu kalt an Deck geworden. Sie fuhren an der Westküste Borkums vorbei, zum Nordstrand der Insel. Vom Boot aus konnte Peter die Seepromenade der kleinen Stadt mit seinen schönen Häusern sehen. Er nahm sich vor, die Insel einmal in naher Zukunft mit Lena zu besuchen.

Borkum ist die westlichste und mit knapp 31 Quadratkilometern Fläche, zehn Kilometern Länge und maximal sieben Kilometern Breite, die größte der sieben bewohnten ostfriesischen Inseln. Teile der Insel und des angrenzenden Wattenmeeres gehören zum Nationalpark Niedersächsisches Wattenmeer. Die Insel liegt als einzige ganzjährig unter dem Einfluss von Hochseeklima. Anders als die Nachbarinseln ist Borkum immer ständig von Seewasser umgeben, weshalb die Luft auch stets besonders arm an Pollen und reich an Jod ist. Menschen, die unter Allergien leiden, finden auf Borkum beste Bedingungen für einen Urlaub. Auch wenn viele es nicht glauben mögen, ist die Insel mit fast 2.000 Sonnenstunden einer der sonnigsten Orte Deutschlands.

Als westlichstes Eiland Deutschlands befindet sich Borkum zwischen den beiden Mündungsarmen der Ems.

Rottumeroog, die Nachbarinsel im Westen, gehört schon zu Holland, dazwischen verläuft das Ems-Fahrwasser. Zum deutschen Festland waren es circa 20 Kilometer und zur niederländischen Küste nur 12 Kilometer. Ein ideales Segelrevier vor der Haustür Emdens.

Nach weiteren 15 Minuten hatten sie Ukenas ankernde Segeljacht gesichtet und an ihr festgemacht. Sie lag ruhig im leichten Wellengang vor Anker. Die Wellen klatschten mit einem leicht rhythmischen dumpfen Geräusch gegen den schlanken Rumpf der vor sich hin dümpelnden Jacht. In der Distanz konnte Peter den vorgelagerten Sandstrand von Borkum ausmachen. Nach seinem Empfinden war der Strand aber immer noch ziemlich weit entfernt. Nur ein wirklich geübter, guter Schwimmer würde die Distanz ohne Probleme bewältigen können. Der junge Beamte der Wasserschutzpolizei, der über Nacht zur Sicherung an Bord des Bootes geblieben war, schien sichtlich erleichtert die Kollegen zu sehen. Es war für ihn eine einsame Nacht auf der Jacht gewesen. Nach einer heißen Tasse Kaffee auf dem Kreuzer versicherte er Peter und den Kollegen der Spurensicherung, dass er, außer in einer der Kojen geschlafen zu haben, nichts weiter an Bord verändert oder angefasst hatte.

Die Arbeit der Spurensicherung begann. Gründlich wurde das Segelboot von Heck bis Bug Zentimeter für Zentimeter nach etwaigen Spuren, die auf ein mögliches Verbrechen hinweisen, untersucht. Die Kajüte machte für sie den Anschein, dass sie vorm Verlassen gründlichst gesäubert worden war. Weder benutztes Geschirr noch schmutzige Gläser zeugten von der Anwesenheit irgendwelcher Personen. Es wurden nur persönliche Gegenstände von Hajo Ukena in der hinteren Kabine gefunden: seine Brieftasche mit Führerschein, seine Geldbörse mit Kreditkarten sowie 400 Euro Bargeld, eine Tasche mit sauberer, ungetragener Wäsche, sein Feuerzeug mit den Initialen HU, Zigaretten, ein Schlüsselbund und ein paar persönliche Toilettenartikel.

Nichts, aber auch gar nichts von Henk Visser, es machte den Eindruck, als wäre er niemals an Bord gewesen.

Einer der Kollegen der Spurensicherung fand hinter einem Kissen auf der Eckbank der Kajüte ein langes platinblondes Haar. Weder Hajo Ukena noch Henk Visser hatten platinblonde Haare. Das ließ die Vermutung zu, es musste sich noch eine dritte Person auf dem Boot befunden haben. Es war aber auch nicht ganz auszuschließen, dass das Haar von einer Person eines wesentlich früheren Segeltörns stammen könnte.

An der hinteren Reling entdeckten die Beamten dann noch einen kleinen Fetzen schwarzen Stoffs. Dieser hatte sich an einer winzigen Schraube, die etwas gelöst hervorstand, verfangen.

Alle Funde wurden für die kriminaltechnische Untersuchung säuberlich eingetütet und beschriftet. Damit war die Aktion beendet und das Schiff konnte in den Hafen von Borkum geschleppt werden.

Anja, entgegen ihrem normalerweise lebendigen Naturell, hatte sich während der ganzen Durchsuchung des Segelbootes äußerst wortkarg verhalten. Sie wirkte schwer nachdenklich und grübelte schon die ganze Zeit über irgendetwas, das sie beschäftigte, nach.

Zurück auf dem Polizeiboot zögerte sie einen Moment, bevor sie sich an Peter wandte.

„Ist schon alles sehr merkwürdig, dass wir nur Sachen von Hajo Ukena gefunden haben. Warum in Gottes Namen hat er, wenn er fliehen wollte, alle seine persönlichen Gegenstände zurückgelassen? Dass wir nichts von diesem Henk Visser auf dem Schiff finden konnten, macht dabei schon mehr Sinn. Es hat allen Anschein, dass nur einer geflohen ist. Vielleicht haben die beiden ja Streit bekommen? Ein Wort führt zum anderen, es folgt ein Kampf, dabei hat Henk Visser dann Hajo Ukena über die Reling ins Meer geworfen. Das würde erklären, warum er auch nicht allein die Jacht nach Borkum zurückgesegelt hat. Um es als einen Segelunfall zu tarnen, musste das Boot auf dem Meer bleiben."

Peter hatte dieselbe Theorie. Er hielt den Daumen hoch, bevor er zu ihr sagte:

„Nicht schlecht, Anja, sehr gute Logik. Visser bringt Ukena, den letzten Zeugen ihrer gemeinsamen Verbrechen, um, dann schmeißt er die Leiche über Bord. Er dachte sich, die Leiche würde nie gefunden werden, da er hofft, dass die Strömung sie aufs offene Meer hinaustreibt. Es kann auch sein, dass er sie mit Gewichten versenkt hat. Anschließend säubert er die Kajüte von jeglichen Kampfspuren, packt seine Sachen und schwimmt die anderthalb Seemeilen nach Borkum. Von dort nimmt er die Fähre zurück nach Emden oder Eemshaven. Da er damit rechnen muss, zum Verschwinden von Ukena befragt zu werden, kann er dann jederzeit behaupten, mit welcher Begründung auch immer, schon am Samstag mit der Fähre zurückgefahren zu sein. Ich werde veranlassen, dass die Küstenwache das Meer aus der Luft absucht, habe aber kaum Hoffnung, dass wir Ukenas Leiche finden. Ein weiterer perfekter Mord, wird Henk Visser sich denken. Was er nicht wissen kann, ist, dass seine Morde gar nicht so perfekt sind, wie er annimmt, und wir ihn schon in Verdacht haben."

Anja strahlte, sie freute sich über Peters Lob und legte angespornt noch einen drauf:

„Wenn wir schon in Borkum sind, dann lass uns doch auch gleich den Hafenmeister befragen, ob Ukenas Boot an einem der Tage im Hafen festgemacht hat. Es kann ja gut sein, dass die beiden am Samstag, oder gar schon Freitag in Borkum eingelaufen sind. Vielleicht haben sie eine Nacht im Hafen verbracht. Mit etwas Glück könnte es auch sein, dass wir einen Zeugen finden, jemanden, der einen Streit zwischen Visser und Ukena eventuell beobachtet hat."

Die Art, wie Anja dachte, untermauerte Peters Wertschätzung für die junge Kommissarin. Auch wenn Anja hier und dort noch etwas zu viel Emotionen in ihre Ermittlungsarbeit mit einbrachte, stand für ihn fest, sie würde es in ihrer Karriere bei der Kripo weit bringen.

„Ja, das ist eine sehr gute Idee, wir können dann auch gleich noch am Fähranleger fragen, ob sie Henk Visser oder Hajo Ukena eine Rückfahrkarte verkauft haben", antwortete er ihr.

Eine gute halbe Stunde später machte das Polizeiboot mit der Segeljacht im Schlepp auf Borkum fest. Der Borkumer Hafen liegt an der dem Festland zugewandten Seite der Insel an der sogenannten Fischerbalje, einem 2.000 Meter langen Leitdamm im gleichnamigen Fahrwasser, der mit einem gut sichtbaren zylindrischen Leuchtfeuerträger auf drei 16 Meter über dem Wasserstand hohen Pfählen versehen ist. Er markiert die Einfahrt des Hafens.

Es gibt eigentlich zwei Häfen sowie einen separaten Fähranleger auf Borkum. Den kleinen vorgelagerten Sportboothafen Baalmann und den größeren, den Burkana-Hafen. Der Fähranleger zwischen Emden, Eemshaven und Borkum liegt etwas rechts davon.

Um ins Inselinnere zu gelangen, fährt man mit der Borkumer Kleinbahn sieben Kilometer quer durch die Insellandschaft bis zum kleinen Bahnhof im Zentrum der Inselstadt. Die Insel hat in etwa 5.500 Einwohner, aber die interessierte Peter und Anja heute weniger, sie suchten nur einen und den fanden sie am Hafen.

Sie liefen zu Fuß rüber zum Jachthafengebäude und dort fanden sie auch schnell den Mann, den sie suchten, den Hafenmeister Janek Allmeier. Ein alter Seebär, der in seinen jungen Jahren die sieben Weltmeere befahren und sich im Alter auf Borkum niedergelassen hatte. Janek Allmeiers Äußeres war eine Mischung aus Kapitän Ahab aus Moby Dick und Ernest Hemingway während seiner letzten Jahre auf Cuba.

Der Sportboothafen Baalmann, auch oft Port Henry genannt, hat seine Gästeliegeplätze an Ponton IV nur Ostseite oder Ponton V nur Westseite, erklärte ihnen der Hafenmeister. Er war ein sehr freundlicher Mann, der einlaufenden Segelbooten auch hier und da beim Festmachen half. Peter stellte Anja und sich vor und begann dann gleich ohne weitere Umschweife, sich nach Hajo Ukenas Segeljacht zu erkundigen. Im ersten Augenblick ein wenig misstrauisch reagierend, schaute der Hafenmeister dann aber schnell nach Sichtung ihrer Dienstausweise in seine offiziellen Unterlagen. Alle Segelboote, die im Baalmann-Hafen anlegten, wurden von ihm persönlich in einem Hafenlogbuch fein säuberlich eingetragen. Nach kurzer Sichtung konnte er sofort bestätigen, dass das Boot am Freitag im Hafen festgemacht hatte. Er wusste zu berichten, dass Hajo Ukena sogar seine Liegegebühren von 1,20 Euro pro Meter Bootslänge zusätzlich zu der Servicegebühr von 2,50 Euro pro Tag für zwei Personen nicht nur für den Freitag, sondern auch noch gleich für den Samstag entrichtet hatte. Wer sich aber genau an Bord befunden hatte oder wann das Segelboot wieder ausgelaufen sei, konnte er Peter aber nicht genau sagen. Seiner Vermutung nach musste es aber so am Samstagnachmittag gewesen sein, denn am Sonntagmorgen hatte das Boot nicht mehr an seinem Liegeplatz gelegen. Er wusste aber zu berichten, dass eine schöne, alte holländische Tjalk mit dem Namen Neeltje gleich neben Ukenas Segelboot festgemacht hatte. Der Skipper der Tjalk, war er sich sicher, könnte bestimmt Genaueres zum Aufenthalt des Bootes sagen. Es war ihm aufgefallen, dass der Holländer mit den Leuten an Bord Kontakt gehabt hatte. Der holländische Skipper hatte aber am Sonntag den Hafen verlassen und war leider schon wieder zurückgesegelt. Wenn sie den befragen wollten, mussten sie ihn in Holland ausfindig machen. Mehr konnte ihnen Janek Allmeier nicht erzählen. Er entschuldigte sich und widmete sich wieder seiner Arbeit.

Es waren sehr interessante Informationen, auch wenn der Hafenmeister nicht allzu viel über die Personen an Bord des Seglers aussagen konnte. Anja und Peter versuchten anschließend ihr Glück, nachdem sie sich vom Hafenmeister Janek verabschiedet hatten, an der Kartenausgabe des Borkumer Fähranlegers. Anja hatte, wie fast immer, ihr Tablet mit sämtlichen Fotos der im Fall verwickelten Personen dabei. Leider konnte die ältere Dame am Verkaufsschalter, trotz des Fotos von

Henk Visser, sich nicht an den Mann erinnern. Auch Hajo Ukenas Foto weckte keinerlei Erinnerung bei der Angestellten. Es war eine totale Fehlanzeige. Leider gab es auch keinerlei zentrale Videoüberwachung des Borkumer Ticketschalters, die hätte weiterhelfen können. Die letzte Möglichkeit, die blieb, war, das Personal der Borkumfähren nach Henk Visser zu befragen. Wenn er wirklich eine der Fähren genommen hatte, musste irgendjemand ihn letztendlich doch gesehen haben. Peter nahm sich vor, sobald sie wieder in Emden waren, ein paar der Kollegen zu beauftragen, die Besatzungen der Fähren zu befragen.

Anschließend beschlossen sie im Restaurant zum Jachthafen, bevor sie die Rückreise nach Emden antraten, zu Mittag zu essen. Das Restaurant war gut besucht, alle Tische bis auf einen ausnahmslos besetzt. Bevor jemand anders den Tisch in Beschlag nehmen konnte, setzten sich Anja und Peter. Sie studierten die Speisekarte mit hungrigen Augen. Gerade als sie bestellt hatten, klingelte Peters Handy. Klaus war am anderen Ende der Leitung mit sehr guten, besser noch gesagt, ausgezeichneten Neuigkeiten.

Die Kollegen in Leer hatten am frühen Morgen in seinem Haus in Leer Henk Visser festgenommen. Die Beamten waren gerade im Begriff, den Durchsuchungsbefehl zu vollstrecken, der unverständlicherweise wegen behördlicher Verzögerung erst an dem Morgen bei ihnen eingetroffen war, als Henk Visser aus der Haustür trat. Er sei von seiner Festnahme total überrascht gewesen, hatten die Kollegen Klaus mitgeteilt. Henk Visser saß derzeit in einer Zelle im Leeraner Revier, wusste er zu berichten. Bei der anschließenden Hausdurchsuchung fanden die Kollegen einen Karton in Vissers Garage. In dem befanden sich ein Taser sowie umfangreiches Aktenmaterial aus Bernd Wolters' Besitz. Mit der für Klaus abschließenden erfreulichen Feststellung, dass die Beweislage gegen Visser erdrückend sei, beendete er den Anruf.

Peter informierte Anja sofort über die unerwartete erfreuliche Wendung, die Verhaftung Vissers. Das Essen schmeckte beiden danach gleich doppelt so gut, trotzdem hatte Peter einen bitteren Beigeschmack im Mund. Sie hatten zwar Henk Visser, den einzigen Überlebenden des verbrecherischen Quartetts in Gewahrsam, aber was bedeutete das für seinen Fall? Die Beweise gegen Visser, für seine Verwicklung in Bernd Wolters Unfalltod, dem Transport illegaler Gülle aus Holland, als auch dem Schmuggel von Drogen, waren unwiderlegbar. Für die Morde an Janssen, Berends sowie das Verschwinden von Ukena aber hatten sie jedoch noch nichts Stichhaltiges gegen ihn in der Hand.

Anja, der Peters Grübelei nicht entgangen war, blickte zu ihm rüber und fragte:
„Was denkst du, Peter? Ich kann doch sehen, dass etwas in dir vorgeht. Du scheinst mir irgendwie nicht zufrieden zu sein. Ist doch alles paletti, Visser sitzt in Leer im Knast. In seiner Garage haben wir jede Menge Beweise gefunden. Wir müssen ihn nur noch weichkochen. Verlass dich drauf, der gesteht in kürzester Zeit alles."

Ertappt in seinen Gedanken antwortete Peter ihr:
„Ich frage mich die ganze Zeit, warum ist Visser einfach zu seinem Haus nach Leer zurückgekehrt? Er musste doch damit rechnen, dass, wenn wir Ukenas herrenlose Jacht finden, ihn als Erstes verdächtigen und in die Mangel nehmen werden. Entweder ist er richtig abgezockt oder ziemlich dumm. Wir werden es hoffentlich bald herausfinden. Ich kann es kaum abwarten, ihn zu vernehmen."

Peter zahlte das Mittagessen. Gemeinsam schlenderten sie, die gute Luft genießend, zurück zum Polizeiboot. Anja bewunderte noch einige der schönen Segelboote, die im Hafen lagen, als Peter ihr zurief:
„Komm, Anja, die Kollegen der Wasserschutzpolizei warten, sie wollen zurück nach Emden."

Kapitel XXV

Montag, 24. Oktober, nachmittags

Während Anja und Peter sich auf der Rückfahrt von Borkum befanden, hatte Klaus in der Zwischenzeit für die Überstellung Henk Vissers von Leer nach Emden gesorgt. Die kompromittierenden beschlagnahmten Gegenstände der Hausdurchsuchung Vissers waren gleich mitgeliefert worden. Klaus hatte sie, neben anderen Beweisstücken im Büro, auf den Besprechungstisch gelegt. Fotos aller gefundenen Gegenstände in Vissers Garage, Vissers Prepaidhandy aus dem Büro, Wolters' Computer, seine schriftlichen Akten und ein paar der zurechtgeschnittenen Stricke ließen kaum noch Platz für anderes. Klaus Marquart hatte in seiner peniblen Art alles säuberlich nummeriert und neben die Bilder des Ukena-Drogenfundes aufgereiht. Kombinierte man sämtliche Fundstücke mit dem, was das Team um Peter sonst noch herausgefunden hatte, konnte man ohne Zweifel von einer erdrückenden Indizienbeweislage sprechen. Alle Beweise deuteten eindeutig in Richtung Henk Visser, es sah wirklich nicht sehr gut aus für ihn.

Zwei Stunden später, nach ihrer Rückkehr von Borkum, begutachteten Anja und Peter zusammen mit Klaus gründlichst die Fundstücke aus Vissers Garage.

„Gründliche Arbeit, Klaus", lobte Peter seinen Kollegen.

„Sowohl der Taser als auch Proben der in Vissers Garage gefundenen Stricke befinden sich schon auf dem Weg zum kriminaltechnischen Institut in Hannover", sagte Klaus.

„Und ich habe schon veranlasst, dass die zusätzlich sichergestellten

Funde vom Boot, das platinblonde Haar und der Stofffetzen von der Reling, auch sofort losgeschickt werden", fügte Anja hinzu.

Die Ergebnisse, so erhofften sie sich, würden weiteres Licht in den Fall bringen. Anja druckte zusätzlich einige der Fotos aus, die sie während der Bootsdurchsuchung gemacht hatte, und legte diese zu den anderen Beweisen. Peter sichtete die vielen Fotos und Berichte auf dem Tisch und fragte:

„Wie sieht es aus mit der Untersuchung des Fahrzeugs, das wir in Ukenas Scheune gefunden haben, gibt es da schon etwas Neues?"

„Ja, die sind in der Zwischenzeit eingetroffen. Es ist genau so, wie du schon vermutet hast. Das Ergebnis der Untersuchung der Lackproben des Ford Escorts hat ergeben, dass der Lack des Fahrzeugs eindeutig mit den Spuren des gefundenen Abriebs an Wolters' Fahrrad übereinstimmt."

„Und wie sieht es mit Fingerabdrücken im Fahrzeug aus?"

„Der Abgleich der vielen gefundenen Fingerabdrücke vom Innenraum des Autos beweist eindeutig, dass Heinrich Janssen und Anton Berends sich zu irgendeinem Zeitpunkt im Fahrzeug befanden. Henk Vissers Fingerabdrücke haben die Kollegen in Leer noch am gleichen Morgen seiner Verhaftung von ihm genommen. Einige der Abdrücke wurden als seine im Fahrzeug identifiziert. Hajo Ukenas Abdrücke müssen wir zu einem späteren Zeitraum noch überprüfen. Wir können aber mit einiger Bestimmtheit davon ausgehen, dass Hajo Ukenas Prints als Halter des Wagens auch darunter sind."

„Was ist mit Fingerabdrücken auf den Drogenpaketen?"

„Die Fotos der nächtlichen Drogentransporte dokumentieren klar, wie Henk Visser etwas den Tankwagen entnommen hat. Somit ist es wenig verwunderlich, dass Henk Vissers Fingerabdrücke auch mit denen auf Ukenas gefundenen Drogenpaketen übereinstimmen. Zusätzlich haben wir noch Prints von Arne Vermeulen gefunden und andere, die wir noch keiner weiteren Person zuordnen konnten. Was mich aber wundert, ist, dass wir keinen einzigen Fingerabdruck auf den beschlagnahmten Gegenständen aus Vissers Garage finden konnten. Alle Gegenstände waren fein säuberlich abgewischt worden, ist doch irgendwie komisch, oder?"

„Ja, das ist wirklich äußerst merkwürdig!"

Im weiteren Gespräch einigten sie sich auf die Theorie, dass Henk Visser ihr gesuchter Mörder war. Vissers Motiv für die Morde beruhte ihrer Meinung darauf, dass er alle Mitwisser seiner Verbrechen um die illegalen Gülletransporte sowie den Drogenschmuggel beseitigen wollte.

Janssen sowie Berends waren durch den Besuch der Polizei nervös geworden und wollten wegen der Gülletransporte reinen Tisch machen. Eventuell wollte einer der beiden auch den Unfall mit Bernd Wolters gestehen. Dass Janssen und Berends auch von den Drogen wussten, hielt das Team für weniger wahrscheinlich, konnte aber von ihnen so nicht ganz ausgeschlossen werden. Gesetzt den Fall, dass sie nichts mit den Drogen zu tun hatten, wäre ihre Strafe, wenn sie ausgepackt hätten, relativ gering ausgefallen. Das konnte und wollte Henk Visser, ihrer Theorie nach, aber nicht zulassen und daher mussten die beiden sterben.

Die Meinungen zum Verschwinden Hajo Ukenas gingen bei den dreien etwas auseinander. Hajo Ukenas Mord, wenn es denn einer war, schien auf keinen Fall geplant gewesen zu sein. Vielleicht hatten Henk Visser und Hajo Ukena Streit bekommen. Im Affekt hatte Visser dann Ukena getötet und die Leiche über Bord geworfen.

Anja und Peter waren davon überzeugt, dass Ukena mittlerweile als Fischfutter auf dem Meeresgrund der Nordsee lag.

Klaus vertrat die Theorie, Ukena hätte sich ins Ausland abgesetzt. Er war von irgendjemand gewarnt worden. Hat dann, um die Polizei auf eine falsche Fährte zu locken, sein mysteriöses Verschwinden als einen möglichen Segelunfall vorgetäuscht.

Wie sie es auch drehten, es waren alles nur reine Vermutungen. Für ihre Theorien zu den Morden an Janssen und Berends hatten sie leider nur Indizienbeweise in Form der bei Visser gefundenen Gegenstände. Aber auch ohne seine Fingerabdrücke waren diese ziemlich aussagekräftig.

Sie mussten nur Vissers Anwesenheit zum genauen Zeitpunkt des Todes an nur einem einzigen Tatort beweisen, dann hatten sie ihn.

Es war ihnen aber auch klar, dass ohne diesen Beweis ein halbwegs guter Anwalt die Indizienlage vor Gericht in Stücke zerreißen würde.

Bevor sie also mit Henk Vissers Vernehmung beginnen konnten, mussten sie sich hundert Prozent sicher sein, bei den Indizien zumindest nichts übersehen zu haben. Zum Schluss ihrer Vorbereitungen zur Vernehmung einigten sie sich noch darauf, dass Peter die erste Befragung von Visser erst einmal allein durchführen sollte.

Kapitel XXVI

Montag, 24. Oktober, später Nachmittag

Dann war es endlich so weit. Henk Visser wurde in Handschellen in das Vernehmungszimmer Nummer eins des Reviers geführt. Der kleine Raum wirkte mit seinem einfachen grauen Tisch und den vier Stühlen, die als einziges Mobiliar den Raum füllten, kalt und karg. Ein winziges hohes, mit soliden Eisenstäben vergittertes Fenster ließ zusätzlich zum spartanischen Interieur wenig Licht in den tristen Raum. Eine Neonröhre an der Decke trug auch wenig dazu bei, den Raum in irgendeiner Weise freundlicher erscheinen zu lassen. Die Wände waren gefühllos in einer neutralen weißen Farbe gestrichen, der graue Boden mit einfachem Linoleum ausgelegt. Das Zimmer hatte eine bewusst einschüchternde, ausweglose Ausstrahlung, vielleicht um bei jedem von vornherein eine Ausweglosigkeit oder jeglichen Fluchtgedanken auszuschalten. Alles war bewusst so ausgelegt, dass sich hier niemand wohlfühlt. Es war ein Verhörraum, Verbrecher sollten hier gestehen.

Für die Aufzeichnung und um die Vernehmungen der Beschuldigten zu protokollieren, stand ein Mikrofon in der Mitte des Tisches. Eine Videokamera war für die visuelle Dokumentation der Verhöre an der hinteren Wand angebracht.

Henk Visser wirkte auf den ersten Blick übernächtigt. Er hatte stark aufgedunsene Tränensäcke und rot geränderte Augenringe, als ob er die ganze Nacht in einer Bar durchgetrunken hätte. Seine blauen Augen dagegen erschienen hellwach, lauernd den Raum sondierend. Sein übriges Äußeres machte einen ganz geschäftlichen Eindruck. Er war frisch rasiert, trug ein sauberes weißes Hemd ohne Krawatte. Ein sportliches Sakko mit passender dunkler Jeans sowie moderne schwarze Halbschuhe rundeten den Bürolook ab. Seinen eigenen Angaben nach war er schließlich auf dem Weg zur Arbeit gewesen, als die Beamten ihn festnahmen. Er blickte kurz auf, als Peter den Raum betrat, lehnte sich dann abwartend, die Arme über der Brust verschränkt, in seinem Stuhl zurück.

„Guten Tag, Herr Visser, ich hatte Ihnen ja gesagt, dass wir uns bald wiedersehen würden. Wie geht es Ihnen heute?", fragte Peter in einem ruhigen, sachlichen Ton zur Begrüßung.

„Wie soll es mir schon gehen, was soll die blöde Frage? Wie würden Sie sich fühlen, wenn Sie morgens auf dem Weg zu Ihrer Arbeit ohne Grund verhaftet werden?", stieß Henk Visser in einem abfälligen Tonfall mit einer ablehnenden Gestik hervor.

„Sie können mir glauben, Herr Visser, ohne Grund verhaftet die Polizei niemanden. Wir haben genug Beweise gegen Sie, um Sie für viele Jahre hinter Gitter zu bringen. Wir wissen so gut wie alles", erwiderte Peter darauf und ließ seine Worte einen Moment einsinken.

Henk Visser, im ersten Augenblick sichtlich verunsichert, fragte lauernd knapp:
„Was für Beweise, was wissen Sie?"

„Wir wissen, dass Sie zusammen mit Hajo Ukena jahrelang illegal Gülle sowie Drogen in erheblich großen Mengen über die Grenze von Holland nach Deutschland geschmuggelt haben. Unsere lieben holländischen Kollegen haben alle eure schönen Drogenplantagen ausgehoben. Ihre Komplizen, Herr Visser, sind allesamt verhaftet worden. Sie sitzen bereits in ungemütlichen holländischen Gefängniszellen und werden abwechselnd verhört. Sie können sich ja selber an fünf Fingern abzählen, wie lange es dauern wird, bis einer von ihnen auspackt, um einen besseren Deal mit der Staatsanwaltschaft zu machen."

Demonstrativ klappte Peter dabei seinen mitgebrachten Laptop auf. Er zeigte nach seinem letzten Satz, um seine Anschuldigungen visuell zu untermauern, Henk Visser demonstrativ die Fotos der Drogenfunde der holländischen Kollegen. Diese Fotos sowie andere belastende Unterlagen über die Schmuggelaktivitäten hatte ihm sein Kollege Jan van de Felden freundlicherweise noch am gleichen Tage zugemailt. Visser verzog keine Miene, als er die Fotos der Razzia sah. Als Nächstes klickte Peter dann die Fotos, die sie auf Wolters' Computer gefunden hatten, an. Es waren Wolters' Fotos der nächtlichen Gülleanlieferungen, auf denen Henk Visser und seine Kumpanen immer wieder sehr gut zu erkennen waren. Sie zeigten aber besonders ihn in aller Schärfe, wie er dubiose Pakete aus dem Gülletanker zog.

Diesmal zeigte Henk Visser Regung, mit jedem der Fotos, die in Folge nacheinander auf dem Bildschirm erschienen, wich mehr und mehr Farbe aus seinem Gesicht. Peter klappte dann wortlos seinen Laptop zu und sah Visser forschend an. Dieser saß jetzt leicht in sich zusammengesunken auf seinem Stuhl. Er war sichtlich blasser geworden. Peter entdeckte auch leichten Schweiß, der auf Vissers Stirn transpirierte. Dennoch, ohne eine Miene zu verziehen, blieb Henk Visser seelenruhig.

„Dürfte ich ein Glas Wasser bekommen, Herr Kommissar?", war sein einziger Kommentar zu alledem, was er gerade gesehen hatte.

Peter rief den Beamten vor der Tür. Wenig später brachte dieser eine Kanne Wasser mit ein paar Plastikbechern. Peter schenkte Visser einen Becher Wasser ein und beobachtete ihn, wie er trank. Er ließ sich jetzt Zeit mit der Fortsetzung des Verhörs. Er wusste, er hatte Visser genau, wo er ihn haben wollte. Vorsichtig bereitete er seinen zweiten Angriff vor.

„Was denken Sie, Herr Visser, woher wir die Fotos, die Sie so schön beim Entladen von Drogen zeigen, haben? Ich denke mir, die Frage haben Sie sich sicherlich auch schon selber gestellt. Ich will es Ihnen einfach machen, die Fotos haben wir auf Bernd Wolters' Computer entdeckt. Bernd Wolters, der Journalist, erinnern Sie sich? Jetzt raten Sie mal, wo wir den gefunden haben? Aber das wissen Sie sicherlich schon, denn der war schließlich, von Ihnen schön versteckt, in Ihrem Schrank, in der Spedition Frerichs."

Zum ersten Mal verlor Visser seine ruhige, stoische Haltung. Er stieß wütend den Wasserbecher um, dabei schrie er Peter an:

„Das ist eine verdammte Lüge, ich weiß nichts von einem Computer in meinem Schrank, den hat mir jemand untergeschoben. Außerdem kenne ich keinen Bernd Wolters. Ihr wollt mich doch nur fertigmachen. Ihr habt gar nichts und die Fotos beweisen auch nichts. Was ist darauf denn schon zu sehen? Ein ganz normaler Gülletanker meiner Spedition, für die arbeite ich schließlich. Ha, und die Pakete besagen auch nichts, wenn Sie es genau wissen wollen, Herr Kommissar, da waren leckere selbst gemachte Würste meiner Oma aus Holland drin."

Mit vermeintlicher Freude grinsend über seinen für ihn gelungenen Witz mit den Würsten in den Paketen verfiel Visser nach seinem heftigen Wutausbruch wieder in stummes Abwarten. Peter war auf seine Reaktion zum Fund des Computers in seinem Schrank gespannt gewesen. Henk Vissers Antwort hatte ihn dennoch etwas überrascht. Für Vissers Aussage sprach, dass die Kollegen der Spurensicherung auch nicht einen einzigen Fingerabdruck von ihm auf Wolters' Laptop gefunden hatten. Peter musste zugeben, da gab es Lücken. Dafür hatten sie aber auf den Drogenpaketen in Ukenas Scheune umso mehr von seinen Abdrücken gefunden.

Er klappte seinen Laptop ein weiteres Mal auf und klickte für Visser die Fotos vom Drogenfund auf Ukenas Hof an.

„Ihre liebe Oma hat aber eigenartige Zutaten für die leckeren Würstchen genommen, Herr Visser. Unser Labor hat festgestellt, die bestehen ja gänzlich aus Kokain und anderen Drogen", hielt ihm Peter sarkastisch entgegen.

„Wir haben weiterhin Ihre Fingerabdrücke auf allen Drogenpaketen, die wir bei Ukena sichergestellt haben, gefunden. Ich denke, Sie können die Lügerei aufgeben, es ist besser für Sie. Glauben Sie nicht auch, es ist an der Zeit für ein Geständnis? Ich kann Ihnen versichern, wir haben noch einiges mehr gefunden."

Visser schoss Peter einen langen, vernichtenden Blick zu, hielt sich aber, ohne Peter zu antworten, schweigsam unter Kontrolle. Peter konnte sehen, wie es in Henk Vissers Gehirn arbeitete, wie er verzweifelt nach einem Ausweg suchte. Um ihm jegliche Hoffnung zu nehmen, klickte er auf dem Bildschirm seines Laptops ein weiteres Bild an, das des dunklen Ford Escorts in der Scheune.

Peter beobachtete dabei mit Argusaugen jegliche Reaktion Vissers beim Anblick des Fahrzeugs. Mit Genugtuung registrierte er, wie auch noch das letzte bisschen Farbe aus dessen Gesicht wich, als der das Fahrzeug sah. Peter merkte ihm an, er war sichtlich geschockt beim Anblick des Fahrzeugs. Frei nach Wilhelm Busch, dieses war der zweite Streich und der Dritte folgt sogleich, dachte Peter still in sich hinein. Es wurde Zeit zum nächsten Schlag auszuholen.

„Ich sehe, Sie haben den Wagen erkannt. Dann können Sie sich ja auch denken, was jetzt kommt. Unsere kriminaltechnische Untersuchung hat durch Lackprobenvergleiche ergeben, dass dieses Fahrzeug eindeutig als das an Bernd Wolters' Unfall, oder besser gesagt, als das an seinem Mord beteiligte Fahrzeug identifiziert wurde. So, mein lieber Herr Visser, jetzt raten Sie mal, wessen Fingerabdrücke wir in dem Auto gefunden haben?"

Henk Visser fluchte hörbar leise auf Niederländisch, unterdrückte einen weiteren Wutausbruch, aber schwieg stoisch.

Peter holte aus zum Finale.

„Henk Visser, glauben Sie mir, der Gülle- sowie Drogenschmuggel sind Ihre geringsten Probleme. Ich bezichtige Sie, am Mord von Bernd Wolters beteiligt gewesen zu sein. Des Weiteren stehen Sie unter dem dringenden Tatverdacht, drei weitere Menschen ermordet zu haben. Ihre Komplizen Heinrich Janssen, Anton Berends und Hajo Ukena."

Das war endgültig zu viel für Henk Visser. Nach Peters letzten Worten, Anschuldigungen verlor er die Fassung. Er schrie laut auf:

„Das ist nicht wahr, alles Lügen! Ich glaube Ihnen das nicht. Anton und Hajo sind nicht tot, das kann doch gar nicht sein. Sie wollen mich zum Sündenbock machen. Ich bin unschuldig. Ich höre zum ersten Mal, dass Anton und Hajo …"

Er vergrub seinen Kopf in seinen Händen. Nachdem er sich wieder etwas gefasst hatte, stammelte er jetzt sichtlich erschüttert:

„Ich habe mit den Morden nichts zu tun, das müssen Sie mir glauben."

„Die Beweise sprechen aber eindeutig gegen Sie, Herr Visser", erwiderte Peter knapp.

„Was für Beweise? Ich war mit Hajo segeln und bin dann am Samstag mit der Mittagsfähre nach Eemshaven zurück, da war er noch ganz lebendig, als ich ihn verlassen habe. Auch von Antons Tod höre ich heute zum ersten Mal. Wir haben am Donnerstagabend noch miteinander telefoniert. Sie sind ja verrückt, Herr Kommissar, ich bringe doch nicht meine Freunde um. Auch mit Heinrichs Tod habe ich absolut nichts zu tun, das müssen Sie mir glauben. Wir haben uns danach alle gefragt, wer Heinrich ans Leder wollte. Keiner von uns hatte eine Erklärung für seinen Tod, es ist ein Rätsel für uns, wie für Sie. Ich bin unschuldig, verdammt noch mal. Das mit der Gülle und den Drogen gebe ich ja zu, aber ich bin kein Mörder. Das mit diesem Reporter war ein Unfall gewesen. Wir haben ihn doch nicht umbringen wollen. Alles, was wir damit bezweckten, war, dem Typen einen gehörigen Schrecken einzujagen. Er sollte nur aufhören, dumme Fragen zu stellen. Hajo, dieser Idiot, ist in der Nacht gefahren. Außerdem waren mit mir noch Heinrich und Anton im Wagen. Hajo kam dann plötzlich auf die Idee, das Fahrrad nur ganz leicht zu touchieren, wir konnten doch nicht ahnen, dass dieser Wolters gleich die Böschung hinunterstürzt und ersäuft. Als wir am nächsten Tag davon erfuhren, war das ein Riesenschock für uns gewesen. Was sollten wir denn machen? Außer die Schnauze zu halten, blieb uns doch nichts übrig. Es war ein Unfall gewesen, glauben Sie mir, kein Mord, ich bringe doch niemanden um."

Peter hatte sich Vissers Story in Ruhe angehört. Irgendwie klang der Mann glaubhaft, wenn da nicht noch die vielen anderen Indizien gewesen wären, hätte er ihm seine Story fast abkaufen können. Aber da war nun mal das Prepaidhandy mit den SMS an Janssen sowie Berends sowie der Taser, Wolters' Akten und die Stricke aus Vissers Garage, die gegen ihn sprachen.

„Ich könnte Ihnen fast glauben, Herr Visser, aber wie erklären Sie sich dann die folgenden Gegenstände, die wir bei Ihrer Hausdurchsuchung gefunden haben?"

Das gesagt, klickte Peter auf seinem Computer weitere Fotos an. Sie zeigten die SMS des Prepaidhandys an Berends und Janssen sowie Bild für Bild die Dinge aus dem sichergestellten Karton aus Vissers Garage.

„Wir benötigen Ihre genauen Angaben, wo Sie sich zum Zeitpunkt des 17. Oktobers zwischen 09:00 und 10:00 Uhr morgens und in der Nacht vom letzten Donnerstag auf Freitag um circa Mitternacht befunden haben. Wie Sie auf den Fotos sehen konnten, haben wir auf Ihrem Prepaidhandy Verabredungen mit den Mordopfern genau zu den Tatzeiten gefunden."

Ein ungläubiger Ausdruck erschien auf Vissers Gesicht. Er rang kurz nach Luft, bevor er antwortete:

„Die SMS kenne ich nicht, was soll dieser Blödsinn, ich habe mich weder mit Heinrich noch mit Anton verabredet. Woher, sagen Sie, haben Sie die Dinge aus meiner Garage, unmöglich? Ich schwöre Ihnen, ich habe weder diesen Karton noch diese Dinge jemals in meinem Leben gesehen. Die gehören mir nicht. Erst der Computer in meinem Schrank, jetzt dieser Karton in meiner Garage, dann diese erfundenen SMS, es ist doch wohl offensichtlich, jemand ist darauf aus, mich fertigzumachen. Ich will einen Anwalt, ohne Anwalt sage ich kein einziges Wort mehr!"

Peter war sich nicht ganz schlüssig, ob Henk Visser wirklich so ein guter Schauspieler war oder ehrlich nichts von den SMS, den Dingen in seinem Schrank oder der Garage wusste. Er bestritt konstant, vehement die Gegenstände jemals gesehen zu haben. Einzig allein, was immer wieder zu seinen Gunsten sprach, war, dass auf keinem der Gegenstände, bis auf das Prepaidhandy, seine Fingerabdrücke gefunden worden waren. Es war Peter dabei auch klar, er würde aus Henk Visser heute kein Wort mehr herausbekommen. Der wollte seinen Anwalt sprechen, den er auch dringendst benötigte. Es war der Zeitpunkt, das Verhör abzubrechen.

Die Indizienbeweislage war zwar perfekt, trotzdem gab es noch zu viele Ungereimtheiten, Peter musste sich mit seinem Team besprechen. Er beendete also die Vernehmung. Visser wurde zurück in seine Zelle gebracht.

Peter rief Anja und Klaus zu einer Besprechung zusammen. Irgendetwas passte nicht zusammen oder sie hatten etwas übersehen. Sie mussten Vissers Alibi für die Mordzeiten überprüfen und benötigten dringend mehr konkretere Beweise.

Klaus und Anja hatten das Verhör in einem angrenzenden Nebenraum per Videokamera und Lautsprecher verfolgt.

Als Peter das gemeinsame Büro betrat, hatte Anja schon ein Fenster für ihn geöffnet und sagte:

„Jetzt stecke dir mal erst in Ruhe eine Zigarette an und rauche gemütlich eine, der Typ läuft uns nicht davon. Wenn du dann mit deinen Gedanken so weit bist, besprechen wir, was da abgelaufen ist."

Peter war froh, dass Anja so fürsorglich war. Sie kannte ihn schon sehr gut und wusste, er brauchte dringend einen Nikotinschub. Er musste auch das ganze Verhör in aller Ruhe überdenken.

Klaus grinste über Anjas Fürsorge, war aber voll damit einverstanden. Sie waren schon ein prächtiges Team. Er musste sich eingestehen, er arbeitete gerne mit Peter und Anja, es machte ihm Spaß. Auch wenn hier und dort einmal die Fetzen flogen, standen sie immer füreinander ein. Sie hatten eine effiziente hervorragende Arbeitsteilung sowie mit Peter einen super Teamleader. Er verstand es, ihre Stärken hervorzuheben, ihnen Freiheiten zu lassen, sie richtig einzusetzen, ohne dabei ihre eigene Individualität in irgendeiner Weise einzuschränken.

Nachdem er zu Ende geraucht hatte, begann Peter das Gespräch.

„Was haltet ihr von seinen Aussagen?", fragte er die beiden ohne weitere Umschweife.

„Ich denke, Henk Visser ist ein ganz ausgekochter Hund und weiß ganz genau, dass es schwierig für uns sein wird, ihm die Morde nachzuweisen. Mit einem guten Anwalt fegt der unsere ganze Indizienbeweislage in null Komma nichts vom Tisch. Er ist sich darüber klar, für die Beteiligung an Wolters' Unfall sowie den Gülle- bzw. Drogenschmuggel bekommt er Gefängnis und ist aber in ein paar Jahren wieder auf freiem Fuß. Bei Mord sieht das für ihn schon ganz anders aus. Das bedeutet für ihn lebenslänglich", fasste Anja als Erste zusammen.

Klaus hatte die ganze Zeit gegrübelt, er war sehr nachdenklich geworden. Peter kannte diese Nachdenklichkeit von Klaus und schätzte sie. Sie war immer ein Garant dafür, dass etwas Interessantes folgt.

„Der Unfalltod von Wolters, können wir hiermit beruhigt feststellen, ist also somit aufgeklärt. Wenn wir Visser Glauben schenken, hat Hajo Ukena Bernd Wolters auf dem Gewissen. Visser hat gestanden, daran beteiligt gewesen zu sein. Der Gülle- sowie der Drogenschmuggel sind auch bewiesen, Visser hat dies wiederum auch gestanden. Die drei Morde bestreitet Visser aber vehement. Wir gehen hier zwar von drei Morden aus, wissen aber noch gar nicht, ob Hajo Ukena wirklich ermordet worden ist. Es kann ja auch sein, dass er sein Verschwinden vorbereitet hatte. Vielleicht ist er der Mörder von Janssen und Berends? Er hat sie ermordet, weil sie ihm als Mitwisser zu gefährlich wurden. Wie wir ja jetzt wissen, hat er schon einmal gemordet. Als dann Peter und Anja Samstag auf seinem Hof auftauchten, ist er irgendwie doch von jemand gewarnt worden. Er wusste in dem Falle, es war höchste Eisenbahn zu verschwinden. Ukena täuscht seinen Tod vor, um sich sicher zu sein, dass nicht nach ihm gefahndet wird. Henk Visser, der mit ihm segeln war, denkt er sich, wird damit automatisch verdächtigt werden. Also schiebt er ihm vorher auch noch gleich Beweisgegenstände für die Morde an Janssen und Berends unter. Er verschwindet auf Nimmerwiedersehen, lebt irgendwo mit neuem Pass, unter anderem Namen, herrlich in Frieden seine Kohle genießend. Henk Visser wird für seine Morde verurteilt, er ist aus dem Schneider. Es ist, zwar nur eine wage Theorie, aber es ist doch bezeichnend, dass wir keinen einzigen Fingerabdruck Vissers, außer auf dem Prepaidhandy, auf auch nur einem einzigen der anderen Gegenstände gefunden haben."

„Hört sich nach einer ganz plausiblen Theorie an, Klaus, aber wie konnte Ukena ihm die Sachen unterschieben, wenn er frühmorgens mit Visser zum Segeln ausgelaufen war?", fragte Peter.

„Ganz einfach, entweder ist er nach dem Mord an Anton Berends selber noch schnell nach Leer gefahren und hat die Sachen deponiert, oder er hat seine Frau, eventuell auch diesen Arne Vermeulen damit beauftragt. Wir haben sein Handy nicht an Bord gefunden, wissen also auch noch nicht, ob er noch Gespräche geführt hat. Auch wenn wir die Daten von der Telefongesellschaft bekommen, besagt das immer noch nichts, vielleicht hatte er auch, genauso wie Visser, noch ein weiteres Prepaidhandy für den Notfall."

„Ja, okay, das könnte eine Erklärung sein, aber da konnte er noch gar nicht wissen, dass wir am nächsten Tag zurückkommen und sein Haus durchsuchen werden."

„Nicht wissen schon, aber vielleicht hatte er eine Ahnung. Es kann ja auch gut sein, dass die Sachen erst nach eurem Besuch auf dem Hof, auf seine Anordnung hin, in Leer deponiert wurden."

„Den Karton in der Garage lasse ich mir noch gefallen, aber den Laptop in Vissers Büro? Wie ist der dahin gelangt, und wenn er eine Ahnung von einer anstehenden Hausdurchsuchung gehabt hatte, warum hat er dann nicht auch gleich die Drogen und den Wagen verschwinden lassen?"

„Es könnte ja durchaus sein, dass Hajo Ukena den Computer schon lange vorher an sich genommen, dort bei Gelegenheit deponiert hatte, und Visser wusste nichts davon. Warum die Drogen sowie der Wagen noch da waren, könnte man damit erklären, dass Arne Vermeulen es als nicht so dringlich angesehen hatte und wir mit dem Durchsuchungsbefehl ihm zuvorgekommen sind."

„Und die SMS-Verabredungen mit Janssen bzw. die eingegangene von Berends auf Vissers Handy?"

„Eventuell hat Ukena von der Verabredung mit Janssen gewusst und ihn vorher umgebracht. Die SMS an Visser hat er von Anton Berends' Handy geschickt, um eine Verabredung zur Tatzeit vorzutäuschen. Zweimal die gleiche Masche, die Visser als Täter abstempelt, warum nicht?"

„Nicht schlecht, Klaus, hört sich alles ganz plausibel an."

Anja, die das Gespräch zwischen Peter und Klaus mit großer Aufmerksamkeit verfolgt hatte, schaltete sich jetzt voller Elan wieder dazu:
„Wow, Leute, könnte, wäre, hätte, es sind alles tolle Theorien ohne Beweise. Es zeigt uns glasklar, dass wir noch eine Menge Arbeit vor uns haben. Wir benötigen die Untersuchungsergebnisse der Spurensicherung sowie die des kriminaltechnischen Instituts von unseren letzten Funden an Bord des Segelbootes. Wenn wir Klaus' Theorie glauben schenken, sollte einer von uns morgen noch mal nach Borkum, um herauszufinden, ob jemand Hajo Ukena gesehen hat. Falls er seinen Tod nur vorgetäuscht hat, muss er schließlich irgendwie die Insel verlassen haben. Eventuell könnte uns dabei auch der holländische Wattsegler nützliche Informationen liefern. Wir müssen den unbedingt ausfindig machen. Peter, vielleicht kann dein Freund von der holländischen Polizei uns helfen, den Mann zu finden. Des Weiteren müssen wir das Alibi von Visser genau überprüfen. Dringend wichtig ist ein weiteres Verhör von Ukenas Frau und diesem Arne Vermeulen. Die Auswertung sämtlicher Telefondaten von allen Handys bekommt Priorität. Was ist mit einer nachträglichen Ortung der Handys? Können wir daran bestimmen, wer wann wo war?"

Peter und Klaus grinsten sich beide darüber an, wie Anja jetzt so richtig in Fahrt gekommen, kaum noch zu bremsen war. Klaus übernahm dann die Initiative, um Anjas Redeschwall zu stoppen und ihre Frage zu den Handyortungen zu beantworten.

„Nein, Anja, so einfach ist das nicht. Du kannst ein Handy nur genau in der Gegenwart orten. Das Einzige, was man machen kann, ist, den Anruf zurückzuverfolgen, welcher Handymast zum Zeitpunkt des Anrufs aktiv war. Die Ortung ist aber auf ein bis fünf Kilometer begrenzt.

Ist zwar einen Versuch wert, hat aber nur eine geringe Chance für eine eindeutige Aufenthaltsbestimmung."

Peters Armbanduhr zeigte mittlerweile 19:00 Uhr, es war schon wieder ein langer Tag geworden. Draußen in der Dunkelheit hatte es angefangen zu regnen, ein feiner Nieselregen fiel stetig vom Himmel. Es war kein guter Abend für großartige Outdooraktivitäten, sondern mehr einer, um es sich mit einer Tüte Chips vorm Fernseher gemütlich zu machen.

Peter schaute in die müden Gesichter von Anja und Klaus. Er wusste in dem Moment, er konnte selber nicht viel besser aussehen. Sie waren alle ausgelaugt und brauchten dringend eine Aufladung ihrer Energiereserven.

Peter stand auf, holte seine Jacke von der Garderobe und sagte:

„Kommt, Leute, lasst uns Schluss machen für heute. Ich kann, genau wie ihr, einfach nicht mehr geradeaus denken. Morgen wartet ein neuer Tag mit reichlich viel Arbeit auf uns."

Kapitel XXVII

Dienstag, 25. Oktober, morgens

Der Duft frisch gebrühten Kaffees zog durch den Flur des Polizeireviers. Peter konnte das gute Aroma lange schon riechen, bevor er überhaupt sein Büro betrat. Daher führte sein erster Gang gleich zur Kaffeeküche, wo er sich eine Tasse des schwarzen, herrlich duftenden Getränkes einschenkte, ehe er sich gemütlich an seinem Schreibtisch niederließ.

Genüsslich schlürfte er das Gebräu und zeigte Klaus, anerkennend für die Qualität, Thumbs up. Klaus verstand es im Büro am besten, guten Kaffee zu brauen. Er brachte oft sogar eigens seine speziellen Kaffeesorten mit. Er mahlte immer erst die ganzen frischen Kaffeebohnen mit einer alten Handmühle, bevor er sie dann durch eine Papierfiltertüte langsam mit kochendem Wasser aufbrühte. Klaus zelebrierte den Vorgang des Kaffeekochens mit einer aufmerksamen Sorgfalt, wie ein Japaner seine Teezeremonie. Einmal vor nicht allzu langer Zeit hatte er sogar eine Tüte „Kopi Luwak" mit ins Büro gebracht. Kopi ist das indonesische Wort für Kaffee und Luwak das für den Fleckenmusang, einer indonesischen wilden Schleichkatzenart. Bei einer heißen Tasse des wohlriechenden Gebräus erzählte er dann, wie der teuerste Kaffee der Welt entsteht. In Indonesien fressen Schleichkatzen die reifen, roten Kaffeekirschen und scheiden die Bohnen unverdaut wieder aus. Es heißt, die Tiere suchen sich nur die besten und reifsten Kaffeekirschen heraus. Sie können aber nur das Fleisch der Kaffeekirsche verdauen, nicht jedoch die Bohnen. Im Darm fermentiert der Kaffee und erhält so sein Aroma. Die Kaffeebauern sammeln den Katzenkot ein. Die Bohnen werden gesäubert und geröstet, dann gemahlen. Sie werden also wie normaler Kaffee weiterverarbeitet. Man nennt den Kaffee auch braunes Gold. Unbestritten trifft der Ausdruck bei den

Kaffeepreisen wirklich zu. Weltweit wird der Kopi Luwak für bis zu 300 Euro pro Kilo verkauft, eine Tasse kann somit schon mal bis zu 50 Euro kosten. Er riecht wie Kaffee, schmeckt mild, leicht süßlich, sehr gut, ist aber etwas zu teuer, um ihn jeden Tag zu trinken.

Peter, noch ganz in seinen Erinnerungen an den köstlichen Kaffee, hörte, wie Klaus ihn ansprach.

„Anja, die Glückliche, müsste schon in Richtung Borkum aufgebrochen sein. Ich wollte, ich hätte es auch so gut und könnte auf Kosten der Behörde einen schönen Tagesausflug machen", bemerkte Klaus wie nebenbei von seinem Computer aufblickend.

Am Vorabend, bevor sie das Büro verließen, hatten sie sich noch darauf geeinigt, dass Anja ein zweites Mal nach Borkum fährt, um mehr über Hajo Ukenas Aufenthalt auf der Insel herauszubekommen. Klaus hatte sich bereit erklärt die Handyüberprüfungen vorzunehmen und Peter wollte sich auf die zweite Vernehmung von Henk Visser vorbereiten.

Peter studierte sorgfältig die Unterlagen und Aussageprotokolle der letzten Wochen. Die jahrelange Tätigkeit bei der Polizei hatte ihn gelehrt, dass die Lösung eines Falls meist nur in einem kleinen winzigen Detail steckte. Seine Erfahrung war aber nur ein Teil von dem, was seine so oft erfolgreichen Ermittlungen ausmachte. Der andere Teil war Peters oft untrüglicher Instinkt, einen Fall, Menschen oder eine Situation richtig einzuschätzen.

„Hast du schon was über die Handydaten herausbekommen, Klaus?", fragte Peter, öffnete dabei sein Fenster am Schreibtisch und zündete sich eine Zigarette an. Er inhalierte tief und blickte rüber zu Klaus.

Klaus hielt bei Peters Frage fünf Finger hoch, was so viel bedeutete wie „Gib mir noch fünf Minuten". Kurze Zeit. Danach nahm er dann einen Stapel mit mehreren Blättern aus der Druckerablage und ging damit rüber zu Peters Schreibtisch. Er setzte sich auf die Schreibtisch-kante, rückte dabei seine Lesebrille zurecht, räusperte sich kurz, dann begann er mit seinen Auswertungen.

„Also die Frau von Hajo Ukena können wir, genauso wie diesen Arne Vermeulen, vergessen. Von deren Handys ist absolut nichts gesendet worden. Wir können aber nicht ausschließen, dass die noch weitere Handys haben, von denen wir nichts wissen. Meiner Meinung nach ist das eher unwahrscheinlich, die hätten wir bei der Hausdurchsuchung sonst bestimmt gefunden.

Henk Vissers zweites Handy, das wir bei seiner Verhaftung an ihm gefunden haben, ist dafür umso interessanter. Einer der Funkmasten in der Nähe von Janssens Hof bestätigt uns, dass Visser am 17. Oktober um 09:41 Uhr aus unmittelbarer Umgebung, sagen wir in einem Radius von etwa fünf Kilometern, ein Gespräch mit Arne Vermeulen geführt hat. Das passt zur SMS-Verabredung mit Janssen für 09:30 Uhr, die wir auf seinem Prepaidhandy gefunden haben.

Dann noch ein paar weitere belanglose Telefonate mit der Firma Frerichs, Hajo Ukena und ein Gespräch von Donnerstagabend um 08:07 Uhr mit Anton Berends. Die SMS von Berends ist am Mordabend um genau 23:10 Uhr auf sein Prepaidhandy eingegangen.“

Peter unterbrach an dieser Stelle Klaus und stellte ihm die Frage:

„Das ist doch eigenartig, warum sollte Anton Berends ihm eine SMS auf sein Prepaidhandy schicken, wenn sie ein paar Stunden vorher ganz normal über sein anderes Handy miteinander telefoniert hatten? Anton Berends wird doch die vorher angerufene Nummer von Visser auf seinem Handy gespeichert haben. Das macht für mich irgendwie keinen Sinn, oder übersehe ich hier etwas?“

„Dafür habe ich im Moment leider auch keine Antwort, Peter. Alles, was das Protokoll noch aussagt, ist, dass Visser am Samstag dann noch ein weiteres Gespräch von dem gleichen Handy um 10:12 Uhr von Borkum mit einer uns noch unbekannten Nummer in Holland geführt hat. Ansonsten nichts weiter, keine eingegangenen Gespräche vom Freitag weder aus Holland noch aus Deutschland. Wir können also mit großer Sicherheit davon ausgehen, dass Henk Visser während seines Segeltörns von niemand gewarnt worden war."

„Das schließt aber wiederum nicht aus, dass jemand Hajo Ukena gewarnt hat. Um das herauszufinden, benötigen wir sein Handy, das wir bisher aber nicht gefunden haben", erwiderte Peter.

„Die angeforderten Aufzeichnungen seiner Telefongesellschaft zeigen keinerlei Gespräche in den letzten vier Tagen auf. Entweder hat er seit Freitag wirklich nicht mehr telefoniert, oder er besitzt noch ein zweites, vermutlich dann auch ein Prepaidhandy", schloss Klaus seine Ausführungen.

„Gute Arbeit, Klaus, wir können zumindest jetzt beweisen, dass Henk Visser sich zur ungefähren Tatzeit des Mordes an Heinrich Janssen in der Nähe des Tatorts befand. Das wird ihn beim nächsten Verhör ganz schön ins Schwitzen bringen. Damit haben wir ihn an den Eiern."

Peter nahm den Computerausdruck aus Klaus' Hand, studierte nochmals die Passage über Vissers Anruf bei Arne Vermeulen, den Klaus extra rot angestrichen hatte. Er legte das Blatt zu seinen Unterlagen und freute sich darauf, es Henk Visser unter die Nase zu halten.

„Was ist mit der Spurenauswertung von Ukenas Segelboot sowie den Strickresten aus Vissers Garage? Sind die Auswertungen des kriminaltechnischen Instituts schon zurück? Gibt es da schon etwas Neues?"

„Ja, die sind heute früh von der KTU aus Hannover eingetroffen. Du musst wirklich gute Freunde dort haben, dass die so schnell arbeiten. Das platinblonde Haar stammt mit hundertprozentiger Sicherheit von einer sehr teuren Echthaarperücke. Bei dem Stoffffetzen an der Reling handelt es sich um keinen Stoff, sondern um ein kleines herausgerissenes Stück eines Neoprenanzuges, wie Taucher ihn benutzen. Zu den Strickresten konnten die Kollegen nur feststellen, dass das Material mit dem, das wir an Anton Berends Händen gefunden haben, übereinstimmt. An Bord des Segelbootes gab es ansonsten keine weiteren verwertbaren Spuren. Es wurden nur jede Menge Reinigungsmittelreste gefunden. Da hat jemand wirklich sehr gründliche Arbeit geleistet, speziell der gesamte Innenraum des Bootes ist sorgsam gereinigt worden."

Peter überlegte nach Klaus' Bericht eine Weile. Er schüttelte dann seinen Kopf, als wenn die Funde alle nicht der Wahrheit entsprachen.

„Ich frage mich, warum sollte Ukena sein Boot reinigen, bevor er sich aus dem Staub macht. Es ist seine Segeljacht, das ergibt keinen Sinn. Es macht nur dann Sinn, wenn jemand anderes sich noch an Bord befunden hat, der nicht will, dass wir ihn identifizieren können, oder jemand damit bezweckte, die Spuren eines Kampfes zu beseitigen."

„Henk Visser", fasste Klaus laut in zwei Worten zusammen, was er dazu dachte.

In dem gleichen Augenblick öffnete sich die Tür zum Büro und ihr Boss, Polizeirat Ewald Theesen, kam herein. Sein Gesichtsausdruck verhieß nichts Gutes.
„Moin, die Herren", grüßte er Klaus und Peter.
„Ich habe schlechte Nachrichten für Sie. Der Haftrichter hat auf Druck ihres Anwaltes Frau Ukena freigelassen. Es liegen, laut seiner Begründung, keinerlei Beweise vor, dass sie mit den illegalen Geschäften ihres Mannes in irgendeiner Weise auch nur das Geringste zu tun hatte. Keine ihrer Fingerabdrücke waren auf den Drogen oder im

Fahrzeug aus der Scheune. Das gilt aber nicht für ihren Lover, diesen Vermeulen, der bleibt weiterhin in U-Haft. Wie sieht es denn sonst so aus, sind Sie in dem Fall schon ein Stück weitergekommen?"

„Wir arbeiten dran, Chef. Es gibt da nur noch ein paar Ungereimtheiten, die wir nachprüfen müssen", antwortete Peter auf die Frage, ohne in irgendwelche Details zu gehen.

„Na dann lasst euch mal nicht weiter stören. Ich hoffe, ihr könnt mir in Kürze Resultate vorlegen. Ihr wisst ja, die Presse sitzt mir wie immer im Nacken. Gar nicht erst zu sprechen von unserem Kriminaldirektor Lütjens, der ruft im regelmäßigen Dreistundentakt bei mir an und fragt, wann wir den Fall endlich geklärt haben."

Das gesagt, verabschiedete er sich und verließ das Büro genauso schnell, wie er gekommen war. Peter und Klaus sahen sich an, rollten ihre Augen, dann mussten sie beide lachen. Es war immer dasselbe mit ihrem Vorgesetzten, entweder saßen ihm die Presse oder der oberste Boss in Leer oder aber, wie es meistens der Fall war, oft genug beide gleichzeitig im Nacken.

Wichtig für sie war, er hielt zu ihnen und ihren Rücken frei. Es stand aber außer Frage, darauf konnten sie sich bei ihrem Chef Ewald Theesen verlassen. Er wusste genau, was er an seinem Team hatte, es lieferte ihm Resultate. Fälle wurden gelöst und noch viel wichtiger für ihn war, er konnte in der Öffentlichkeit glänzen. Theesen lernte schnell, nachdem Peter den Dienst bei der Emder Polizei aufgenommen hatte, ihn in seiner Arbeit nicht zu viel hineinzureden. Unnötige Obrigkeitsinterventionen waren für Peter ein Gräuel und das wusste Ewald Theesen genau. Er ließ ihn in Ruhe, beobachtete aus dem Hintergrund, griff nur ein, wenn er es für notwendig empfand. Peter war dankbar für seine Freiheiten, indem er seinen Chef informierte, wenn es angebracht war, ihn manipulierte, um seinen Willen durchzusetzen, aber genauso auch beriet, schwierige Situationen mit der Staatsanwaltschaft zu meistern.

Peter nahm seinen Laptop sowie die Unterlagen vom Schreibtisch, um sie noch mal auf ihre Vollständigkeit zu sichten. Er rauchte noch eine weitere Zigarette, bevor er sich an Klaus wandte.

„Ich glaube, ich sollte so langsam mit der zweiten Vernehmung Henk Vissers beginnen. Sein Anwalt ist schon vor einer Stunde eingetroffen und sie hatten schließlich lange genug Zeit sich zu beraten. Mal sehen, was er heute zu sagen hat."

„Viel Glück, get him Tiger", wünschte ihm Klaus.

Kapitel XXVIII

Dienstag, 25. Oktober, später Vormittag

Im Vernehmungszimmer warteten schon Henk Visser und sein Anwalt auf Peter. Vissers Rechtsanwalt war ein hochgewachsener, schlanker Mann mit engen, wachsamen Habichtsaugen. Peter schätzte ihn auf um die 50 Jahre alt. Der Mann hatte volles Haar, eine hohe Stirn und sein Gesicht zierte ein schmaler Oberlippenbart. Er trug einen dunklen, teuren Armani-Anzug, dazu ein weißes Hemd mit geschmackvoller roter Krawatte. An seinem Handgelenk protzte eine Armbanduhr von A. Lange & Söhne. Ein Siegelring der Universität Rostock an seinem rechten Ringfinger zeugte davon, wo er promoviert hatte. Er stellte sich als Frank Terheugen, Rechtsanwalt aus Leer, vor. Mit wichtiger Miene überreichte er Peter zusätzlich seine in goldener Schrift geprägte Karte. Terheugen machte den Eindruck eines erfahrenen Rechtsanwaltes, wie sich auch gleich bei seiner Eröffnungsrede herausstellte.

„Herr Hauptkommissar Streib, es ist mir ein Vergnügen, Sie persönlich kennenzulernen, Ihr guter Ruf eilt Ihnen voraus. Ich habe mit meinem Mandanten Herrn Visser die Rechtslage ausführlich besprochen. Nach vorsichtiger Abwägung der Sachlage und der Indizien sind wir zu folgendem Entschluss gekommen:

A) Mein Mandant gibt den Gülle- sowie den Drogenschmuggel im vollen Umfang zu. Er gibt weiterhin zu, am Unfall des Reporters Bernd Wolters, wenn auch nur indirekt, beteiligt gewesen zu sein.

B) Mein Mandant hat mir weiterhin bekundet, in vollem Umfang mit den Ermittlungen der Polizei zu kooperieren. In unserem beiderseitigen Einvernehmen hoffen wir natürlich, dass diese freiwillige Kooperation auch strafmildernde Auswirkungen für meinen Mandanten hat.

C) Als erstes Zeichen seiner Kooperation hat er mich beauftragt, Ihnen dieses Ticket der Borkumfähre vom Samstag 12:30 Uhr von Borkum nach Eemshaven in Holland zu präsentieren. Verwandte haben ihn dort am Fähranleger abgeholt, schriftliche Aussagen der Zeugen werden Ihnen in Kürze von den holländischen Behörden zugesandt.

D) Mein Mandant bestreitet jegliche Schuld an den Morden von Heinrich Janssen, Arno Berends oder Hajo Ukena."

Peter war wenig überrascht von der Antrittsrede des Rechtsanwaltes. Er hatte schon so etwas Ähnliches erwartet. Henk Visser wusste genau, dass ihn die Justiz am Kanthaken hatte. Seine beste Verteidigung war zu kooperieren, um sich ein besseres Urteil zu erkaufen. Henk Visser sah heute ausgeruht und wesentlich gefasster als noch am Vortag aus. Er saß in aufrechter Haltung neben seinem Anwalt und schwieg geflissentlich. Im Gegensatz zu gestern machte er aber heute einen selbstbewussteren Eindruck, speziell nach der Antrittsrede seines Anwalts. Er grinste Peter sogar frech an. Er konnte ja nicht wissen, dass Peter noch das eine oder andere Ass im Ärmel hatte, der auch sogleich damit begann, Vissers dämliches Grinsen vom Gesicht zu fegen.

„Es erfreut uns sehr, Herr Terheugen, dass Ihr Mandant Herr Visser mit uns voll kooperieren möchte.

Zur Strafmilderung kann ich leider keine Aussage machen, das müssen Sie schon mit der Staatsanwaltschaft ausmachen, aber ich werde es im Protokoll der Vernehmung vermerken, dass Herr Visser uns seine volle Kooperation zugesagt hat. Dann fangen wir doch gleich mal an. Dabei würde uns dann als Erstes interessieren, wo sich Herr Visser am 17. Oktober genau zwischen 09:00 Uhr und 10:00 Uhr aufgehalten hat."

Der Anwalt schaute Visser fragend an und dieser wurde wieder einmal etwas blass um die Nase. Ihm war klar, dass es sich bei der Frage um die Tatzeit des Mordes an Heinrich Janssen handelte. Er kratzte sich leicht am Kopf, überlegte sichtlich angestrengt, als ob er die Information aus den Tiefen seines Unterbewusstseins sprengen müsste, dann sagte er mit stoischer Ruhe:

„Am 17. Oktober, zwischen 09:00 und 10:00 Uhr morgens? Warten Sie, wenn ich mich recht erinnere, da war ich unterwegs zu einem Kunden."

„Hieß der Kunde zufällig Heinrich Janssen, Herr Visser?", schoss Peter sofort die nächste Frage hinterher.

„Nein, wenn ich mich recht erinnern kann, war ich auf dem Weg zu Hajo Ukena, Herr Hauptkommissar."

„Wie ich Ihnen ja schon bei Ihrem ersten Verhör sagte, haben wir in Ihrem Büro in Ihrer Schublade Ihres Arbeitsplatzes ein Prepaidhandy gefunden. Bei näherer Untersuchung des Handys sind wir auf eine SMS von Ihnen an Heinrich Janssen gestoßen. So, und jetzt stellen Sie sich einmal vor, diese SMS bestätigt eine Verabredung zwischen Ihnen und Heinrich Janssen am 17. Oktober für 09:30 Uhr.

Weiter, wie erklären Sie es, Herr Visser, dass wir eine Funkortung Ihres anderen Handys um 09:41 Uhr in der unmittelbaren Nähe des Janssen-Hofes haben? Heinrich Janssen wurde in der Zeit zwischen 09:30 Uhr und 10:00 Uhr ermordet. Heinrich Janssen wurde erst mit einem Taser angegriffen und dann in die Güllegrube geschmissen, wo er ertrank.

Nicht nur, dass Sie sich genau zur Mordzeit in unmittelbarer Nähe des Tatortes befanden, haben wir in Ihrer Garage, unter anderen Dingen, auch noch einen Taser gefunden. Sagen Sie mir, wollen Sie uns wirklich weiter glauben machen, das alles sei nur ein komischer Zufall, oder werden Sie jetzt endlich mit der Wahrheit herausrücken, Herr Visser?"

Henk Vissers Miene verdüsterte sich von Wort zu Wort zunehmend bei Peters erneuter Anschuldigung. Seinen Ärger Luft machend, antwortete er aufbrausend auf Peters Bezichtigungen:

„Wie, SMS-Verabredung? Wie oft soll ich Ihnen noch sagen, ich habe keine SMS an Heinrich geschrieben und mich nicht mit ihm für den Tag verabredet. Das Prepaidhandy hat mir eine Kollegin aus dem Büro besorgt, weil ich mein altes Handy verloren hatte. Dieses blöde Ding habe ich nur zwei Wochen benutzt und danach überhaupt nicht mehr angerührt. Seitdem ich mein neues Handy bekommen habe, liegt das Scheißding in der Büroschublade. Fragen Sie doch die Kollegen im Büro, jeder im Büro weiß das.

Herr Kommissar, wie oft muss ich Ihnen noch erklären, die Sachen, die Sie in meiner Garage angeblich gefunden haben, die gehören mir nicht. Da will mich jemand fertigmachen, ich habe diese Dinge noch nie in meinem Leben gesehen, die muss mir jemand untergeschoben haben."

„Ist ja gut und schön, was Sie da sagen, aber es bleibt immer noch die Funkortung Ihres neuen Handys in der Nähe des Tatortes, Herr Visser", konterte Peter kühl.

Frank Terheugen war, seit Peter das erste Mal die Funkmastortung ins Gespräch gebracht hatte, mit seinem iPad beschäftigt. Nachdem diese jetzt wieder zur Sprache kam, zeigte er Henk Visser etwas auf dem iPad und tuschelte etwas in sein Ohr, worauf dieser sagte:

„Für die Ortung habe ich nur eine Erklärung. Immer wenn ich zu Hajo Ukena wollte, fahre ich von der Autobahn bei der Abfahrt in Riepe ab. Es könnte ja sein, dass mich der Funkmast genau dort erwischt hat. Heinrich Janssens Hof ist schließlich im Petkumer Hammrich und der ist nicht allzu weit von der Autobahnabfahrt entfernt, oder?"

Peter konnte darauf nicht sofort wechseln, die Möglichkeit aber bestand. Er musste es erst überprüfen lassen, wie weit der bestimmte Funkmast von der Autobahnabfahrt in Riepe entfernt lag. Das Prepaidhandy mit der SMS-Verabredung war in der Büroschublade der Spedition gefunden worden, dort lag es öffentlich für jedermann zugänglich herum. Visser hatte recht, es würde schwer werden, ihm nachzuweisen, dass er die SMS an Janssen geschickt hatte. Der Taser, den man mit anderen Sachen in der Garage sichergestellt hatte, war ein gewöhnliches, handelsübliches Gerät. Wie alle anderen Dinge aus der Garage wies es aber auch nicht einen einzigen Fingerabdruck Vissers auf.

Fakt blieb aber, Henk Visser war zur Tatzeit in unmittelbarer Nähe des Hofes gewesen. Die SMS mit Heinrich Janssens Verabredung war auf seinem Prepaidhandy, damit blieb er Peters mordverdächtiger Nummer eins.

Frank Terheugen, Vissers Anwalt, machte einen sichtlich zufriedenen Eindruck über die Aussagen seines Mandanten. Er wusste, die Polizei befand sich mit den Mordanschuldigungen auf dünnem Eis. Fleißig schrieb er seine Notizen in ein ledergebundenes kleines schwarzes Buch. Peter musste die Taktik wechseln.

„Seien Sie versichert, Herr Visser, wir werden Ihre Aussage ganz genau überprüfen. Dennoch, Sie befanden sich zur Tatzeit des Mordes in der unmittelbaren Nähe des Tatortes. Ein Prepaidhandy von Ihnen mit einer Verabredung zur Mordzeit wurde sichergestellt. In Ihrer Garage haben wir einen Taser gefunden, der als Mordwaffe im Fall Janssen infrage kommt. Sie können sicher gut nachvollziehen, das alles lässt Sie nicht gerade unschuldig aussehen. Ganz im Gegenteil, es macht Sie absolut zum Hauptverdächtigen.

Lassen Sie uns aber jetzt über den Mord an Anton Berends und über Ihr Alibi für die Mordnacht sprechen. Wo waren Sie um Mitternacht von Donnerstag auf Freitag letzter Woche?"

Henk Visser schien schon auf die Frage gewartet zu haben. Er hatte sich wieder etwas beruhigt, mit gefasster Stimme antwortete er:

„Da war ich in meinem Bett und habe geschlafen. Nein, ich muss Sie enttäuschen, ich habe leider keinen Zeugen dafür. Ich lebe, wie Sie wissen, allein. Und bevor Sie weiter fragen, ich habe auch keine SMS von Anton bekommen oder mich mit ihm verabredet. Ich weiß nicht, wie die SMS auf das Prepaidhandy gekommen sind, aber meine Theorie dazu habe ich Ihnen schon gesagt. Jemand will mir mit Absicht die Morde in die Schuhe schieben. Ihre wilden Anschuldigungen, mich des Mordes zu bezichtigen, sind absurd. Wozu auch, ich habe keinerlei Grund dafür, es waren gute Freunde gewesen. Ich schwöre Ihnen, ich habe weder Heinrich noch Anton umgebracht.“

„Ich kann Ihnen den Grund nennen, Herr Visser. Heinrich Janssen wollte vielleicht über alle Ihre Machenschaften auspacken, von Anton Berends wissen wir das sogar mit Gewissheit. Laut Aussage von Frau Berends wollte Anton Berends am nächsten Tag zur Polizei gehen und eine Aussage über Sie und Ihre Komplizen machen. Das konnten Sie aber nicht zulassen, dann wäre Ihr schönes Geschäft mit der Gülle und den Drogen aufgeflogen. Sie haben kalte Füße bekommen und sind in der Nacht zu seinem Hof gefahren. Es kam zum Streit, mit dem Taser haben Sie ihn erst außer Gefecht gesetzt, ihn dann gefesselt und anschließend die Scheune in Brand gesetzt. Wir haben Stricke in Ihrer Garage gefunden, die mit den Resten, die an Berends Leiche waren, übereinstimmen.“

Frank Terheugen bemerkte, dass Henk Visser wieder kurz vorm Ausrasten war. Er legte beruhigend seine Hand auf den Arm seines Mandanten und antwortete für ihn:

„Das sind doch alles nur Vermutungen, reine haltlose Spekulationen. Sie haben eine blühende Fantasie, Herr Kommissar. Mein Mandant kann sich nur immer wiederholen, dass er absolut nichts von diesen Gegenständen in seiner Garage, oder wie diese dort hingekommen sind, weiß. Auch hat er wiederholt ausgesagt, dass er keinerlei Kenntnisse von den SMS hat, die auf einem öffentlich zugänglichen Prepaidhandy gefunden wurden, das mein Mandant schon seit Wochen nicht mehr benutzt. Mehr hat er dazu im Moment nicht zu sagen."

Peter war sich darüber im Klaren, dass er so nicht weiterkommt. Vissers Anwalt schätzte die Lage für seinen Mandanten richtig ein. Es waren auf Indizien aufgebaute Spekulationen und Vermutungen, die vor keinem Gericht standhalten würden.

„Gut, dann lassen Sie uns zu Ihrem Segeltörn mit Hajo Ukena kommen. Erzählen Sie uns davon. Warum sind Sie schon am Samstag allein zurück nach Eemshaven in Holland gefahren, wenn die Segeltour doch bis einschließlich Sonntag geplant war?"

Etwas entspannter und selbstsicherer, das von ihm früher abgebrochene Wochenende mit Hajo Ukena zu erklären, lehnte Visser sich in seinem Stuhl zurück. Er hatte wieder sein süffisantes Grinsen aufgesetzt, als ob er mit dem, was er als Nächstes zu sagen hatte, alle seine Probleme auf einmal lösen würde.

„Wir, das heißt der Hajo und ich, sind regelmäßig zum Segeln gegangen, mindestens einmal im Monat. Im Sommer sogar alle 14 Tage. Seine Alte mochte das Boot nicht, segeln auf dem Meer war ihr zuwider. Genau da liegt der Hase im Pfeffer, wie man so schön sagt. Ich bin immer am Freitag mit ihm ausgelaufen und am Samstag von Borkum mit der Fähre zurück nach Eemshaven gefahren. Dort habe ich mich dann um unsere Verbindung mit unseren Lieferanten gekümmert. Hajo, müssen Sie wissen, war ein Frauenheld und ich war für ihn das Alibi für seine Frau, wenn Sie verstehen. Hajo hat dann samstags, nachdem ich mit der Fähre nach Eemshaven zurück bin, auf Borkum auf der Suche nach Frauen, die er für ein schnelles Abenteuer mit auf sein Boot nehmen konnte, immer allein die Kneipen unsicher gemacht. So war es auch an diesem letzten Wochenende gewesen. Als ich mittags aus Borkum ausgelaufen bin, war Hajo quicklebendig. Er hat mir sogar noch bei der Abfahrt mit der Fähre vom Segelboot aus zugewunken. Was danach auf Borkum passiert ist, Herr Kommissar, weiß ich nicht, es entzieht sich meinen Kenntnissen."

Peter war nicht schlecht erstaunt über die illustre Gesellschaft. Welch Ironie des Schicksals, während Hajo Ukena heimlich auf Borkum rumvögelte, vergnügte sich seine Frau in aller Ruhe mit dem Angestellten Arne Vermeulen im gemeinsamen Ehebett. Was Henk Visser anbelangte, war er sich nicht mehr so sicher, was er noch glauben sollte. Alles, was Henk Visser ihm während der Vernehmung erzählt hatte, machte zwar irgendwie einen Sinn, aber trotzdem sprachen die Indizienbeweise gegen ihn. Peters Instinkt aber sagte ihm, dass mit den Beweisen etwas faul war, die waren einfach zu perfekt und doch zweifelhaft. Was war, wenn Visser wirklich nichts mit den Gegenständen in seiner Garage zu tun hatte? Wenn jemand sie ihm wirklich untergeschoben hatte? Aber wer, Hajo Ukena, wenn er Klaus' Theorie Glauben schenken darf?

Er musste abwarten, was Anja auf Borkum herausfand, vielleicht würde das ja etwas Licht ins dunkle Wirrwarr bringen. Das Verhör jetzt weiter fortzuführen würde nichts mehr bringen. Peter entschied sich dafür, es abzubrechen. Er hielt einen Moment inne, packte seine Unterlagen zusammen und sagte:

„Das war es für heute, meine Herren. Wir müssen Herrn Vissers Angaben erst einmal überprüfen, bevor wir weitermachen können. Ich werde Ihnen dann rechtzeitig mitteilen, wenn wir mit der Vernehmung fortfahren. Ich wünsche Ihnen noch einen guten Tag."

Henk Visser wurde zurück in seine Zelle gebracht, während Peter sich noch kurz mit Frank Terheugen über den zuständigen Richter der Staatsanwaltschaft austauschte.

Im Büro wartete Klaus, der das Verhör über das Mikrofon mitgehört hatte, schon auf Peter mit einer dringenden SMS von Anja. Peter möchte doch sofort seinen holländischen Kollegen kontaktieren, um ihn zu bitten unbedingt den Skipper einer Tjalk mit dem Namen Neeltje ausfindig zu machen. Superdringend!

„Das ist alles? Typisch Anja", fiel Peter dazu nur ein. Trotzdem nahm er den Hörer seines Telefons in die Hand und wählte die Nummer seines Kollegen Jan van de Felden in Holland.

„Hallo, Peter", klang es freudig vom anderen Ende der Leitung. „Wie geht es dir mit deinen Ermittlungen? Hast du deinen Mörder schon dingfest machen können?"

„Wir arbeiten dran, Jan, aber ich benötige noch einmal deine Hilfe. Wir suchen nach einem holländischen Skipper, der letztes Wochenende auf Borkum im Jachthafen gelegen hat. Seine Tjalk läuft auf den Namen Neeltje. Er könnte ein wichtiger Zeuge in unserem Mordfall sein. Kannst du den für mich ausfindig machen? Wir müssen dringend mit dem Mann sprechen."

„Keine Frage, Peter, wird gemacht. Ich lasse dich wissen, wenn ich ihn gefunden habe. Wir haben zwar ein paar Tausend Tjalken in Holland, aber mit dem Namen Neeltje sollte das nicht so schwer sein, die richtige schnell ausfindig zu machen. Gib mir ein paar Stunden Zeit. Totsiens."

Damit war das Gespräch beendet, jetzt hieß es abwarten.

Kapitel XXIX

Dienstag, 25. Oktober, vormittags zur gleichen Zeit

Kriminalkommissaranwärterin Anja Kappels war frühmorgens auf den Weg zum Emder Außenhafen, um die erste Fähre nach Borkum zu nehmen. Ihr Chef Peter Streib hatte sie am Vorabend noch damit beauftragt, ein zweites Mal mit dem alten Hafenmeister Janek Allmeiers auf Borkum zu sprechen. Sie sollte ihn dazu befragen, ob ihm vielleicht nicht doch noch etwas zu Hajo Ukena und dessen Boot eingefallen war. Des Weiteren sollte Anja die Angestellten beim Ticketschalter des Fähranlegers und Leute in der näheren Umgebung direkt zu Hajo Ukena befragen. Anja nahm sich auch gleich noch vor, die Besatzung der Fähre mit seinem Foto zu konfrontieren. Eventuell hatte einer von ihnen den Mann auf der Fähre gesehen. Von Henk Visser wussten sie ja jetzt, dass er, seinen eigenen Angaben nach, die Mittagsfähre nach Eemshaven genommen hatte. Natürlich musste sie das auch noch überprüfen, denn einen Beweis dafür hatte er bisher nicht dafür geliefert bzw. Anja wusste noch nichts von der Fahrkarte, die Vissers Anwalt Peter inzwischen übergeben hatte. Peter hatte sich, wie er gestern noch sagte, für heute vorgenommen, Henk Visser beim zweiten Verhör dazu explizit zu befragen.

Vissers Alibiüberprüfungen zu den verschiedenen Tatzeiten hatten nach seiner Meinung oberste Priorität. Das war auch Anjas Meinung. Visser war für sie immer noch der Hauptverdächtige für die Morde, obwohl Klaus' Theorie über Hajo Ukena als Hauptschuldigen nicht ganz von der Hand zu weisen war. Was, wenn wirklich Hajo Ukena die Morde begangen hatte und Visser dafür verantwortlich machen wollte? Wenn und hätte, Fahrradkette, fiel ihr dazu nur ein und sie musste grinsen über diesen etwas blöden Spruch. Egal, einer hat die Morde begangen, einer wird dafür büßen, Punkt. Wer am Ende für die

Morde einsitzen würde, war ihr egal, schuldig waren sie alle irgendwie. Es war aber letztendlich die Aufgabe des Teams, herauszufinden, wer der wirkliche Mörder war. Herausfinden würden sie es in jedem Fall, da war sich Anja zu hundert Prozent sicher.

Anja hatte beschlossen, gleich die Fähre um 08:00 Uhr zu nehmen. Die brauchte zwar länger als der Katamaran um 09:00 Uhr, aber dadurch hatte sie auch mehr Zeit, die Besatzung zu befragen. Sie hatte sich auf dem Außendeck ein schönes Plätzchen gesucht und blickte hinaus auf den Dollart hinüber nach Holland. Sie liebte die frische Meerluft, die ihr in frischen, windigen Böen auf dem Achterdeck um die Nase wehte. Als Kind war sie oft mit ihren Eltern für ein langes Wochenende nach Borkum gefahren. Sie hatten dann immer in einer kleinen Pension am Strand gewohnt und es waren schöne, erinnerungsvolle Tage gewesen. Anja war an den Wochenenden oft stundenlang am Strand auf der Suche nach schönen Muscheln, ohne jemals müde zu werden, herumgerannt. Noch heute besaß sie einige davon, die sie als dekorative Seifen- oder Schmuckschalen verwandelt und in ihrem kleinen Badezimmer in Emden ausgelegt hatte.

Die Fähre nahm hinter der Emder Mole langsam Fahrt auf, fuhr stetig ihrem Ziel entgegen die Ems herab. Auf der Backbordseite, vom Heck zum Bug aus gesehen auf der linken Seite des Schiffes, lag Holland, auf der Steuerbordseite, der rechten Seite der Fähre, Anjas geliebte, weite ostfriesische Krummhörn.

Als es ihr an Deck langsam zu kalt wurde, begann sie mit der Befragung der Besatzung des Fährschiffes. Leider blieb ihre Suche nach einem Zeugen erfolglos. Keiner der Crewmitglieder hatte Hajo Ukena jemals an Bord gesehen. Die Kollegen in Emden hatten ihnen, wie auch den anderen Besatzungen der Fähren, ebenso erfolglos schon die gleichen Fragen gestellt. Nicht die geringste Spur von Hajo Ukena, es war somit ausgeschlossen, dass er eine der Fähren genommen hatte.

Auch die Suche im Meer nach seiner Leiche durch die Küstenwache war ohne Aussicht auf Erfolg nach mehreren Stunden abgebrochen

worden. Die Nordsee hatte ihn verschlungen. Anja musste dabei un-
willkürlich an eine Textpassage des berühmten Seemannsliedes „La
Paloma", gesungen von Hans Albers, denken.

„Schroff ist das Riff, und schnell geht ein Schiff zu Grunde,
früh oder spät schlägt jedem von uns die Stunde.
Auf, Matrosen, ohe!
Einmal muss es vorbei sein.
Einmal holt uns die See und das Meer gibt keinen von uns zurück.
Seemann's Braut ist die See und nur ihr kann er treu sein!
Wenn der Sturmwind sein Lied singt, dann winkt mir der Großen
Freiheit' ein Glück.
La Paloma, ohe! La Paloma, ohe!"

Das Meer gibt keinen mehr her, singt Hans Albers. Das war ihr schon
zu ihrer Kindzeit wieder und wieder eingebläut worden. Ihr Vater
hatte ihr jedes Mal, wenn sie zu weit ins Meer hinausgeschwom-
men war, dann immer mit diesem Spruch Angst eingejagt. Ein sehr
trauriges Erlebnis in ihrer Jugend hatte den Vater recht behalten
lassen. Ein guter Freund von ihr war damals in der Ems beim Ba-
den ertrunken, seine Leiche war nie gefunden worden. Die Nordsee
sowie die gewaltig starken Strömungen der Ems während der sechs-
stündigen Gezeitenwechsel hatten schon manchem Schwimmer das
Leben gekostet.

Immer noch ihren düsteren Gedanken an den ertrunkenen Jugend-
freund nachhängend, bemerkte Anja erst, als die Fähre mit einem
lauten, knirschenden Geräusch am Pier andockte, dass sie endlich auf
Borkum angekommen waren.

Sofort nach Verlassen der Fähre begab sie sich zum Ticketschalter der
AG Ems. Die ältere Dame am Schalter erkannte Anja gleich wieder.

„Na mien Dern, nach wem suchen wir denn heute?", fragte sie amüsiert über ihre eigene Spitzfindigkeit.

Anja zeigte ihr das Foto von Hajo Ukena und stellte dabei die gleichen Fragen wie schon am Sonntag zuvor über Henk Visser. Ob sie ihm ein Ticket für eine der Fähren verkauft oder ihn mit jemanden am Schalter gesehen hatte. Wieder einmal war das Ergebnis negativ, aber bevor Anja enttäuscht den Schalterraum verließ, räusperte sich die ältere Dame auf Plattdeutsch:

„Anner Lühs Geschäften gahn mi ja nix an, aver de Keerl de was alltied achte de Frauminskes an" (übersetzt: Anderer Leute Geschäfte gehen mich ja nichts an, aber der Mann war immer hinter den Frauen her).

„Moment, wie darf ich denn das verstehen?", fragte Anja, die fließend Plattdeutsch sprach, sofort nach, doch die Alte winkte nur ab.

„Da mut du de Havenmeister frogen, de kann di mehr vertellen" (übersetzt: Da musst du den Hafenmeister fragen, der kann dir mehr erzählen). Das gesagt, drehte sich die Frau um und ließ Anja einfach stehen.

Perplex und verwundert über die komische Andeutung der älteren Dame des Ticketschalters machte sich Anja auf den Weg zum Hafenmeister Janek Allmeier. Dieser saß wie immer gemütlich in seinem kleinen Büro und schmauchte an seiner Pfeife. Als er Anja erblickte, strahlte er übers ganze Gesicht.

„Moin", sagte er in guter ostfriesischer Manier. „Womit kann ich der Polizei denn heute dienen?"

„Moin, Herr Allmeier, entschuldigen Sie die erneute Störung, ich hätte da noch ein paar Fragen zu Hajo Ukena an Sie", antwortete ihm Anja.

Janek Allmeier stieß nachdenklich ein paar Rauchwolken aus seiner Pfeife in den Raum, als er den Namen hörte. Er kratzte sich dabei leicht an seinem Kopf, als ob er erst noch überlegen musste, ob er antworten wollte. Dann schien er sich, wenn auch nicht wohl dabei, aber eines Besseren zu besinnen. Janek Allmeier legte bedächtig die Pfeife in den Aschenbecher, verschränkte seine mächtigen Arme über der Brust und sagte ironisch:

„Na dann schießen Sie mal los, Frau Kommissarin. Ich freue mich immer, wenn ich der Polizei behilflich sein kann."

„Also, Herr Allmeier, dann wollen wir mal Butter bei die Fische geben. Wie gut kannten Sie denn den Herrn Hajo Ukena nun wirklich? Wir haben aus sicherer Quelle gehört, er sei so was wie ein richtiger Frauenheld gewesen. Können Sie mir dazu etwas mehr erzählen? Ihnen bleibt doch hier nichts verborgen, wurde uns gesagt", bluffte Anja wie ein guter Pokerspieler.

Ins Schwarze getroffen, nahm der Hafenmeister sichtlich ärgerlich seine Pfeife aus dem Aschenbecher, hielt sein Feuerzeug an die Öffnung und stieß eine ganze Reihe Rauchzeichen wie ein Indianer auf dem Kriegspfad aus. Vorwurfsvoll stieß er hervor:

„Da hat bestimmt die alte neugierige Schabracke vom Kartenschalter wieder ihren dummen Mund nicht halten können. Die muss auch immer ihre Nase in Angelegenheiten stecken, die sie nichts angehen. Also viel weiß ich nicht, aber immer wenn er hier festgemacht hatte, ist er abends in die Stadt gefahren und öfters in Begleitung einer Dame zurück an Bord gegangen. Er war kein Kind von Traurigkeit, Sie verstehen schon, wie ich das meine."

„Ja, ich verstehe sehr gut, was Sie meinen, Herr Allmeier. Wissen Sie zufällig, ob er auch am letzten Samstag wieder in Damenbegleitung aus der Stadt zurückgekommen war?"

„Das tut mir leid, das kann ich Ihnen leider nicht sagen, hier war so einiges los am Wochenende. Alle Segler wollten an dem Wochenende noch mal das gute Wetter ausnutzen und wir hatten einen vollen Hafen. Fast alle Liegeplätze waren belegt. Ich kann Ihnen noch nicht einmal sagen, wann das Boot von diesem Ukena ausgelaufen ist, ob am Samstagnachmittag oder Sonntagfrüh. Alles, was ich weiß, ist, dass er am Sonntagmorgen um 09:00 Uhr schon nicht mehr an seiner Anlegestelle lag. Ich hatte Ihnen das aber schon beim letzten Mal erzählt. Sie sollten den Holländer mit seiner Tjalk Neeltje befragen, der müsste Genaueres wissen, denn der lag mit seinem Boot gleich gegenüber."

„Das werden wir tun, Herr Allmeier. Ich danke Ihnen trotzdem für die Auskunft. Eine Frage hätte ich aber noch, wissen Sie zufällig, wo Herr Ukena auf Borkum einkehrte? Welche Kneipen er bevorzugt besuchte, um seine Damenbegleitungen kennenzulernen?"

„Fragen Sie mal in der Kajüte in der Bismarckstraße oder in Rias Beach an der Bürgermeister-Kievet-Promenade nach, da ist er, glaube ich, gerne hingegangen. Wenn Sie sonst noch Fragen haben, wissen Sie ja, wo Sie mich finden. Wünsche noch einen schönen Tag."

Damit war das Gespräch für ihn beendet und er widmete sich, jetzt aber offensichtlich missgelaunt, seinen Geschäften. Anja nahm vom Hafen den Bus in die Stadt Borkum, um eventuell mehr über die letzten Stunden Hajo Ukenas auf der Insel herauszufinden. Anja ging als Erstes, wie vom Hafenmeister als Ukenas Anlaufstelle angedeutet, zu Rias Beach, das ehemalige Grandcafé Panorama an Borkums frischer und sanierter Seepromenade. Das Lokal lag direkt an der Promenade und bot sowohl drinnen als auch draußen Sitzplätze mit einem super Meeresblick. In den gemütlichen, im Loungestil eingerichteten Innenräumen unter Palmen stand als Highlight ein alter roter VW Käfer mit dem bezeichnenden Kennzeichen „I love Borkum". Rias Beach war total Anjas Geschmack. Sie fühlte sich hier sofort wohl. Nachdem sie sich an einem der tollen Tische mit Meerblick gesetzt hatte, bemerkte sie erst, wie hungrig sie war. Anja hatte in der Frühe das

Haus ohne Frühstück verlassen und auch während der Fahrt mit der Fähre nichts weiter zu sich genommen. Sie studierte die Mittagskarte mit Kennerblick, bestellte sich dann einen frischen Fisch mit einem Glas Weißwein dazu. Die Bedienung war freundlich, das Essen gut; Anja war rundherum zufrieden.

Der Gedanke, die Pflicht ruft, brachte sie dann aus ihrer Schlemmerlaune zurück zur Realität, ihrer Arbeit. Sie winkte die freundliche Bedienung heran. Erst zeigte sie der Frau ihren Polizeiausweis, dann das Foto von Hajo Ukena mit der Frage, ob sie den Mann hier schon mal gesehen hatte. Anja hatte Glück, genau die richtige Bedienung gefunden zu haben, denn Elke Brand, so war der Name der freundlichen Frau, arbeitete schon zu Zeiten des Grandcafés in dem Lokal.

„Das ist der Hajo", sagte sie sofort. „Der kommt hier immer her, wenn er auf Borkum mit seinem Segelboot anlegt. Er gibt meistens ein sehr fettes Trinkgeld, darum kennt ihn auch jeder von uns, die hier arbeiten. Ist aber ein ganz schlimmer Finger, der seine Hände nicht an sich lassen kann. Er mag es zu gerne, die Mädchen am Po zu tätscheln. Die meisten lassen ihn auch, da sie auf ein großzügiges Trinkgeld spekulieren. Es ist aber auch schon vorgekommen, dass er sich dabei eine saftige Ohrfeige eingefangen hat. Ist was mit Hajo passiert oder warum fragen Sie nach ihm?"

Anja ignorierte die Frage der Bedienung. Sie hatte aufmerksam zugehört und war mit dem zufrieden, was ihr bisher erzählt wurde. Es zeichnete sich deutlich ab, dass Hajo Ukena ein ausgemachter Frauenheld war. Jetzt musste sie nur noch herausfinden, ob Hajo Ukena auch am Wochenende hier gewesen war. Sie bohrte weiter:

„Hören Sie, Frau Brand, es ist extrem wichtig für unsere Ermittlungen. Können Sie mir sagen, ob Hajo Ukena auch am letzten Wochenende hier gewesen war? Wenn ja, dann allein oder war er in Begleitung gewesen? Hat er eventuell mit jemanden das Lokal verlassen?"

Elke Brand konnte Anjas erste Frage ohne Zögern bejahen, aber mehr wusste sie auch nicht. Doch sie hatte dafür eine Lösung.

„Warten Sie einen Moment", antwortete sie. „Ich hole mal schnell die Ingrid, die hat, wenn ich mich recht erinnere, den Hajo am letzten Samstag die ganze Zeit bedient."

Elke Brand verschwand eilig ins Innere des Lokals und wenige Minuten später erschien sie mit einer brünetten, gut aussehenden jungen Frau und stellte sie Anja als Ingrid Harms vor. Sie selber verabschiedete sich, da an den anderen Tischen schon mehrere Gäste ungeduldig auf ihre Bedienung warteten.

Ingrid Harms lächelte, dabei zeigte sie zwei Reihen perlweißer Zähne wie aus einer Zahnpastawerbung.

„Meine Kollegin hat mir schon erzählt, Sie möchten wissen, ob Hajo letztes Wochenende hier war. Ja, ich kann mich genau erinnern, er war am Samstagmittag hier zum Frühschoppen. Er hat reichlich Weißwein getrunken, erst allein, dann mit einer platinblonden Frau zusammen. Es schien, als ob die beiden sich kannten, aber das heißt bei Hajo gar nichts. Der kannte so viele Frauen hier, der hat alle abgeschleppt, die er kriegen konnte."

Bei Ingrid Harms' Bemerkung über die platinblonde Frau schrillten die Alarmsirenen in Anjas Kopf, lauter als die Musikanlage eines Motörhead-Konzerts. Sie dachte sofort an das Haar, das die Spurensicherung auf dem Boot von Ukena gefunden hatte. Es war ein platinblondes Haar gewesen. Anja hatte eine Spur gefunden und jetzt war sie nicht mehr zu halten.

„Frau Harms, überlegen Sie bitte jetzt ganz genau. Können Sie sich eventuell daran erinnern, ob Hajo Ukena und die Frau das Lokal gemeinsam verlassen haben?"

„Da brauche ich nicht zu überlegen, natürlich. Hajo hat mir sogar noch 20 Euro Trinkgeld gegeben, bevor er augenzwinkernd mit der Blondine Arm in Arm um 14:30 Uhr das Lokal verlassen hat. Ich kann mich deshalb noch so gut an die genaue Uhrzeit erinnern, weil um 14:30 Uhr mein Schichtwechsel anstand, meine Ablösung aber wieder einmal fünf Minuten zu spät dran war."

„So weit, so gut. Sie kennen doch sicher die Leute hier auf Borkum. War die Blondine von hier oder war es Ihrer Meinung nach eine Urlauberin?"

„Hundert Prozent Urlauberin. Die Frau habe ich vorher noch nie hier gesehen. Die muss von auswärts gewesen sein. Was mir noch aufgefallen ist, sie hatte neben ihrer Handtasche eine große Reisetasche bei sich. Es machte ganz den Eindruck, als ob sie fertig zur Abreise war."

„Können Sie mir die Frau beschreiben, wie sah sie aus? Denken Sie, Sie würden die Frau wiedererkennen?"

„Puh, schwer zu sagen, aber ich denke schon, dass ich sie wiedererkennen würde. Die Frau war so um Anfang 40 würde ich sagen, aber so genau habe ich sie mir natürlich nicht angeschaut. Ich erinnere mich, sie war stark geschminkt, tiefroter Lippenstift und so. Direkter Blickfang war natürlich das platinblonde Haar. Ansonsten war die Frau nicht besonders auffällig, mittelgroß, normale schlanke Figur, für meinen Geschmack trug sie etwas zu viel Modeschmuck. Dazu noch eine große Sonnenbrille, alles, was irgendwie ablenkt, sich an ein Gesicht zu erinnern, wenn ich es mir recht überlege. Hajo war Feuer und Flamme, der konnte es gar nicht abwarten, mit ihr das Lokal zu verlassen."

„Ja, das kann ich gut nachvollziehen, nach dem, was ich bisher so von ihm gehört habe. Vielen Dank, Frau Harms, Ihre Angaben haben mir sehr geholfen. Ich muss Sie aber dennoch bitten, in den nächsten Tagen bei meinem Kollegen von der Borkumer Inselpolizei vorbeizuschauen, um Ihre Aussage zu Protokoll zu nehmen. Es könnte auch sein, wenn wir die Frau ausfindig gemacht haben, dass wir Sie noch für eine Gegenüberstellung benötigen."

Anja hatte genug gehört, es erübrigte sich, noch in die andere Lokalität, die Kajüte in der Bismarckstraße, zu gehen. Sie zahlte ihre Zeche und machte sich auf den Rückweg zum Borkumer Fährhafen. Es war erst 13:20 Uhr und mit etwas Glück würde sie noch den Katamaran um 14:00 Uhr erwischen, ansonsten müsste sie bis 16:45 Uhr auf die nächste Fähre warten. Das Glück war Anja hold. Knapp zwei Stunden später lief der Katamaran mit Anja an Bord im Emder Außenhafen ein.

Dort stieg sie in ihr am Morgen geparktes Fahrzeug und fuhr sofort zu ihrem Büro am Hauptbahnhof.

Sie freute sich auf die Gesichter von Peter und Klaus, wenn sie von ihren neusten Erkenntnissen berichten würde. Die würden nicht schlecht staunen, was sie alles über Hajo Ukena herausgefunden hatte. Das Beste aber war die Geschichte der platinblonden Frau. Anja war sich ziemlich sicher, dass die Blondine mit Hajo Ukenas Verschwinden in einem Zusammenhang stand. Sie brauchten unbedingt die Bestätigung des niederländischen Skippers, wenn er denn überhaupt etwas gesehen hatte. Sie hatte schon eine SMS an Klaus vorabgeschickt. Der sollte Peter aktivieren, seinen holländischen Kollegen ein weiteres Mal um Hilfe zu bitten. Sie mussten den Skipper der Tjalk Neeltje ausfindig machen. Er war ein wichtiger Zeuge, der mit Sicherheit noch einiges mehr zu Hajo Ukenas Borkum-Aufenthalt wusste.

Kapitel XXX

Dienstag, 25. Oktober, später Nachmittag

Peter und Klaus hatten sich ein Mittagessen beim Mongolen gegönnt. Es war für sie nur ein kurzer Weg zu Fuß vom Revier am Hauptbahnhof über die Brücke zum neuen mongolischen Restaurant. Das Restaurant lag gleich gegenüber vom Möbelhaus Hummerich. Das System des Besitzers, für einen nicht allzu teuren Pauschalbetrag ein Büfettlunch anzubieten, war von der Emder Bevölkerung sehr gut angenommen worden. Die Speisen waren frisch und sehr bekömmlich. Was aber oft noch viel wichtiger für die Ostfriesen ist, es war sehr reichhaltig. Es gab kein Limit, wie oft man sich am Büfett bedienen durfte. Natürlich nutzten das viele Besucher des Restaurants, besonders denen man es an der Figur ansah, auch reichlich aus.

Sie diskutierten gerade die Frage, ob eine zusätzliche Vernehmung von Sieglinde Ukena etwas bringen könnte, als die Tür zum Büro auflog.

„Moinsen, na ihr müden Landratten, wie geht es euch heute? Ich hoffe, ihr beiden habt mich vermisst?", schallte es fröhlich im Büro, als Anja mit einem breiten Lächeln durch die Tür trat.

„Hallo, Anja, da bist du ja wieder. Wie war es auf Borkum, du Glückliche? Hast du dich gut erholt in deinem Urlaub?", stichelte Klaus von seinem Schreibtisch.

„Pah, was heißt hier Urlaub? Ich habe schwer gearbeitet und jede Menge Dinge in Erfahrung gebracht. Ihr glaubt ja gar nicht, was der Hajo Ukena auf Borkum für einen Ruf genossen hat."

„Casanova, der Frauenheld, vielleicht", löste Klaus mit breitem Grinsen das Rätsel.

Peter konnte sich über Anjas plötzlich wechselnden Gesichtsausdruck, nachdem sie Klaus' Antwort vernommen hatte, das Lachen nicht verkneifen. Anjas Kinnlade fiel, bildlich gesprochen, hörbar bis auf den Boden. Mit einem großen Fragezeichen im Gesicht schaute sie etwas enttäuscht erst zu Klaus, dann zu Peter.

„Woher wisst ihr das denn nun schon wieder? Da schlage ich mir auf Borkum den ganzen Tag um die Ohren, um euch neue Informationen zu liefern, und ihr Pappnasen wisst schon wieder alles. Das ist wirklich nicht fair, muss ich sagen. Ich weiß zwar nicht, wie ihr schon wieder an diese Informationen gelangt seid, aber es gibt da noch etwas, was ihr alten Besserwisser nicht wissen könnt", triumphierte Anja mit einem dramatischen, siegessicheren Unterton.
„Ich weiß, woher oder besser von wem das platinblonde Haar auf dem Boot stammt."

Das war nun wirklich eine interessante Neuigkeit und, so wie Anja sich bei der Übermittlung verhielt, mit Sicherheit hochexplosiv.

„Na dann schieß mal los, lass die Bombe platzen", schaltete sich Peter gespannt ein.

„Dann hört mal zu, was ich herausgefunden habe. Hajo Ukena hat am Samstagmittag eine platinblonde Frau, so Anfang 40, aus Rias Beach, einem Lokal an der Borkumer Seepromenade, abgeschleppt. Die Kellnerin hat mir erzählt, es sah so aus, als ob sie sich schon vorher kannten. Um etwa 14:30 Uhr haben die beiden dann das Lokal zusammen verlassen. Die Bedienung konnte leider nicht mit Bestimmtheit sagen, ob sie die Frau so einfach wiedererkennen würde. Sicher war sie sich nur darüber, dass die Frau nicht von der Insel stammte. Alles, was sie mir zu ihrem Aussehen sagen konnte, war, dass die Frau von schlanker Figur, stark geschminkt war und die ganze Zeit über eine große Sonnenbrille trug. Ach ja, was ihr noch aufgefallen war, sie hatte neben ihrer Handtasche noch eine große Reisetasche bei sich, als ob sie fertig zur Abreise war."

Anja ließ die Information mit einem sehr zufriedenen Gesichtsausdruck einsinken. Ihre brisante Information über die platinblonde Frau ergab plötzlich ein ganz neues Bild des Falles. Peter überdachte vorsichtig die Konsequenz aus dieser neuen Situation.

„Wenn diese Angaben stimmen, ist Henk Visser damit im Fall Ukena aus dem Schneider. Vorausgesetzt, dass er auch wirklich die Fähre um 12:30 Uhr nach Eemshaven genommen hat", bemerkte er nachdenklich dazu.

„Damit kommen wir wieder näher an meine Theorie, dass Hajo Ukena nicht auf dem Meeresgrund liegt, sondern eventuell seine Flucht schon lange vorbereitet hatte. Es kann gut sein, dass die Frau ihm bei der Flucht geholfen hat. Vielleicht war sie eine Komplizin und hat Hajo Ukena gewarnt", schaltete sich Klaus dazu.

„Da fällt mir ein, habt ihr meine SMS bekommen?", fragte Anja.
„Der Hafenmeister auf Borkum ist der Meinung, der Holländer wäre der Einzige, der uns eventuell mehr zum Auslaufen des Segelbootes von Ukena sagen könnte. Wir müssen unbedingt diesen Skipper ausfindig machen und ihn sprechen. Es kann doch durchaus möglich sein, dass der Mann etwas gesehen hat, was uns hilft, in Erfahrung zu bringen, ob die Frau an Bord gewesen war, als das Segelboot ausgelaufen ist. Vielleicht weiß der Mann auch noch die genaue Uhrzeit, wann das Boot den Hafen in Borkum verlassen hat."

„Alles schon in Arbeit, liebe Anja. Peter hat vorhin gleich, nachdem ich ihm deine SMS vorgelesen hatte, mit seinem neuen holländischen Freund in Groningen telefoniert. Er hat versprochen, sich umgehend wieder zu melden, Peter wartet auf seinen Rückruf", klärte Klaus sie dazu auf.

Wie auf Befehl klingelte zu den Worten Peters Telefon. Anja und Klaus blickten mit voller Erwartungshaltung auf Peter, als dieser den Hörer in aller Seelenruhe abnahm.

„Kriminalhauptkommissar Peter Streib", meldete er sich knapp.
„Ja, hallo, Jan, schön, dass du so schnell zurückrufst."
Dann hörte er aufmerksam zu, was sein Gesprächsteilnehmer ihm am anderen Ende der Leitung mitzuteilen hatte.
Anja und Klaus lauschten angestrengt, konnten aber nicht genau hören, was der andere Gesprächsteilnehmer sagte. Ihre Neugier wuchs mit jeder Minute, die das Gespräch andauerte. Anja dachte gerade noch, dass Peter, dieser Egoist, das Telefonat auch für sie auf Lautsprecher hätte schalten können, als Peter plötzlich übers ganze Gesicht zu strahlen begann. Es waren also gute Neuigkeiten von Jan van de Felden. Hoffentlich hatte er den Skipper schon ausfindig gemacht.

Ihre Annahme bestätigte sich, alsbald Peter antwortete:
„Jan, das sind ja ganz tolle Nachrichten. Wie hast du das denn so schnell hinbekommen? Mir war gar nicht bekannt, dass die holländische Polizei auch zaubern kann. Ist gut, so machen wir das, wir kommen morgen nach Holland, holen dich in Groningen um 10:00 Uhr ab und fahren dann gemeinsam nach Lemmer. Dann kannst du mir bei einem schönen Mittagessen, auf unsere Kosten natürlich, erzählen, wie du den Mann so schnell gefunden hast. Ich freu mich, bis dann", dann legte er den Hörer auf.

Ohne sich um seine beiden vor Neugier platzenden Kollegen weiter zu kümmern, öffnete Peter sein Fenster und zündete sich, als wenn nichts gewesen wäre, in aller Seelenruhe eine Zigarette an. Er wusste genau, Anja war kurz vorm Explodieren und innerlich machte es ihm einen Riesenspaß zu beobachten, wie die Neugier an ihr nagte.

Sie hielt ihm die geballte Faust ins Gesicht und dann schoss es förmlich aus ihr heraus:

„Ich bringe dich um, Peter, wenn du nicht sofort erzählst, ob Jan van de Felden den Mann gefunden hat. Nach dem Gespräch zu urteilen, hörte es sich zumindest so an."

Peter musste über ihren von ihm provozierten Ausbruch lauthals lachen, dann wandte er sich an die beiden und sagte:

„Ja, er hat das Boot und den Mann ausfindig machen können, frag mich aber nicht wie. Die Tjalk samt Skipper befindet sich in Lemmer, einem kleinen Hafen am Ijsselmeer. Circa eine gute Stunde Autofahrt von Groningen entfernt. Diesmal fahre ich aber mit Klaus in den Urlaub, der muss auch mal raus aus dem Büro. Wir holen Jan van de Felden um 10:00 Uhr in Groningen ab, dann geht es nach Lemmer, wo auch immer das ist. Ich bin ja mal gespannt. Du, liebe Anja, schiebst morgen dafür einmal Innendienst, schreibst die Reporte von Borkum."

Klaus grinste von einem Ohr zum anderen, als er von seinem geplanten dienstlichen Ausflug hörte. Er wollte schon lange einmal das Ijsselmeer sehen. Er hatte viel darüber gehört, wie schön es dort sein soll, hatte aber bisher nie die Gelegenheit gefunden, einmal hinzufahren.

Anja schmollte erst ein wenig über ihre Verbannung zum Innendienst, aber innerlich gönnte sie Klaus den gemeinsamen Trip mit Peter.

Kapitel XXXI

Mittwoch, 26. Oktober, tagsüber

Sie hatten sich einen Dienstwagen für die Fahrt nach Holland genommen, denn Klaus war kein Fan des für ihn zu engen niedrigen Triumph Stags. Er mochte lieber gemütlich in einem bequemen Sedan die Fahrt genießen. Es war grau und bewölkt, der wieder einsetzende Regen und die für die Jahreszeit frühen stürmischen Nordwestwinde machten die Entscheidung weniger schmerzlich für Peter, der lieber gerne mit seinem Stag die Fahrt unternommen hätte.

Während der Fahrt durch die holländische Landschaft fielen Peter immer wieder die halben Gardinen an den Fenstern der Häuser auf. Er wunderte sich, welche Bedeutung es mit den halben Gardinen auf sich hatte. Peter war sich sicher, dass Klaus eine Antwort wusste.

„Du, Klaus, weißt du, warum die Holländer immer nur halbe Gardinen in ihre Fenster hängen?"

Klaus, amüsiert über Peters Frage, weil er selber vor Jahren schon sich diese niederländische Eigenart hatte erklären lassen, wusste zufällig die passende Antwort.

„Ja, das kann ich dir genau sagen, obwohl es eigentlich dafür sogar zwei Erklärungen gibt. Die erste führt zurück auf die Zeit 1821 bis 1896, als die Holländer noch eine Personalsteuer für Diener, Möbelstücke, Pferde und für das Haus zahlen mussten. Bei der Berechnung der Steuer wurde auch die Anzahl der Fenster eines Hauses mitberücksichtigt. Es ist aber nicht eindeutig belegt, dass direkt für Gardinen die hohen Luxussteuern bezahlt werden mussten. Wahrscheinlich hatte es aber indirekt etwas damit zu tun. Die Begründung besagt, zu dieser Zeit hatten viele holländische Bürger gebogene Holzrahmen im Fenster, die innen mit gehäkelter Spitze bespannt waren. Diese kosteten keine Steuer und dienten als Gardinenersatz. Auch heute sieht man diese Rahmen noch teilweise in den Fenstern. Inzwischen gibt es das Gesetz aber schon lange nicht mehr.

Die zweite Erklärung ist, dass viele Holländer keine Gardinen haben, da das gesamte Land calvinistisch geprägt ist. Der Calvinismus ist erstmals in einer Schrift von lutherischen Theologen im Jahr 1552 erwähnt worden. Es handelt sich um eine theologische Bewegung. Durch die nicht vorhandenen Gardinen sollte wahrscheinlich eine allgemeine Offenheit dargestellt werden, die signalisiert, dass niemand etwas zu verbergen hat. Das ist auch heute noch die Einstellung der Niederländer, wer nichts zu verbergen hat, kann doch ruhig alles offen sichtbar lassen."

Peter war wieder einmal beeindruckt über Klaus' Allgemeinwissen. Der Mann war ein wandelndes Lexikon, dachte er. Bei der Idee selber, ohne Gardinen vor den Fenstern zu wohnen, amüsierte ihn ein ganz spezieller Gedanke.

„Haha, Holland ist also, in anderen Worten gesagt, das ideale Land für Spanner. Das wär nichts für mich, wenn jeder, mir nix, dir nix, mir einfach so ins Wohn- oder Schlafzimmer gucken kann. Stell dir vor, du hast Sex mit deiner Frau und die Nachbarn stehen vor dem Fenster und klatschen Beifall."

Sie mussten beide über Peters komische Vorstellung lachen. Alsbald danach erreichten sie Groningen und dort wartete schon Jan van de Felden mit einem weiteren Kollegen vor dem Groninger Polizeirevier auf die beiden. Jan van de Felden stellte seinen Kollegen als Peter Dijkstra, einen sogenannten Sketchartisten der niederländischen Polizei, vor. Dijkstra konnte helfen, falls der Skipper die Frau näher gesehen haben sollte, gleich an Ort und Stelle ein Phantombild der Frau zu erstellen.

„Exzellente Idee, Jan", beglückwünschte ihn Peter zu der Initiative, bevor er wiederum seinerseits Klaus Marquart als Kollegen seines Teams vorstellte. Nach kurzer Begrüßung einigten sie sich darauf, für ihre Weiterfahrt ein Dienstfahrzeug der holländischen Polizei zu nehmen. Ohne weitere Verzögerung brachen sie dann gemeinsam in Richtung Lemmer am Ijsselmeer auf.

Das Ijsselmeer ist ein gewaltiger Süßwassersee und kein Meer, wie oft fälschlicherweise angenommen wird. Denn das Ijsselmeer ist weitgehend eingedämmt, es hat weder Ebbe noch Flut. Der See besteht zum allergrößten Teil aus dem Zuidersee, einer eingedeichten Meeresbucht.

Das Ijsselmeer mit seinen über 1.000 Quadratkilometern Fläche ist ein beliebter Urlaubsort, besonders viele Segler sind hier oft anzutreffen. Die Wassertiefe beträgt nur zwischen zwei und sechs Meter, trotzdem werden die Wassertemperaturen von 16 bis 17 Grad auch in den Sommermonaten kaum überschritten. Zum Schwimmen ist der See daher meist erfrischend kühl. Der Ort Lemmer, ihr Ziel, ist ein internationales Wassersportzentrum am Ijsselmeer, umgeben von Küste, Sandstränden, Wäldern, Inseln und den friesischen Seen. Lemmer, eine historische Altstadt der Region, wird auch das Tor zu Friesland genannt. Es gilt unter vielen Wassersportlern als besonders geselliges und gemütliches ehemaliges Fischerdorf.

Auf dem Weg über die A7 von Groningen nach Lemmer fragte Peter Jan, wie er das Boot samt Skipper so schnell ausfindig machen konnte. Die Erklärung war recht einfach, alle Boote in Holland sind registriert, vor allem dann, wenn sie auch in internationalen Gewässern segeln. Im Computerregister hatte er ohne Probleme sehr schnell die Neeltje gefunden. Ihr Skipper hatte seine kompletten Kontaktdaten bei der Registrierung hinterlassen. Einen Anruf später, voilà, und alles war erledigt.

Die Verabredung mit dem Skipper der Neeltje war im Hafen neben dem Restaurant De Brekken in der Koervordermeerstraat. Vom Parkplatz des Restaurants hatte man einen guten Blick auf den Bootsanleger mit vielen Charterschiffen, an dem auch die Tjalk Neeltje festgemacht hatte. Eine echte holländische Tjalk ist ein historischer Segelschifftyp für das Wattenmeer, erklärte Jan. Solch ein Boot besitzt einen gänzlich flachen Boden ohne Balkenkiel, um bei Ebbe im Watt aufzusetzen oder, im Seglerjargon ausgedrückt, trockenfallen zu können.

Die Neeltje, die in ihrer vollen Pracht an der rund 50 Meter langen Pier lag, war ein besonders schöner, ganz in weißer Farbe gehaltener, voll restaurierter Wattensegler.

Ihr Skipper, ein älterer Mann mit grauem Bart und einer schmauchenden Pfeife im Mundwinkel, war das typische Urbild eines Seemanns. Er war etwas über 1,80 Meter groß mit breitem Gesicht und muskulösem Körper. Peter schätzte ihn auf circa 60 Jahre, aber das Gesicht war vom Wetter so gegerbt, dass er durchaus zehn Jahre älter aussah, als er wirklich war. Er war braun gebrannt, an den Augen sowie Mundwinkeln hatte er tiefe Falten, die Zeichen eines harten Lebens. Seine Kleidung bestand aus einer einfachen dunklen Latzhose mit T-Shirt. Der graue Bart war ordentlich gestutzt, sein langes Haar hinter seinem Kopf mit einem Gummi zu einem Pferdeschwanz zusammengebunden. Er lief barfuß über die Gangway ihnen entgegen. Mit einer rauchigen Stimme stellte er sich als Finn Ruys aus Leuwarden vor und bat freundlichst alle an Bord zu kommen.

Der Innenraum des Bootes war wider Erwarten immens geräumig und hatte alles, was man für ein komplettes Leben auf dem Wasser brauchte. Eine erstklassig eingerichtete Kombüse, Esstisch mit Eckbank, ein äußerst luxuriös eingerichteter Wohnraum mit Ledergarnitur, Hausbar, Stereoanlage und Flachbildfernseher. Ein großes Badezimmer mit Dusche, Toilette sowie zwei bequeme Achterkabinen, wovon eine die Kapitänskabine mit einem Doppelbett war, rundeten die Ausstattung des Bootes ab.

Peter pfiff anerkennend durch seine Zähne, als er das Innenleben der Tjalk bewundern durfte. Voller Stolz erklärte ihnen Finn Ruys, dass er das Boot vor acht Jahren für 70.000 Euro gekauft und in zwei Jahren für noch mal 150.000 Euro von Heck bis Bug total hat restaurieren lassen. Das Schiff war mit der allerneusten Bordelektronik ausgestattet, die allein schon ein Vermögen gekostet haben musste. Aber sie waren nicht nach Lemmer gekommen, um eine Tjalk zu bewundern, sondern um etwas in Erfahrung zu bringen.

„Herr Ruys", begann Peter dann auch gleich, nachdem sich alle gesetzt hatten, mit seiner Befragung des Skippers, „wir wissen, dass Sie mit Ihrer Tjalk Neeltje am letzten Wochenende auf Borkum im Jachthafen Baalmann festgemacht hatten. Weiter wissen wir, dass Ihnen gegenüber an der gleichen Pier ein Segelboot aus Emden lag. Es ist für uns extrem wichtig zu erfahren, ob Sie vielleicht irgendetwas von Bord Ihrer Tjalk beobachtet haben, was uns in unserem Fall weiterhelfen könnte. Speziell möchten wir gerne wissen, welche Personen auf dem deutschen Segelboot waren und wann es wieder ausgelaufen ist."

Finn Ruys strich sich nachdenklich durch seinen Bart, er räusperte sich kurz und sagte:
„Ja, ich glaube, da kann ich Ihnen weiterhelfen. Ich bin am Freitag am späten Nachmittag in den Hafen eingelaufen und da lag das Boot schon an der Pier. Zwei Männer saßen auf dem Achterdeck und tranken Bier. Sie waren recht freundlich und haben mir sogar beim Festmachen meiner Tjalk geholfen. Der eine war zufällig ein Holländer wie ich, der andere war Deutscher. Henk und Hajo, wenn ich mich richtig erinnere. Wie das so unter Seglern ist, kommt man schnell ins Gespräch. Wir haben dann zusammen ein Bier getrunken, bevor ich in meine Kajüte verschwunden bin, um mich schlafen zu legen. Die beiden wollten noch in die Stadt, aber dafür war ich zu müde. Am nächsten Tag, ich war schon früh aufgestanden, um einige Besor-

gungen zu machen, habe ich nach meiner Rückkehr beobachtet, wie dieser Henk so um 11:30 Uhr mit einer Tasche in der Hand von Bord gegangen ist. Als ich ihn danach fragte, ob er schon abreisen wollte, erzählte er mir, er wollte mit der Fähre zurück nach Eemshaven, Verwandte besuchen. Der Hajo ist dann so um Mittag, glaube ich, allein in die Stadt gegangen und so was um 15:00 Uhr in Begleitung einer Dame wiedergekommen."

„Das ist hochinteressant für uns und deckt sich mit anderen Aussagen. Wie sah diese Dame aus, können Sie uns die Frau vielleicht etwas näher beschreiben?", unterbrach Peter, aufhorchend, seine Ausführungen.

„Oh ja, das kann ich gut", fuhr Finn Ruys mit seinen Ausführungen fort. „Sie hatte platinblonde Haare. Daran erinnere ich mich sehr gut, aber die können nicht echt gewesen sein, die waren viel zu silbrig. Mehr so eine Perücke, wissen Sie? Ich würde sagen, sie war so um etwa 1,75 Meter groß, schlank, für meinen Geschmack ein bisschen zu stark geschminkt. Sie trug eine dieser großen modischen Sonnenbrillen, aber die ist ihr, als sie ihre Tasche an Bord werfen wollte, an der Pier kurz runtergefallen. In dem Moment konnte ich ihr Gesicht sehr gut sehen. Es schien ihr aber nicht sonderlich zu gefallen, dass ich sie so direkt ansah, sie wandte sich deshalb sofort ab. Was für eine eingebildete Kuh, habe ich noch gedacht, aber mich dann nicht weiter darum gekümmert. So um 16:00 Uhr muss das gewesen sein, ist der Hajo dann mit seinem Boot ausgelaufen. Ich fand das ungewöhnlich spät, da für den Tag nicht mehr viel Sonnenlicht zum Segeln blieb."

„Wissen Sie zufällig, ob sich die Frau, als das Boot ausgelaufen ist, noch an Bord befunden hat?", kam Peters nächste Zwischenfrage.

„Ja, die Frau war noch auf dem Schiff, da bin ich mir sicher. Hajo hat mir beim Auslaufen noch augenzwinkernd zugewunken. Mehr weiß ich dazu auch nicht. Entschuldigen Sie, Herr Kommissar Streib, jetzt würde mich aber erst einmal interessieren, worum es hier bei der ganzen Sache eigentlich geht."

„Ja, natürlich, Herr Ruys, das verstehe ich und ist auch Ihr gutes Recht. Was ich Ihnen sagen kann, ist, wir haben die Segeljacht von Hajo Ukena am Sonntag allein ankernd außerhalb von Borkum vorgefunden. Vom Skipper sowie der Frau, die, wie Sie sagen, sich mit ihm an Bord befunden haben muss, fehlt jegliche Spur. Es ist unsere Annahme, dass Hajo Ukena einem Verbrechen zum Opfer gefallen sein könnte. Daher müssen wir unbedingt diese Frau, die sich auf Hajo Ukenas Boot befunden hatte, ausfindig machen. Unser Kollege Peter Dijkstra hier ist ein Künstler, ein Sketchartist der holländischen Polizei. Er wird mit Ihrem Einverständnis versuchen, nach Ihren Angaben mit Ihnen zusammen ein Phantombild der Frau zu zeichnen. Aber ich schlage vor, erst einmal gehen wir alle gemeinsam zum Essen. Wir laden Sie herzlichst, falls Sie nichts dagegen haben, natürlich selbstverständlich dazu ein."

„Das ist eine großartige Idee und warum sollte ich etwas gegen ein freies Mittagessen haben. Das Restaurant De Brekken gleich hier an der Pier kann ich wärmstens empfehlen, es hat eine sehr gute Küche."

Beim Mittagstisch erzählte ihnen Finn Ruys, dass er jahrelang als Kapitän großer Kreuzfahrtschiffe die Weltmeere befahren hatte. Als aber vor drei Jahren seine Frau verstorben war, hatte er den gut bezahlten Job an den Nagel gehängt. Er lebte seitdem auf seiner Tjalk Neeltje, segelte von Ort zu Ort. Dort, wo es ihm gefiel, blieb er auch mal länger vor Anker, bis ihn die Unruhe dann wieder weitertrieb. Peter, Klaus sowie die Kollegen aus Holland beneideten ihn um seine endlose Freiheit, aber nicht um seine Einsamkeit. So hat immer jede Medaille seine zwei Seiten.

Anschließend nach dem Mittagessen, während Peter Dijkstra mit Finn Ruys auf dessen Tjalk gegangen war, um das Phantombild der Frau anzufertigen, informierte Jan van de Felden Peter über die letzten Erkenntnisse im Fall der holländischen Drogenbande. Der oberste Boss der Bande, Willem Kuipers, war genau wie Hajo Ukena wie vom Erdboden verschwunden. Interpol hat ihn offiziell zur Fahndung ausgeschrieben. Jan war sich aber sicher, dass Kuipers schon lange auf Nimmerwiedersehen irgendwo auf der Welt untergetaucht war. Die letzte Spur von Kuipers führte nach Pattaya in Thailand. Nach Informationen von Interpol sollte er dort irgendwo ein Haus besitzen.

„Wer weiß", sagte Jan, „vielleicht sitzen Willem Kuipers und Hajo Ukena in Thailand irgendwo zusammen gemütlich am Strand und lachen sich eins ins Fäustchen."

„Das glaube ich irgendwie nicht, Jan, ich habe da so ein komisches Gefühl, das mir sagt, Hajo Ukena ist Fischfutter. Nicht dass ich mir seinen Tod wünsche, aber mir erscheint sein plötzliches Verschwinden nicht geplant gewesen zu sein. Ich hoffe, wir finden mithilfe des Phantombildes diese Frau. Sie ist jetzt der Schlüssel zum Ganzen geworden. Gut, dass wir mit Finn Ruys sprechen konnten, das hat uns bei unserem Fall sehr geholfen. Nochmals herzlichen Dank, dass du ihn ausfindig machen konntest. Ich hoffe für dich, du kriegst diesen Willem Kuipers auch noch."

„Nicht der Rede wert, es ist alles nur eine Frage der Zeit, Peter. Der wird schon irgendwann einen Fehler machen. Seine illegalen Drogengeschäfte in Holland sind auf alle Fälle zu Ende. Und eine Hand wäscht schließlich die andere, wenn auch manchmal ohne offizielle Seife", grinste er frech in Peters Richtung, der genau wusste, worauf Jan mit seiner Bemerkung anspielte, sich aber davor hütete, darauf etwas zu erwidern.

Klaus wunderte sich ein wenig über die spitzfindigen Bemerkungen des Holländers. Er konnte ja nicht wissen, dass ein Unbekannter mit Maske, die Drogengang auf der Farm in Holland hochgenommen und danach die niederländische Polizei verständigt hatte. Noch weniger konnte er wissen, dass Jan Peter für den Unbekannten hielt. Dass er damit auch noch total richtig lag, wäre dann in jedem Fall für Klaus zu viel gewesen. Somit war es besser, dass Peter sich weiterhin durch Jans zweideutige Bemerkungen nicht kompromittieren ließ. Wenig später kam Peter Dijkstra über die Gangway der Tjalk und verkündete, dass sie mit dem Phantombild fertig waren. Er äußerte sich vielversprechend zu der Beschreibung der Frau und nannte Finn Ruys einen aufmerksamen Beobachter mit ausgezeichneter Detailwiedergabe.

Bevor sie dann ihre Rückfahrt nach Groningen antraten, bedankten und verabschiedeten sie sich vom Skipper Finn Ruys.

Die Rückfahrt vom Ijsselmeer nach Groningen dauerte knapp eine Stunde. Das Phantombild der mysteriösen Frau müsse noch am Computer überarbeitet werden, erklärte Dijkstra ihnen im Auto. Er hätte eine Software in seinem Büro, die es ihm ermöglichen würde, ein fotoähnliches Bild der Frau zu erstellen. Er würde es dann, sobald es fertig war, versicherte er ihnen bei ihrer herzlichen Verabschiedung in Groningen, per E-Mail zusenden.

Es war ein erfolgreicher Ausflug nach Holland gewesen. Finn Ruys hatte sich als ein sehr wichtiges Teil ihres Kriminalfallpuzzles herausgestellt. Klaus und Peter konnten es kaum abwarten, das fertige Bild der Frau von Dijkstra zu erhalten. Sie erhofften sich dadurch, bei ihren Bemühungen den Mörder zu fassen, einen großen Schritt weitergekommen zu sein.

Anja hatte mit ihrer Recherche auf Borkum großartige Arbeit geleistet.

Sie waren guter Dinge während ihrer restlichen Heimfahrt.

Kapitel XXXII

Mittwoch, 26. Oktober, abends

Peter hatte Klaus am Revier abgesetzt und war zu seiner Wohnung am Schreyers Hoek gefahren. Nach einem ausgiebigen Jogging hatte er schnell geduscht und war gerade dabei, sich ein Abendessen zu kochen, als sein Handy klingelte. Der Anrufer, stellte er verwundert fest, war Jan van de Felden.

„Jan, womit habe ich die Ehre deines späten Anrufes? Ist bei dir alles in Ordnung?"

„Hallo, Peter, ich habe schlechte Nachrichten für dich. Meine Kollegen haben mich gerade darüber informiert, sie haben Hinweise darauf, dass jemand versucht, dich ausfindig zu machen."

„Was, wie kommen die denn auf diese Idee?"

„Man hat von einem der verhafteten Manager der Schweinefarm im Groninger Untersuchungsgefängnis einen Kassiber mit deinem Namen abgefangen. Bei der anschließenden Untersuchung kam dann heraus, dass jemand unbedingt deinen Namen herausbekommen wollte. Wir haben weiter in Erfahrung gebracht, dass Willem Kuipers für den Verlust seines Business Rache geschworen und einen hohen Preis für Informationen geboten hat. Warum kannst du dir ja selber denken."

„Ich habe keinen blassen Schimmer", blieb Peter seiner Linie treu, seinen illegalen nächtlichen Einsatz in Holland niemals zuzugeben.

„Sei vorsichtig, Peter, dieser Kuipers, ist gefährlich und wir wissen nicht genau, ob er wirklich nach Thailand geflohen ist. Es kann auch gut sein, dass er in Deutschland ist und nach dir sucht."

„Das kann ich mir zwar nicht vorstellen, aber falls doch, weiß ich schon auf mich aufzupassen. Ich danke dir jedenfalls dafür, Jan, dass du mich warnst."

„Nicht dafür, Peter, trotzdem unterschätze bitte diesen Typen nicht. Er hat ein langes Register an Delikten, die aber bisher zu keiner Verurteilung führten. Ich habe dir auf alle Fälle schon mal das Wichtigste aus seiner Akte per E-Mail an deine private Adresse geschickt. Totsiens, Peter."

„Gute Nacht, Jan."

Peter beendete das Gespräch und schaltete seinen Computer an. In seiner Mailbox sah er auch gleich die Nachricht von Jan. In der angehängten Akte las er alles über Willem Kuipers, was die niederländischen Behörden ihm in der Vergangenheit vorgeworfen hatten, aber nie so richtig beweisen konnten. Das reichte von Raub, Drogenhandel, schwerer Körperverletzung bis hin zu Mord. Jan hatte ihm auch ein Foto von Kuipers geschickt. Dieser wirkte alles andere als freundlich auf dem Bild.

Der Mann auf dem Foto hatte kurze blonde Haare, tief liegende, kalte Augen, hohe Wangenknochen und einen grausamen Zug um seinen schmalen Mund. Peter prägte sich das Gesicht ein, er würde es sofort erkennen, falls der Mann ihm jemals begegnen würde. Er überlegte, was ihm Jan noch über den Mann erzählt hatte. Willem Kuipers war Exmilitär, Königliche Marinier Spezialkommandos mit Einsätzen in Afghanistan und Kosovo. Ein wirklich gefährliches Kaliber, wusste Peter, denn er hatte mit den Königlichen Marinier Spezialkommandos schon einmal trainiert. Sie waren, wie er, ausgebildet in Nahkampftechniken und sehr harte Burschen, das Beste, was Holland zu bieten hatte. Damit konnte er sich auch erklären, warum Willem Kuipers gerade auf ihn gekommen war. Natürlich wusste Willem Kuipers, selber ein Spezialist, dass nur ein sehr gut ausgebildeter Nahkampftechniker seine fünf Männer allein ausgeschaltet haben konnte. Peter war kein Unbekannter und sein Name in einschlägigen Kreisen bekannt. Somit muss es für Willem Kuipers leicht gewesen sein, fünf und fünf zusammenzuzählen. Nachdem er Peters Namen als einen der beiden Polizisten identifiziert hatte, die sein Unternehmen am Tage besucht hatten, war der Rest ein Kinderspiel. Zwei, drei Anrufe bei den richtigen Personen und schon konnte Kuipers sich ausrechnen, dass es sich bei dem nächtlichen Besucher um ein und denselben Mann handelte.

Ein richtig cleveres Kerlchen, dachte sich Peter. Gleichzeitig sträubten sich bei dem Gedanken seine Nackenhaare. Wenn der Mann wirklich hinter ihm her war, musste er höllisch auf der Hut sein.

Kapitel XXXIII

Donnerstag, 27. Oktober, vormittags

Peter hatte schlecht geschlafen, Albträume hatten ihn die ganze Nacht nicht zur Ruhe kommen lassen. Er hatte von Willem Kuipers geträumt, wie er über ihm stand, mit einer großkalibrigen Waffe auf ihn zielte und dann einfach abdrückte.

Auf dem Weg ins Büro hatte Peter die ganze Zeit das Gefühl, beobachtet zu werden, konnte aber niemand Auffälliges ausmachen. Er erreichte das Revier ohne Zwischenfälle. Im Büro warteten schon Anja und Klaus auf Peter. Er hatte sich fest vorgenommen, seinen Kollegen nichts von der angeblichen Bedrohung zu erzählen, und verschwieg bewusst sein gestriges Telefonat mit Jan. Peter wollte sie nicht beunruhigen, es war sein Problem.

Voller Erwartung auf die E-Mail von Dijkstra fuhr Peter seinen Computer hoch. Anja und Klaus standen hinter ihm und schauten ihrerseits neugierig über seine Schulter.

Die mit Spannung erwartete E-Mail vom Kollegen aus Holland erschien sogleich im Eingangsportal. Der große Augenblick war gekommen. Kollege Dijkstra erklärte zuerst in seiner Mail einmal die Technik, die er angewandt hatte, um aus der Zeichnung ein fast echt aussehendes Foto zu machen.

Er schrieb:

Liebe Kollegen in Emden,

ich hoffe, ihr seid wieder gut angekommen. Wie versprochen findet ihr im Anhang das Phantombild der gesuchten Frau. Fotos in Kunstwerke verwandeln – das kennt man schon länger vom Photoshop-Malfilter oder spätestens seit der Software Prisma. Prisma verleiht Fotografien die Anmutung von Gemälden. Vier junge Neurowissenschaftler in den Niederlanden haben nun eine Software entwickelt, die genau das Gegenteil tut. Sie nennen es „Convolutional Sketch Inversion", was einfach übersetzt so viel bedeutet wie „Gefaltete Sketchumkehrung".

Sie benutzen dazu ein künstliches neuronales Netzwerk, das eine Spielart der künstlichen Intelligenz ist, bei der die Neuronenstrukturen des Gehirns nachgebildet werden. Es verwandelt eigenständig durch ständig sich anpassende Berechnungen, Zeichnungen und Gemälde in Fotos – oder zumindest etwas, das einem Foto sehr ähnlich sieht. Ich glaube, ich gehe hier etwas zu weit mit meinen Erklärungen und euch interessiert mehr das Ergebnis als meine wissenschaftlichen Ausführungen.

Seht euch selber das Resultat an und viel Glück. Ich hoffe, ihr findet die Frau.

Liebe Grüße aus Groningen
Peter Dijkstra

Peter klickte gespannt auf den ersten Anhang der Mail und auf dem Bildschirm erschien das Porträt einer Frau. Obwohl es eine reine Computeranimation war, sah es von der Qualität einem echten Foto wirklich sehr ähnlich. Die Frau auf dem Bild hatte silberne Haare im Stil des Charleston der Zwanzigerjahre. Bob nannte man diese Frisur, klärte Anja die beiden auf. In seiner klassischen Variante wird er etwa kinnlang geschnitten, dabei ziert ihn oft ein grade geschnittener Pony, der die ganze Stirn verdeckt. Bei dem Bild auf dem Computer ließ die Frisur wenig vom Gesicht über. Zusätzlich zur verdeckten Stirn rahmten die seitlich kinnlangen Haare auch ihre Wangen, die Gesichtskonturen der Frau ein. Hinzu kamen noch ein schwarzer Leberfleck am Mund und stark geschminkte Augen, die wenig über das wahre Aussehen der Frau verrieten.

„Sehr cleveres Mädchen", ließ Klaus verlauten. „Mit der Frisur sowie der vielen Schminke hätte sie sich auch gleich, wie Bankräuber es machen, einen Strumpf übers Gesicht ziehen können."

„Warte doch mal ab, das ist ja nur ein Anhang der Mail. Mal sehen, was uns Dijkstra noch so geschickt hat."
Das gesagt, klickte Peter auf den nächsten Anhang. Das neue Bild auf dem Computer zeigte dieselbe Frau, aber diesmal mit einer dunklen Kurzhaarfrisur, hoher Stirn, vollen Gesichtskonturen, aber ohne den Leberfleck und der Schminke.

„Das glaube ich jetzt nicht, die hat doch Ähnlichkeit mit der Freundin von Bernd Wolters, dieser Andrea Wilkes aus der Spedition Frerichs", stieß Anja aufgeregt hervor. „Oder was sagt ihr?"

Peter schaute angestrengt auf die Animation und überlegte eine Weile, bevor er antwortete:
„Jetzt, wo du es sagst, Anja, könntest du recht haben, die Ähnlichkeit ist fatal. Hundert Prozent sicher können wir uns aber erst dann sein, wenn wir eine eindeutige Identifizierung haben. Wir sollten am besten sofort ein Foto von Andrea Wilkes zu Finn Ruys in Holland schicken, um zu sehen, ob er sie darauf als die Frau auf Ukenas Boot wiedererkennt."

Der stark dringende Verdacht, es könnte sich auf dem Bild der Person wirklich um Andrea Wilkes handeln, hielt alle drei in einem sprachlosen Bann. Man konnte im Raum förmlich spüren, wie jeder von ihnen still für sich die möglichen, gravierenden Konsequenzen ihrer Entdeckung überdachte. Es wurde ihnen bewusst, wenn es sich bestätigt, dass Andrea Wilkes die Frau an Bord von Hajo Ukenas Segelschiff gewesen war, musste der komplette Fall aus einem gänzlich anderen Blickwinkel betrachtet werden.

Klaus war der Erste, der das Schweigen im Raum unterbrach. In seiner ruhigen, pragmatischen Weise fasste er die neuen Umstände zusammen.

„Gesetzt den Fall, dass Andrea Wilkes die Mörderin von Hajo Ukena ist, dann müssen wir auch in Betracht ziehen, dass sie Heinrich Janssen und Anton Berends umgebracht hat. Aber warum sollte sie das tun?"

„Rache für den Tod ihres Geliebten ist ein starkes Motiv", beantwortete Peter den Gedankengang.

„Sie war die Informantin von Bernd Wolters, somit wusste sie genau über die Machenschaften von Visser, Ukena, Janssen und Berends Bescheid. Wolters hat sie immer über alles, was er über die Bande herausgefunden hatte, auf dem Laufenden gehalten. Andrea Wilkes muss somit auch von dem Treffen an seinem Todestag gewusst haben. Als diese dann, aus ihrer Sicht gesehen, Wolters umgebracht haben, hat sie ihnen Rache geschworen", fügte Anja hinzu.

„Sie bringt einen nach dem anderen um und schiebt die ganze Schuld Visser zu. Ein teuflischer Plan, aber vieles macht jetzt einen Sinn. Wer außer ihr konnte sonst von dem Computer in Wolters' Gartenhaus gewusst haben? Sie ist nach seinem Tod dort eingebrochen, hat ihn gestohlen und in Henk Vissers Schrank versteckt. Mit der geplanten Voraussicht, dass die Polizei ihn dort finden wird. Es war nicht weiter schwer für sie, denn sie hatte ja Zugang zu allen Örtlichkeiten in der Spedition", spann Klaus die Geschichte weiter.

„Natürlich, sie wusste auch von dem abgelegten Prepaidhandy in Vissers Schublade. Sie hatte ohne Probleme Zugriff auf das Handy. Andrea Wilkes kannte die Nummer und konnte somit leicht die SMS an Janssen sowie Berends manipulieren", sprang es zurück von Anja.

Klaus und Anja waren jetzt fast vergleichbar mit zwei Boxern im Ring. Peter verfolgte aufmerksam den interessanten verbalen Schlagabtausch, hing dabei aber seinen eigenen Gedanken nach.

„Sie hatte auch Kenntnis von Vissers Privatadresse. Die war ihr aus seinen Personalunterlagen bekannt. Ihm den Karton mit dem zusätzlich belastenden Material an den Morden in seiner Garage unterzuschieben, dürfte ihr daher auch nicht weiter schwergefallen sein", kam der nächste Schlag von Klaus.

„Das erklärt auch, warum Henk Visser so vehement bestreitet, von den in seinem Besitz gefundenen Gegenständen gewusst zu haben. Uns wird es aber schwerfallen dürfen, ihr unsere Theorie zu beweisen. So logisch, wie auch alles klingt, wer solch einen Plan in die Tat umsetzt, drei Morde begeht, einen anderen dafür büßen lassen will, ist eiskalt und macht keine Fehler. Andrea Wilkes hat mit Sicherheit alle ihre eigenen Spuren fein säuberlich verwischt", konterte Anja wiederum.

„Nicht alle, und einen entscheidenden Fehler hat sie doch gemacht. Sie hat bestimmt nicht mit dem holländischen Skipper Finn Ruys an der Pier in Borkum und seinem ausgezeichneten Gedächtnis gerechnet. Ganz zu schweigen davon, dass wir ihn ausfindig machen könnten. Ich schicke Finn Ruys sofort per E-Mail Andrea Wilkes' Foto aus der Personalbroschüre der Firma Frerichs zu. Mir scheint das ziemlich up to date zu sein. Jemand sollte auch noch mal mit den Fotos, die Dijkstra uns geschickt hat, sowie mit Wilkes' Personalfoto auf den Borkumfähren nachfragen. Irgendwie muss sie ja, in blonder oder in ihrer zivilen Aufmachung, von Borkum wieder nach Emden gekommen sein. Sobald wir irgendeine positive Bestätigung bekommen, sollten wir uns die Dame einmal vornehmen", meldete sich Peter jetzt als Ringrichter zu Wort und beendete damit den verbalen Kampf.

Finn Ruys antwortete schon nach wenigen Minuten, nachdem er Peters E-Mail erhalten hatte. Er war sich sehr sicher, Andrea Wilkes auf dem Personalfoto der Firma Frerichs wiedererkannt zu haben. Er schrieb, er müsste ihr aber persönlich in die Augen sehen, um eine hundertprozentige Identifizierung machen zu können. An ihrem Blick würde er sofort erkennen, ob es sich um die richtige Frau handelte. Die Augen können nicht lügen, fügte er noch philosophisch an. Ruys erklärte sich jederzeit für eine Gegenüberstellung bereit zu sein.

Peter äußerte sich zufrieden über Ruys' Antwort.

„Das ist doch schon mal ein Anfang, oder? Jetzt brauchen wir nur noch jemanden, der Andrea Wilkes am Sonntag auf einer der Fähren gesehen hat und dann können wir damit anfangen, sie zu befragen."

Die Bestätigung, die platinblonde Frau 07:15 Uhr auf der Katamaranfähre von Borkum nach Emden gesehen zu haben, kam eine weitere Stunde später. Die Angestellte der Fähre konnte sich deshalb so gut an die Frau erinnern, weil sie eine große Reisetasche bei sich trug, die ziemlich durchnässt aussah, obwohl es an dem Morgen gar nicht geregnet hatte. Zu ihrer Frage, ob etwas in der Tasche ausgelaufen sei, wurde sie von der Frau nur ignoriert, was ihr weiterhin sehr komisch vorgekommen war.

„Ich hab's, da war bestimmt der nasse Taucheranzug drin, mit dem sie vom Boot an Land geschwommen ist. Andrea Wilkes ist doch Taucherin, erinnerst du dich an ihre Fotos aus ihrem Büro, Peter?", stellte Anja fest.

„Ja, ich kann mich sogar sehr gut daran erinnern. Sie hatte mir stolz bei unserem ersten Besuch in der Firma von ihren Tauchurlauben erzählt und mir ihre Fotos gezeigt", antwortete Peter.

„Also können wir davon ausgehen, dass sie mit Sicherheit eine sehr gute Schwimmerin ist. Da dürfte die eine Seemeile vom Schiff zum

Strand für sie keine Schwierigkeit gewesen sein", mischte sich Klaus jetzt ein.

„Sie muss vorher alles genau geplant haben. Aber woher wusste sie von der Segeltour und dass Henk Visser vorher abreisen würde? Außerdem wusste sie anscheinend genau über Ukenas Abenteuer mit Frauen auf dem Boot Bescheid, über seine Gewohnheiten, einfach alles. Sie hatte von Anfang an darauf spekuliert, dass Ukena sie als leichte Beute mit an Bord nehmen würde", kam Anjas Einwand.

„Egal wie, aber irgendwie wusste sie von Ukenas Gepflogenheiten. Wer weiß, vielleicht hatte es ihr Bernd Wolters erzählt oder jemand in der Firma, es wird immer viel getratscht. Auf jeden Fall ist ihr Plan aufgegangen, Hajo Ukena hat sie mit auf sein Boot genommen. Was er dabei leider übersehen hatte, ist, dass eine ‚Schwarze Witwe' an Bord gekommen war, die nach der Paarung ihr Männchen verspeist. In ihrem Fall hatte sie ihn aber nicht wie die Spinne üblicherweise verspeist, sondern ihn einfach über Bord geworfen. Danach hatte sie alle Zeit der Welt, alles auf dem Boot, was auf ihre Anwesenheit an Bord hindeuten könnte, gründlichst zu reinigen. Am nächsten Morgen ist sie dann ohne große Anstrengung rüber nach Borkum geschwommen. Sie hat sich, wie ein Tourist nach einem morgendlichen Schwimmen im Meer, am Strand umgezogen und ist in aller Seelenruhe zum Fähranleger gegangen. Zum Schutz gegen das kalte Meerwasser hatte sie sogar vorsorglich noch ihren Taucheranzug, eventuell auch Flossen mitgebracht. Dazu würde auch das kleine herausgerissene Stück des Taucheranzuges, das wir auf dem Boot an der Reling gefunden haben, passen", fasste Peter zusammen.

„Wer hätte das gedacht? Wenn die Theorie stimmt, dann benötigen wir nur noch den passenden Taucheranzug dazu. Wenn wir den bei ihr finden würden, haben wir sie. Der Anzug würde klar ihre Anwesenheit auf dem Boot beweisen", warf Klaus dazu ein.

Es war eine Ironie des Schicksals, eine kleine Fotoanimation hatte den Fall plötzlich total auf den Kopf gestellt. Henk Visser schien an den Morden wirklich unschuldig zu sein. Peters Gefühl, dass mit den gefundenen fingerabdrucklosen Indizienbeweisen von Anfang an etwas nicht stimmte, hatte ihn nicht betrogen. Fast wäre er auf den teuflischen Plan des Mörders hereingefallen. Diesmal aber war er davon überzeugt, seinen Mörder, oder besser gesagt seine Mörderin, endlich gefunden zu haben. Sie mussten Andrea Wilkes nur noch der Verbrechen überführen. Die Betonung lag in diesem Fall aber auf den zwei Wörtern „nur noch". Ihr die Morde nachzuweisen würde nicht einfach werden. Sie hatte alles zu gut geplant. Sein Gefühl sagte ihm diesmal, seine Verdächtige würde eine harte Nuss zu knacken werden. Als Erstes entschied er sich, sie mit ihrer sofortigen Verhaftung total zu überraschen.

Ja so machen wir es, dachte er sich, ich darf ihr erst gar keine Zeit zum langen Nachdenken geben. Ich muss sie von vornherein verunsichern. Andrea Wilkes fühlt sich im Moment sicher, die Polizei hinters Licht geführt zu haben. Sie wähnt Henk Visser für die Morde, die sie begangen hat, im Gefängnis.

Sie denkt, ihr diabolischer Plan ist aufgegangen.

„Na, worauf warten wir denn noch? Lasst uns die Angelegenheit zu Ende bringen. Die Dame hat uns lang genug an der Nase herumgeführt. Sie wird aus allen Wolken fallen, wenn wir sie verhaften. Ich besorg uns nur noch schnell den Haftbefehl für Andrea Wilkes sowie einen Durchsuchungsbeschluss für ihre Wohnung", bekräftigte er laut mit neu gewonnener Energie seinen frisch gefassten Entschluss.

Kapitel XXXIV

Donnerstag, 27. Oktober, später Vormittag

Den Haftbefehl und den Durchsuchungsbeschluss bekamen sie innerhalb einer Stunde. Die Staatsanwaltschaft hatte auf Peters Drängen sowie Erklärung der neusten Erkenntnisse ohne viel Zögern die Dokumente ausgestellt. Die anschließende Fahrt von Emden nach Leer bewältigten Anja, Peter und Klaus in etwas weniger als 30 Minuten. Sie hatten es sich nicht nehmen lassen und waren zusammen nach Leer gefahren, um Andrea Wilkes' Verhaftung vorzunehmen. Als die drei dann in Begleitung einer weiteren Beamtin in Uniform in Andrea Wilkes Büro auftauchten, schien diese im ersten Moment sichtlich überrascht zu sein. Nervös spielte sie mit einem Schreibstift in ihrer Hand, der ein wiederholt klackerndes Geräusch auf dem Schreibtisch verursachte. Peter hatte die anderen darum gebeten, ihn die Verhaftung persönlich vornehmen zu lassen. Er nahm eins der Taucherfotos vom Schreibtisch und sah Andrea Wilkes dabei einen langen Augenblick wortlos an. Dann fragte er sie in einem ruhigen sachlichen Ton:
   „Sie wissen, warum wir hier sind, Frau Wilkes, oder?"

Andrea Wilkes befürchtete in dem Moment, dass ihr Spiel aus war. Ihr vorher noch freundliches Lächeln verwandelte sich spontan zu einem spöttischen Grinsen. Sie überspielte ihre Ungewissheit, suchte verzweifelt nach einem Ausweg. Für den Bruchteil von ein paar Sekunden befiel sie sogar eine leichte Panik bei dem Gedanken, die Polizei wüsste alles. Dann fand sie schnell wieder zu ihrer Selbstsicherheit zurück. Sie dachte, woher sollte die Polizei wissen, was sie bis ins letzte Detail geplant und methodisch präzise ausgeführt hatte. Bei diesem Gedanken verschwand die kurz vorher eingesetzte Panik sogleich wieder, denn Andrea wusste nur zu genau, die Polizei musste ihr ihre

Verbrechen erst einmal beweisen. Es gab nach ihrem besten Wissen keinen Beweis für ihre Schuld, dafür hatte sie gesorgt. Sie musste nur zu allen Anschuldigungen schweigen, dann konnten sie ihr gar nichts anhaben. Das würde ihre eiserne Strategie sein, war ihre Überlegung. Ein Gedanke von einer Unfehlbarkeit beflügelte sie, irgendwie gab er ihr das Gefühl unantastbar zu sein. Sie blickte Peter in die Augen und antwortete mit arroganter Stimme dann auf seine Frage:

„Es tut mir leid, Herr Kommissar, ich habe leider keinerlei Ahnung, was Ihren Besuch anbetrifft. An Ihrer Miene glaube ich aber zu sehen, dass es sich um nichts Gutes handelt."

Peter hatte nichts anderes von Andrea Wilkes erwartet. Ein Geständnis gleich bei ihrer Verhaftung zu bekommen, wäre wohl auch zu viel Wunschdenken gewesen. Er hielt ihr den Haftbefehl vors Gesicht und sagte:

„Damit haben Sie den Nagel auf den Kopf getroffen, nichts Gutes für Sie. Andrea Wilkes, ich verhafte Sie hiermit unter dem dringenden Verdacht, drei Menschen ermordet zu haben."

Ohne auch nur mit der Wimper zu zucken, nahm sie die Anschuldigung hin. Stumm und teilnahmslos beobachtete Andrea, wie die Beamten erst den Schreibtisch, dann ihren Schrank durchsuchten. Sie musste mit ansehen, wie ihre Bilder sowie andere persönliche Gegenstände in mitgebrachte Kartons gepackt und hinausgetragen wurden.

Andrea Wilkes wirkte unbeeindruckt vom ganzen Geschehen, irgendwie eiskalt. Sie registrierte angewidert, wie ihre Kollegen hinter vorgehaltener Hand miteinander tuschelten. Weiter beobachtete sie aus ihren Augenwinkeln heraus, wie der leitende Kommissar mit ihrem Chef sprach. Es war klar für Andrea, dass egal, was von jetzt an geschehen würde, sie nie wieder in das Büro an ihren alten Arbeitsplatz zurückkehren konnte. Zehn Minuten später war der ganze Spuk auch schon vorbei. Ohne auch nur ein Wort zu sagen oder ihre jetzt

Exkollegen eines Blickes weiter zu würdigen, ließ Andrea Wilkes sich in Handschellen abführen. Anja fand es äußerst skurril, dass die Frau dabei immer noch lächelte.

Andrea Wilkes wurde bis zu ihrer ersten Vernehmung vorläufig ins Emder Gefängnis in Untersuchungshaft gebracht.

Kapitel XXXV

Donnerstag, 27. Oktober, nachmittags

Die anschließende Hausdurchsuchung Andrea Wilkes' Wohnung in Leer hatte wider Erwarten zu nichts geführt. Es wurde zwar ein Taucheranzug in ihrer Wohnung gefunden, aber dieser war vollends in Takt und wies keinerlei Beschädigungen auf.

Peters konnte keinen klaren Gedanken fassen, sie kreisten unentwegt um den flüchtigen Boss der holländischen Drogenbande, Willem Kuipers, sowie Jans Warnung, der Mann sei sehr gefährlich. Er hatte eine böse Vorahnung, dass bald irgendetwas Schreckliches passieren würde. Um sich abzulenken, versuchte er sich wieder auf seinen Mordfall zu konzentrieren. Um Andrea Wilkes festnageln zu können, mussten sie schnellstmöglich eine direkte Gegenüberstellung mit ihrem Zeugen arrangieren. Peter schickte eine E-Mail nach Lemmer in Holland, in der er Finn Ruys darum bat, für eine Konfrontation am nächsten Tag nach Emden zu kommen.

„Wollen wir hoffen, dass wir mit der Gegenüberstellung etwas mehr Glück haben als bei der Hausdurchsuchung. Ich hätte schwören können, wir finden irgendeinen Beweis in ihrer Wohnung", sagte er in einem enttäuschten Tonfall zu seinem Team.

„Mach dir mal keine Sorgen, Peter, das wird schon. Ich bin mir ziemlich sicher, dass Finn Ruys sie als die Frau auf Ukenas Boot identifizieren wird", antwortete Anja, die Peters komische Stimmung bemerkt hatte.
„Ist was mit dir? Du scheinst mir so abwesend zu sein. Beschäftigt dich etwas?", fuhr Anja fort.

„Nein, alles in Ordnung, ich habe nur schlecht geschlafen", erwiderte Peter wenig überzeugend.

In dem Moment klingelte das Telefon. Anja hob den Hörer ab und sprach nur wenige Worte. Nachdem sie aufgelegt hatte, schaute sie Peter an und sagte:

„Das war Sieglinde Ukena, sie fragte, ob du vorbeikommen könntest, sie hätte wichtige Informationen zu den Geschäften ihres Mannes gefunden. Wenn es dir nichts ausmacht, erledige ich das. Ich wollte sowieso heute noch nach Wolthusen und könnte das dann gleich auf dem Rückweg damit verbinden."

„Liebend gern, Anja, wenn du möchtest. Mir ist eh nicht danach, die Frau noch mal zu sprechen", antwortete ihr Peter sichtlich erleichtert. Anja ließ sich nicht lange bitten, zog ihre Jacke an und verließ das Revier. Peter und Klaus sichteten noch mal sorgfältig die Funde aus Andrea Wilkes' Wohnung und Büro, fanden aber nichts, was ihre Theorie der Morde bekräftigte. Anja hatte das Büro vor circa einer guten Stunde verlassen, als plötzlich Peters Handy klingelte. Von dem Display konnte er ablesen, dass es Anja war, die ihn anrief.

„Hallo, Anja, was gibt es?", sprach er in das Telefon.

„Jetzt hör mir genau zu", drang eine dunkle Männerstimme in sein Ohr.

„Du tust jetzt genau, was ich dir sage, sonst siehst du deine Kollegin nicht mehr lebend wieder."

„Kuipers, wenn du ihr auch nur ein Haar krümmst, dann …"

„Was dann", unterbrach ihn die Stimme schroff. „Da du weißt, wer ich bin, dann ist dir sicherlich auch klar, dass ich keine leeren Drohungen mache. Du setzt dich jetzt in deinen Wagen und kommst sofort zu Ukenas Bauernhof, allein versteht sich. Sehe ich auch nur einen einzigen anderen Beamten, ist deine Kollegin tot. Ich gebe dir genau 30 Minuten. Falls du bis dahin hier nicht aufgetaucht bist, werde ich deine Kollegin erschießen. Ticktack, ticktack, die Uhr läuft, ich würde mich an deiner Stelle beeilen."

Dann brach das Gespräch ab. Klaus schaute verständnislos in Richtung Peter, der, ohne ein weiteres Wort zu verlieren, aus dem Büro stürmte. Die Fahrt von der Stadt bis zum Bauernhof der Ukenas legte Peter in weniger als 20 Minuten zurück. Vor dem Haus der Ukenas stand Anjas Dienstwagen. Ohne zu zögern, stürzte Peter aus seinem Wagen durch die weit offenstehende Haustür. Er rief mehrere Male Anjas Namen, erhielt jedoch keine Antwort. Es herrschte eine tödliche Stille im Haus. Peter zog instinktiv seine Waffe, als er sich wachsam durch den langen Flur vorwärtsbewegte. Im Wohnzimmer fand er dann Sieglinde Ukena auf dem Sofa sitzend und ihn mit toten, leeren Augen anstarrend. Ein mit Blut angetrocknetes Einschussloch in ihrer Stirn ließ keine Zweifel aufkommen, dass Willem Kuipers zu allem entschlossen war. Peter fürchtete um Anjas Leben. Doch wo war sie und vor allem wo war Willem Kuipers? Er hielt seine Waffe schussbereit mit beiden Händen und bewegte sich vorsichtig durch das Haus. Argwöhnisch durchsuchte er jeden Raum. Das Haus war leer, keine Spur von Anja oder Kuipers. Die Scheune, schoss es Peter durch den Kopf, sie müssen in der großen Scheune sein. Sich nach allen Seiten absichernd, lief er um das riesige Gebäude. Als er sich dem breiten Scheunentor näherte, sah er, dass es weit einladend geöffnet war. Langsam bewegte sich Peter in das Innere der dunklen Scheune. Aus den fast blinden Fenstern drang nur wenig Licht, es roch nach frischem Stroh. Er fühlte mehr die Anwesenheit von Personen, als dass er sie sehen konnte. Seine Nackenhaare sträubten sich, als er etwa fünf Meter vor ihm auf der Erde eine regungslose Gestalt entdeckte. Er erkannte die am Boden liegende Person sofort, es war Anja. Peter konnte eine blutverkrustete Wunde an ihrem Kopf ausmachen, er befürchtete das Schlimmste. Alle Vorsicht außer Acht lassend, lief Peter zu seiner Kollegin und kniete sich neben sie.

Im gleichen Moment traf ihn auch schon ein schmerzhafter Schlag am Handgelenk, seine Waffe entglitt seiner Hand und fiel zu Boden.

„Keine Sorge, sie lebt. Ich habe ihr nur hiermit eins übergezogen", sagte eine Stimme hinter Peter, als ein Kantholz neben ihm auf den Estrich geworfen wurde. Er ignorierte es, fühlte Anjas Puls und war beruhigt, als er ihren Herzschlag mit seinen Fingern wahrnahm.

Dann drehte er leicht seinen Kopf, um seinen Angreifer zu sehen. Willem Kuipers stand ungefähr zwei Meter hinter ihm mit einer großkalibrigen Waffe in der Hand, die auf seinen Kopf gerichtet war.

„Ganz langsam jetzt, nur keine überhasteten Bewegungen. Meine Waffe ist direkt auf deinen Hinterkopf gerichtet. Ich weiß, wie gefährlich du bist, Kommissar Streib, nicht jeder ist dazu fähig, ganz allein fünf meiner Männer auszuschalten. Ich brauchte nur einen Namen, aber den hattest du ja netterweise tagsüber bei deinem offiziellen Besuch meinen Männern genannt. Der Rest war einfach herauszubekommen. Es gibt nicht so viele deutsche Kommissare mit deinen Fähigkeiten. Dein Ruf als Krav-Maga-Experte eilt dir voraus. Netter Trick mit der Balaklava, aber dein Englisch hatte laut meines Mitarbeiters doch einen leicht deutschen Akzent."

„Nobody is perfect", antwortete Peter ironisch. Er suchte verzweifelt nach einem Ausweg. Er wusste, Kuipers würde ihn töten, aber es war ihm auch bewusst, dass Willem Kuipers der arrogante Redetyp war, der seine Macht erst auskosten wollte, bevor er ein Leben auslöschte. Peter musste ihn reden lassen oder besser noch weiter zu einem Dialog animieren.

Er richtete sich vorsichtig auf, dabei sagte er:

„Ich kann nicht gerade sagen, dass es mir leidtut, deine Geschäfte gestört zu haben, aber es gab zu viele Leichen."

„Hehe, wer hat denn was von Aufstehen gesagt. Mach dir keine Hoffnung, mich zu überrumpeln, ich bin wie du in Nahkampftechniken ausgebildet. Ich habe bei den Königlichen Marinier gedient."

Peters erstes Ziel hatte er erreicht, er stand wieder. Die Waffe war aber noch immer auf seinen Hinterkopf gerichtet und sein Gegner hielt zu viel Abstand für eine schnelle Technik, ihn zu entwaffnen. Kuipers wusste es nur zu gut. Peter musste ihn näher an sich ranbringen. Er musste ihn zu einem Fehler verleiten.

„Ist mir bekannt, ich habe deine Akte gelesen. Einsätze in Kosovo und Afghanistan, weiter eine Karriere als Drogenhändler und Mörder. Das ist nicht gerade ein Zeugnis für einen Musterbürger", provozierte ihn Peter und machte dabei einen Schritt rückwärts.

„Stehen bleiben habe ich gesagt", erwiderte Kuipers und drückte Peter dabei mit dem Lauf der Waffe in den Nacken.

Das war seine einzige Chance, dachte sich Peter und drehte sich links in seinen Gegner und drückte blitzschnell mit dem rechten Arm die Waffe aus der Schussrichtung. Der Schuss löste sich mit einem lauten Knall neben Peters linkem Ohr, er spürte das Projektil, als es um Millimeter seinen Kopf verfehlte. Jetzt galt seine oberste Priorität, den Gegner zu entwaffnen, aber das war einfacher gedacht als getan. Willem Kuipers wusste, er hat den Fehler gemacht, Peter zu nah an sich herankommen zu lassen. Er war durchtrainiert und konterte mit einer Rückbewegung, um seine Waffe wieder in Schussrichtung bringen zu können. Peter aber hatte das vorausgesehen und ging mit dem Gegner zurück und drehte die Hand mit der Waffe schmerzhaft für

Kuipers in den Innenbereich zwischen ihre beiden Oberkörper. Die Waffe fiel zu Boden und jetzt standen sich die beiden Kontrahenten wie lauernde Löwen gegenüber.

„Nicht schlecht, Herr Kommissar, aber es wird dir nichts nützen, ich werde dich trotzdem töten. Jeder, der meine Geschäfte stört, muss sterben."

„Hat Sieglinde Ukena auch deine Geschäfte gestört, oder warum musste sie sterben?"

„Du hast es immer noch nicht begriffen, wie ich sehe. Sieglinde war mein Partner, der Boss hier in Deutschland. Sie wollte mir mein Geld nicht geben, da habe ich es mir dann einfach genommen."

Ohne Vorankündigung griff er Peter plötzlich an. Es ging hin und her, Angriff, Abwehr in schneller Reihenfolge. Handtechniken folgten Fußtechniken und wieder Handtechniken, Ellbogentechniken, sie kämpften ohne Gnade, unerbittlich auf gleichem Niveau. Beide bluteten im Gesicht, wo die Schläge des Gegners getroffen hatten. Sie wussten, es war ein Kampf auf Leben und Tod.
Peter wollte gerade eine Fußhebeltechnik ansetzen, als Kuipers ihm eine Handvoll Schmutz ins Gesicht warf. In einer blinden Abwehrhaltung auf einen Angriff merkte Peter, er war auf eine Finte reingefallen. Kuipers hatte sich zurückfallen lassen und mit einer weiteren Rolle nach rechts seine Waffe aufgenommen, die er jetzt unmissverständlich auf Peter gerichtet hatte.

„So, das reicht, hinknien", bellte er seinen Befehl und wischte sich dabei sein Blut von den Lippen.

Peter wusste, es ist endgültig aus, als er auf dem Scheunenboden kniete. Eine zweite Chance wird es nicht mehr geben, er hatte verloren, er würde sterben. Er schloss die Augen und hörte, wie Kuipers den Hahn der Waffe hinter ihm spannte.

Dann fiel ein Schuss!

Als Peter seine Augen öffnete, lag Kuipers hinter ihm mit gebrochenem Blick auf den Boden. Eine Kugel hatte ihn mitten ins Herz getroffen.

Wenige Meter entfernt lag Anja auf dem Boden mit Peters Waffe in der Hand.

„Na, das ist ja noch mal gut gegangen, Chef", grinste sie ihn an und hielt sich dabei den Kopf.

„Ja, Anja, so gerade, danke", grinste Peter zurück.

Kapitel XXXVI

Freitag, 28. Oktober, morgens

Anjas Kopf zierte ein kleiner, weißer Verband. Mit drei Stichen war die Platzwunde, die ihr Willem Kuipers am Tag zuvor durch einen Schlag mit einem Kantholz zugefügt hatte, genäht worden. Dieser lag jetzt zusammen mit Sieglinde Ukena tot im Leichenschauhaus und würde nie wieder jemanden einen Schaden zufügen. Klaus war kurze Zeit später, nachdem Anja Kuipers erschossen hatte, mit einem Einsatzkommando auf dem Hof erschienen. Er hatte anschließend, als Peter überstürzt das Büro verlassen hatte, Himmel und Hölle in Bewegung versetzt. Peters kurzes Gespräch hatte er zwar nicht mithören können, aber verstanden, was Peter antwortete. Klaus war sich sofort darüber im Klaren gewesen, dass etwas mit Anja auf Ukenas Hof nicht stimmte. Er war heilfroh, als er Peter und Anja lebend in der Scheune vorfand. Sie erzählten ihm, jeder aus seiner Sicht, was vorgefallen war. Peter verschwieg dabei aber die Einzelheiten seines Gespräches mit Kuipers. Er sagte nur, dass der Holländer ihn für die Zerstörung seines Drogenimperiums verantwortlich gemacht hat. Weiterhin hatte er ihm offenbart, dass Sieglinde Ukena seine Partnerin gewesen war. Er hatte sie erschossen, weil sie ihm sein Geld nicht geben wollte. Anja berichtete über ihre Ankunft auf dem Hof, wie sie aus der Scheune gerufen wurde und dann, nach einem Schlag auf den Kopf, alles schwarz um sie herum geworden war. Sie war gerade wieder zu sich gekommen, als ein Mann Peter erschießen wollte. Peters Waffe lag genau neben ihr, sie hat sie hochgenommen und einfach nur instinktiv abgedrückt.

Im Anschluss erfolgte der übliche polizeiliche Ablauf: Spurensicherung, Gerichtsmediziner, Leichenbestatter usw.

„Steht dir gut", frotzelte Klaus. „Spaß beiseite, Anja, wie fühlst du dich?"

„Du fragst, weil ich einen Mörder erschossen habe, der meinem Kollegen und Freund gerade eine Kugel durch den Schädel jagen wollte? Da kann ich dir nur antworten, sehr gut, mach dir keine Sorgen um mich. Wo ist Peter?", kam es wenig überzeugend und ablenkend von Anja zurück.

Klaus hoffte, dass Anja die Sache gut wegstecken würde. Es ist nicht leicht, jemanden das Lebenslicht auszublasen, auch wenn er ein Mörder war. Zum Glück gibt es ja gute Polizeipsychologen, die werden Anja schon helfen und ansonsten sind Peter und ich ja auch noch da, vollendete er seinen Gedankengang. Er grinste Anja an und sagte:
„Der ist bei der Gegenüberstellung, komm, wir schauen uns das Spektakel an."

Finn Ruys war früh am Morgen zu einer Gegenüberstellung aus Holland angereist. Er stand jetzt neben der Angestellten der AG-Ems-Fähre hinter einem Einwegspiegel positioniert, sodass die Verdächtige Andrea Wilkes sie nicht sehen konnte.

Um vor Gericht bestand zu haben, muss nach deutschem Strafrecht eine Wahlgegenüberstellung durchgeführt werden. Das heißt, es wurde Finn Ruys, dem Augenzeugen, eine Auswahl an Personen vorgeführt, von denen nach dem Stand der Ermittlungen einer der potenzielle Täter war, während die Vergleichspersonen potenziell Unschuldige waren. Eine Kollegin hatte bei der Auswahl der Vergleichspersonen darauf geachtet, dass diese Andrea Wilkes in Größe, Alter, Statur und Erscheinung möglichst ähnlich sahen. Jetzt lag es in Finn Ruys' Ermessen, bei der Gegenüberstellung zu prüfen, ob er Andrea Wilkes als die Person, die er auf Borkum an dem Tage auf Ukenas Boot gesehen hatte, wiedererkennt.

Alle beteiligten Personen für die Gegenüberstellung mussten eine platinblonde Perücke aufsetzen. Es war gar nicht so einfach gewesen, sechs gleiche Perücken dieses Typs aufzutreiben, aber die Kollegin hatte es trotzdem möglich gemacht. Eine befreundete Tanzstudiobesitzerin hatte ihr die Perücken geliehen. Sie hatte sich erinnert, dass sie vor einem Jahr eine Vorführung gesehen hatte, wo alle Tänzerinnen solch eine Haartracht trugen.

Andrea Wilkes war sichtlich geschockt, als von ihr verlangt wurde, die Perücke zu tragen. Sie wusste aber auch, wenn sie es ablehnen würde, war es einem Eingeständnis ihrer Schuld gleichkommend.

Finn Ruys identifizierte nach kurzem Zögern Andrea Wilkes als die Frau, die er an dem Tag auf Ukenas Boot gesehen hatte. Nachdem die vorgeführten Personen den Raum verlassen hatten, kratzte er sich am Kopf und sagte nachdenklich:

„Die Frau, die ich wiedererkannt habe, also nicht, dass ich große Zweifel habe, aber irgendwie sah sie doch anders aus an dem Tag. Viel Schminke kann das Aussehen einer Frau doch mehr verändern, als ich gedacht habe. Es ist wirklich schwer zu sagen, aber die Augen, da bin ich mir hundertprozentig sicher, es waren ihre Augen. Augen lügen nicht, Herr Kommissar."

Peter nickte ihm freundlich zu, er verstand, was Finn Ruys ihm damit sagen wollte. Es gibt Menschen, die man an ihren Augen erkennt. Wenn man von Augen spricht, ist oft nicht die farbige Iris allein damit gemeint. Es ist der Blick, der Abstand der Augen zueinander, wie tief liegen sie in den Augenhöhlen, es beinhaltet die Form der Augenlider wie zum Beispiel Mandelaugen oder Schlupflider. Die unmittelbare Umgebung unserer Augen hat enormen Einfluss darauf, wie wir sie wahrnehmen. Sind über ihnen feine, dicke oder buschige Augenbrauen, gibt es kleine Fältchen an ihren Rändern oder sogar Tränensäcke unter ihnen? All diese Merkmale schloss Finn Ruys mit ein, als er davon sprach, Augen lügen nicht.

Die Angestellte der AG-Ems-Fähre war sich nicht ganz sicher und etwas weniger hilfreich bei der Identifizierung. Sie erklärte zwar, es könnte Andrea Wilkes gewesen sein, aber vor Gericht beschwören wollte sie es nicht.

Für Peter war es trotzdem eine eindeutige Identifizierung Andrea Wilkes'. Finn Ruys' Aussage langte ihm vollends und er konnte umgehend mit der Vernehmung beginnen. Er verabschiedete sich von dem holländischen Skipper, nachdem dieser seine Aussage zu Protokoll gegeben hatte, und dankte ihm noch einmal für seine Hilfe.

Andrea Wilkes saß anschließend, wie schon Henk Visser vor ihr, im Verhörraum des Reviers, mit dem einzigen Unterschied, dass sie nur teilnahmslos aus dem vergitterten Fenster schaute, als ob sie die ganze Angelegenheit nichts anginge. Als Peter den kargen Raum betrat, lächelte sie ihn kurz an und begrüßte ihn freundlich:

„Guten Morgen, Herr Kommissar Streib."

„Guten Morgen, Frau Wilkes", grüßte Peter zurück. „Wie geht es Ihnen heute nach Ihrer ersten Nacht in Untersuchungshaft?"

„Danke, gut, ich hoffe trotzdem, dass es meine einzige Nacht bleiben wird. Sie haben keinerlei Beweise gegen mich und ich bestehe darauf, sofort entlassen zu werden. Ich bin unschuldig, es ist absolut absurd, mich dieser Taten zu beschuldigen. Daran wird auch diese lächerliche Scharade von vorhin nichts ändern", erwiderte Andrea Wilkes in einem ruhigen, aber doch energisch klingenden, selbstsicheren Tonfall.

Die Gegenüberstellung mit der Perücke hatte sie verunsichert. Trotz ihrer gespielten Gelassenheit verrieten ihre Augen Unsicherheit, ihre innere Angespanntheit.

Peter hatte das Gefühl, sie durchbohrten ihn förmlich. Es entging ihm dabei nicht, dass sie sich nicht sicher war, was er wusste und was nicht.

Peter starrte in ihre Augen, lehnte sich dabei in seinem Stuhl zurück und antwortete ihr:

„Nicht ganz so schnell, Frau Wilkes, und wer sagt Ihnen, dass wir keine Beweise gegen Sie haben? Wir haben, viel besser noch, sogar einen Augenzeugen. Der hat Sie eindeutig identifiziert, wie Sie am Samstagnachmittag zusammen mit Hajo Ukena zu seinem Boot auf Borkum gegangen sind."

Wenn Peter gedacht hatte, dass diese Information in irgendeiner Weise eine überraschte Reaktion in Andrea Wilkes hervorrufen würde, hatte er sich gewaltig getäuscht. Total kühl bleibend, ohne auch nur eine Miene zu verziehen, blickte sie ihn an, bevor sie erwiderte:

„Ich weiß nicht, wer Ihr Zeuge ist oder wen er seiner Meinung nach am Samstag auf Borkum mit Hajo Ukena gesehen hat, aber mich bestimmt nicht. Ich kann Ihnen versichern, ich lag das ganze Wochenende mit einer Migräne in meiner Wohnung im Bett."

„Wenn das der Fall ist, Frau Wilkes, dann haben Sie bestimmt auch einen Zeugen dafür, dass Sie am Samstag zu Hause waren", konterte Peter.

„Nein, leider kann ich Ihnen damit nicht dienen, Herr Kommissar, ich lebe ganz für mich allein. Seit dem Tod meines Freundes Bernd Wolters bin ich lieber gerne allein für mich", hauchte sie in einem mitleidsvollen Ton.

„Dann haben Sie bestimmt auch keinen Zeugen für Ihren Aufenthalt am Montag des 17. Oktobers morgens zwischen 09:00 und 10:00 Uhr oder für Donnerstag um Mitternacht des 20. Oktobers?", kam es ironisch von Peter zurück.

„Warten Sie mal, Montag, sagten Sie, um 09:00 bis 10:00 Uhr morgens? Da bin ich normalerweise im Büro. Das können Sie gerne überprüfen lassen. Zum Donnerstag wiederum muss ich sagen, um Mitternacht bin ich meistens schon im Bett und schlafe. Ich glaube, wenn ich mich recht erinnere, habe ich aber ungefähr zu der Zeit noch mit einer guten Freundin telefoniert. Auch das zu überprüfen dürfte Ihnen mit Sicherheit nicht schwerfallen. Möchten Sie sonst noch wissen, wann ich wo war, Herr Kommissar", erwiderte Andrea Wilkes genauso ironisch zurück.

„Wissen Sie was, Frau Wilkes, ich glaube Ihnen kein einziges Wort. Ich denke, Sie haben Heinrich Janssen, Anton Berends sowie Hajo Ukena aus Rache für den Tod Ihres Geliebten Bernd Wolters ermordet. Sie haben die Morde eiskalt geplant und ausgeführt. Henk Visser, hatten Sie dagegen auserkoren, sollte ein Leben lang für Ihre Taten hinter Gittern büßen. Deshalb haben Sie ihm auch die Beweise untergeschoben. Wir werden zwar die Angaben zu Ihrem Alibi überprüfen müssen, Fakt aber bleibt, wir haben immer noch einen Augenzeugen für Ihren Aufenthalt auf Borkum und deshalb bleiben Sie vorerst schön einmal in Haft."

Peter gab der Beamtin an der Tür ein Zeichen, Andrea Wilkes zurück in ihre Zelle zu bringen. Nachdem diese den Raum verlassen hatte, schlug Peter, frustriert vom Verlauf des ersten Verhörs, mit der Faust auf den Tisch.

Andrea Wilkes' Alibi schien zu stimmen, die Angaben zu ihrem Verbleib während der Tatzeiten wurden zwar bestätigt, dennoch waren sie nicht stichhaltig. In ihrem Büro konnten ihre Kollegen ihre Anwesenheit nur für den Tag, aber nicht eindeutig für den Zeitraum zwischen 09:00 bis 10:00 Uhr bestätigen.
   Die Auswertungen ihrer Telefondaten ergaben, sie hatte wirklich um kurz vor Mitternacht ein Telefonat geführt. Eine Sendemastenauswertung ergab, das Telefonat wurde aus der Umgebung Leer geführt. Das

Signal wechselte jedoch während des Gespräches zu verschiedenen Sendemasten. Dies war ein eindeutiges Zeichen für eine Mobilität während ihres Gespräches. Sie war also nicht wie angegeben zu Hause, sondern musste in einem Fahrzeug unterwegs gewesen sein. Nichtsdestotrotz war sie zu der Tatzeit meilenweit vom Tatort entfernt.

Dann kam ein Anruf von der Polizei auf Borkum. Man hatte den leblosen Körper von Hajo Ukena am nordöstlichen Strand der Insel gefunden. Die darauf folgende Obduktion hatte ergeben, Hajo Ukena war ertrunken. Zusätzlich wies die Leiche, wie schon im Fall Heinrich Janssen, zwei unverkennbare Einstiche von Tasernadeln auf. Damit war unbestreitbar bewiesen, dass es sich nicht um einen einfachen Bootsunfall handelte, sondern eindeutig um einen weiteren Mord.

Die Atmosphäre im Büro war geladen wie die Luft bei einem schweren Gewittersturm. Peter saß am offenen Fenster und rauchte Kette. Er ärgerte sich über seine Unfähigkeit, den entscheidenden Beweis zu finden. Irgendwie war Andrea Wilkes zu clever vorgegangen, sie hatte sie alle zum Narren gehalten.

Anja überflog ein weiteres Mal das Vernehmungsprotokoll, bevor sie es mit einem Seufzer achselzuckend beiseitelegte.

„In dubio pro reo, im Zweifel für den Angeklagten. Wir können ihr nichts direkt beweisen. Alles basiert auf reiner Theorie. Ein guter Anwalt zerreißt Finn Ruys' Zeugenaussage ohne große Anstrengung. Kein Richter der Welt wird Andrea Wilkes allein auf seine Behauptung hin, sie als die Frau an Bord Ukenas Boot wiedererkannt zu haben, für drei Morde verurteilen. Sie war in Maske und seine Aussage, Augen lügen nicht, ist schließlich schwer vor Gericht zu verkaufen. Denk dran, die AG-Ems-Angestellte konnte sie nicht eindeutig identifizieren. Wir könnten noch die Bedienung von Borkum kommen lassen, aber ich habe da nicht viel Hoffnung, dass das viel mehr bringt. Für

Henk Visser sieht es meiner Meinung nach dagegen schon wesentlich schlechter aus. Wenn unsere Theorie richtig ist, hat Andrea Wilkes mit ihm den perfekten Sündenbock gefunden."

Peter blies den letzten Zigarettenrauch aus dem Fenster und drehte sich um, als Anja den Namen Visser erwähnte. Ihm war plötzlich einiges klarer geworden.

„Moment, wir haben die Bestätigung aus Holland für Vissers Besuch bei seinen Verwandten, somit ist er für den Mord an Hajo Ukena aus dem Schneider. Wir haben aber in seiner Garage einen Taser gefunden, von dem er felsenfest behauptet, er wurde ihm untergeschoben. Heinrich Janssen wurde mit einem solchen Gerät angegriffen, bevor er in die Güllegrube fiel. Anton Berends' Leiche war zu sehr verbrannt, um noch Taserspuren zu finden. Lass uns aber einmal davon ausgehen, dass auch er getasert wurde. Hajo Ukena ist definitiv getasert worden, bevor er ertrank. Visser befand sich da aber schon nachweislich in Holland. Wie kommt also der Taser von Borkum in Vissers Garage? Ich halte es für unwahrscheinlich, dass es sich bei den Morden um verschiedene Geräte handelt. In dem Fall hat Henk Visser recht, jemand will, indem er den Taser in seiner Garage platziert, ihm absichtlich die Morde in die Schuhe schieben. Wir wissen auch, wer dieser jemand ist, Andrea Wilkes. Der erste Fehler, den sie begangen hat, ist nicht zu bedenken, dass Henk Visser möglicherweise ein wasserdichtes Alibi für die Tatzeit hat. Der zweite Fehler, die Leiche Ukenas nicht unauffindbar verschwinden zu lassen. Ich stimme Anja vollends zu, Finn Ruys' Zeugenaussage allein für eine Verurteilung genügt nicht, obwohl ich ihm hundert Prozent glaube. Wir brauchen also unbedingt den stichhaltigen, unwiderlegbaren Beweis dafür, dass Andrea Wilkes sich zur Tatzeit an Bord des Segelbootes befunden hat."

„Wir haben nichts bei ihr gefunden, was ihre Anwesenheit auf dem Boot bestätigt. Der Taucheranzug, den wir in ihrer Wohnung sichergestellt haben, reine Fehlanzeige, der ist so gut wie neu, er weist keinerlei Beschädigungen auf. Da liegt er auf dem Tisch, sieh ihn dir selber an", sagte Klaus dazu.

„Was sagtest du gerade, Klaus, der Anzug ist so gut wie neu? Heureka, das ist es", rief Peter euphorisch aus, wobei ihn Klaus und Anja nur fragend ansahen. „Dann lass uns den doch einmal etwas näher betrachten sowie auch die Fotos von Andrea Wilkes' letztem Tauchurlaub."

Sie standen um den Tisch, auf dem der Taucheranzug lag. Der Anzug war gänzlich aus schwarzem Neoprenmaterial und funkelnagelneu. Die Fotos vom letzten Tauchurlaub in Hurghada, Ägypten, zeigten Andrea Wilkes aber in einem schwarz-gelben Anzug.

„Sie hat mehr als nur einen Taucheranzug, das ist die Lösung, Freunde. Wir müssen genau diesen Anzug von den Fotos finden, dann haben wir sie", resümierte Peter.

„Was ist, wenn sie den Anzug in Ägypten nur ausgeliehen hatte?", fragte Anja.

„Nein, sieh doch einmal genau hin, Anja. Auf dem Foto ist das Logo ihres Tauchklubs Poseidon aus Leer auf der rechten Brustseite des Anzugs aufgenäht. Man erkennt es auf den Fotos ganz genau. Ich wette, die Mitglieder des Tauchklubs haben dort bestimmt einen Spind und Andrea Wilkes hat auch einen."

„Du denkst also, sie hat den Taucheranzug dort versteckt? Dann lass uns diesem Poseidon-Klub mal schnellstens einen Besuch abstatten, Chef. Wir benötigen aber vorher für den Tauchklub noch einen erweiterten Durchsuchungsbeschluss, sonst können wir die Beweise, falls wir dort welche finden, vergessen", mahnte Klaus vorsorglich.

Die Durchsuchung des Tauchklubs war ein voller Erfolg. Nicht nur der schwarz-gelbe Taucheranzug Andrea Wilkes' wurde in ihrem Schrank gefunden, sondern auch noch eine Reisetasche mit einer platinblonden Perücke, einer dunklen, großen Sonnenbrille, verschiedene Schminkutensilien sowie diverser billiger Modeschmuck. Des Weiteren befand sich in dem Spind ein USB-Stick mit sämtlichen kopierten Daten von Bernd Wolters' Laptop.

Beim Vergleich des an der Reling gefundenen Stücks Neoprens mit dem sichergestellten Taucheranzug wurde eine eindeutige Übereinstimmung festgestellt. Das kleine herausgerissene Stück passte auch genau zu einem Loch am rückwärtigen Teil des rechten Beines vom Anzug.

Kapitel XXXVII

Freitag, 28. Oktober, später Nachmittag

Als Andrea Wilkes durch eine Beamtin in den Vernehmungsraum geführt wurde und die Reisetasche sowie ihren schwarz-gelben Taucheranzug auf dem Tisch liegen sah, wich alle Farbe aus ihrem Gesicht. Sie schluckte ein paar Mal, bevor sie lächelnd zu Peter sagte:
„Sie sind cleverer, als ich angenommen hatte, Herr Kommissar. Ich glaube, Lügen hat wohl jetzt keinen Sinn mehr."

Peter schüttelte den Kopf zu ihrer Frage und antwortete:
„Ich denke kaum, Frau Wilkes, es ist an der Zeit, ein volles Geständnis abzulegen."

Sie nickte nur und erzählte Peter alles von Anbeginn. Von dem Moment an, als sie und Bernd Wolters sich in Emden wiedergesehen hatten, wie ihre alte Liebe bei der Begegnung wieder neu entflammt war, sie gemeinsam Pläne für die Zukunft schmiedeten. Davon, wie sie eines Tages zufällig die Irregularitäten der Gülletransporte ihm gegenüber erwähnte und er daraufhin mit seinen Nachforschungen begann. Darüber, was er alles in den folgenden Wochen, über die illegalen Gülletransporte aus Holland herausgefunden hatte. Von der Vergiftung der Felder durch Überdüngung aus Profitgier einiger Bauern in Ostfriesland. Sie schilderte, dass sie Bernd mehrfach gewarnt hatte, sich unnötig in Gefahr zu begeben. Dann von dem vereinbarten unheilvollen Treffen mit der Bande, von dem Bernd Wolters nicht mehr zu ihr zurückgekehrt war. Wie sie, verzweifelt in Trauer um ihren Geliebten, blutige Rache geschworen hatte.
Andrea Wilkes gestand, dass sie es war, die in der Nacht nach seinem Tod in Bernd Wolters' Laube eingebrochen war, um den Laptop sowie

alle Unterlagen zu stehlen. Danach wusste sie genau, wer die Schuldigen waren, Heinrich Janssen, Anton Berends, Hajo Ukena und Henk Visser. Sie sollten dafür büßen, was sie Bernd und ihr angetan hatten. In allen Details offenbarte sie Peter ihren teuflischen Plan der Morde. Prahlend erörterte Andrea Wilkes Peter, dass sie geplant hatte, Henk Visser, den sie für den Drahtzieher der Bande hielt, dabei alle Schuld in die Schuhe zu schieben. Ihn wollte sie am meisten strafen, er sollte für den Rest seines Lebens im Gefängnis verfaulen.

Nachdem sie um ein Glas Wasser gebeten und getrunken hatte, setzte sie ihre Geschichte fort.

Der Mord an Heinrich Janssen!

Sie erzählte Peter von dem Morgen, an dem Heinrich Janssen, als sie ihn mit dem Taser attackierte, in die Güllegrube gefallen war. Von ihrem Gefühl der Genugtuung, als Heinrich Janssen langsam in der braunen Gülle ertrank. Wie sie frühmorgens im Büro erst heimlich das Prepaidhandy aus Vissers Schublade genommen und die SMS an Janssen geschickt hatte. Von einem mitgehörten Telefongespräch vom Vortag wusste sie, dass Visser zu der ungefähren Zeit einen Termin mit Hajo Ukena auf dessen Hof vereinbart hatte. Ohne dass jemand ihre Abwesenheit im Büro bemerkte, war sie innerhalb einer Stunde zu Janssens Hof hin- und zurückgefahren und hatte dort eiskalt ihren ersten Mord begangen.

Der Mord an Anton Berends!

Mit sichtlichem Stolz über ihre mörderischen Planungsqualitäten erklärte sie Peter dann ihre glorreiche Idee mit der herunterbrennenden Kerze, um Anton Berends' Scheunenbrand zeitlich zu verzögern. Diese Idee hatte sie ironischerweise einem Kriminalroman entnommen. Nachdem sie Anton getasert und gefesselt hatte, schickte sie von seinem Handy die SMS zum Treffen auf Vissers Prepaidhandy. Sie war danach sofort zurückgefahren und hatte dann kurz vor Leer eine Freundin angerufen, um sich dadurch für alle Fälle selber ein Alibi zu geben.

Der Mord an Hajo Ukena!

Henk Visser hatte ihr manchmal von seinen Segeltörns mit Hajo Ukena erzählt, fuhr sie mit ihrem Geständnis fort. Dabei hatte er einmal sogar abfällig erwähnt, dass er oft früher abreisen musste, damit Ukena auf Borkum Frauen aufreißen konnte. Andrea Wilkes wusste auch von ihrem Vorhaben zum Segeltörn am letzten Wochenende. Henk Visser hatte ihr davon erzählt. Sie war stolz darauf, wie sie sich zurechtgemacht hatte, um Hajo Ukena zu umgarnen. Dieser hatte dann sofort, als wäre sie eine läufige Hündin, sie auf sein Boot eingeladen. Über den Augenblick, als sie später ankernd vor Borkum an Bord standen, sie in sein dummes Gesicht sah, während er zuckend durch die 50.000 Volt aus dem Taser über die Reling kippte. Wie sie danach in der Kajüte alles gereinigt hatte, anschließend sich wie ein Baby schlafen legte. Sie fuhr damit fort, wie sie am nächsten Morgen ihren Taucheranzug angezogen, die anderen Dinge in einem wasserdichten Sack verpackt hatte und dann zum Inselstrand geschwommen war. Am Strand angekommen, hatte sie sich dann schnell umgezogen, geschminkt und war anschließend zum Fähranleger gegangen.

Sie ließ nichts aus, auch nicht die Fahrt mit der AG-Ems-Fähre zurück nach Emden, auf der eine Angestellte sie zu ihrer nassen Tasche befragt hatte. Sie hatte den Taucheranzug in die Tasche gepackt, weil sie ihn nicht auf Borkum am Strand zurücklassen wollte. Sie dachte, es wäre sicherer, ihn mitzunehmen, als dass er dort eventuell gefunden wurde. Sie wollte ihn zusammen mit den anderen Sachen später entsorgen. Erst einmal hielt sie die Sachen im Schrank ihres Tauchklubs für sicher vor der Polizei, das sich, wie jetzt bewiesen, als großer Fehler herausstellte.

Sie erläuterte Peter, wie sie Henk Visser schon Tage vorher den Laptop in den Schrank gelegt hatte, den Karton mit dem Taser und anderen Dingen aber erst nach ihrer Rückkehr von Borkum in seiner Garage versteckte.

Erschöpft von ihrem Geständnis, aber auch sichtlich erleichtert, blickte sie Peter aus traurigen Augen an.

Der konnte aber kein Mitleid für sie empfinden, denn Andrea Wilkes hatte drei Menschenleben auf dem Gewissen. Er war einzig nur froh, dass der Fall endlich abgeschlossen war, sie ihren Mörder gefasst hatten. Auch wenn ihr Motiv verständlicherweise Rache gewesen war, man ihr den Liebsten genommen hatte, Andrea Wilkes war und blieb für ihn eine eiskalte Mörderin!

Epilog

Jan van de Felden vernahm die Geschichte des tragischen Vorfalls um Willem Kuipers' Tod gelassen. Er beglückwünschte Peter zu seinem Erfolg und war froh, dass alles so gut für ihn ausgegangen war.

Polizeirat Theesen war glücklich, seine Pressekonferenz abzuhalten und die freudige Nachricht zu verkünden, dass die Mordfallserie aufgeklärt war.

Anja hatte ihr erstes Gespräch mit einem Polizeipsychologen eine Woche später. Er attestierte ihr eine erstaunlich gute Verarbeitung der tödlichen Geschehnisse.

Klaus war einem Umweltschutzverband zur Erhaltung der ostfriesischen Gewässer beigetreten.

Lena hatte ihren Lehrgang erfolgreich abgeschlossen. Peter und Lena hatten nach ihrer Rückkehr das ganze Wochenende im Bett verbracht.

Peter war sehr glücklich!

Anmerkung des Autors:

MordFriesland

Eine neue Kriminalromanserie, die in der Heimat des Autors – Emden, Ostfriesland – ihren Handlungsrahmen hat. Neben spannenden Mordfällen schreibt er in seinen Büchern immer wieder Wissenswertes über Geschichte und Kultur Ostfrieslands. Aktuelle Themen der Stadt, kritisch recherchiert, dienen als Grundlage für seine Mordgeschichten.

Mord Hieve

Der erste Kriminalroman der neuen Serie **MordFriesland**.
Der Plan einer neuen Feriensiedlung am Kleinen Meer sowie unterschiedliche Lager von Befürwortern und Gegnern des Projekts führen zu einer Reihe rätselhafter Morde in der sonst so ruhigen Stadt Emden an der Ems. Kommissar Peter Streib und sein Team haben alle Hände voll zu tun, den Mörder zu fassen. Ein digitaler Luxus und eine fehlerhafte Mechanik verhelfen den Kriminalisten am Ende doch noch zur Überführung des Täters.

Mord Gülle

Der zweite Roman aus der Serie **MordFriesland**.
Das Team um Kommissar Streib muss diesmal die skurrilen Morde an ostfriesischen Bauern aufklären. Die zum Himmel stinkende Spur führt sie in die Abgründe des Missbrauchs illegaler Gülle aus Holland. Die zunehmende Umweltbelastung unserer Gewässer durch Übergüllung der Felder ist ein aktuelles, brisantes Thema in

Deutschland, das der Autor für seinen neusten Krimi als Anlass genommen hat.

Asien mit Anzug und Krawatte

Was man während Geschäftsreisen in Asien beachten sollte und was trotzdem noch so alles passieren kann.

Auch Geschäftsreisen sind Reisen in fremde Länder. Und wer glaubt, man könne hier weltweit ähnliche Abläufe erwarten, wird schnell eines Besseren belehrt. Zudem weiß man, dass Verhandlungen oft genug scheitern wegen angeblich „weicher" Faktoren wie Unkenntnis des Verhaltens und des kulturellen Hintergrundes, was schon bei der Begrüßung beginnt.

Rolf Zeiler reiste fünfundzwanzig Jahre lang geschäftlich durch Asien. Durch seinen Reiseführer werden Geschäftsreisende fokussiert über alles für sie Wichtige in vierundzwanzig asiatischen Ländern unterrichtet: von der Ankunft am Flughafen (Shuttle, U-Bahn oder Taxi) über die Mobilität im Landesinneren bis hin zu günstiger Kommunikation (Handy, Internet) und Geldverkehr (Bankautomaten, Kreditkarten).

Unsichtbare Faktoren, die ein Meeting in Asien bestimmen, wie gesellschaftlich erlernte Hierarchie, Gestik, Blickkontakt und Smalltalk kommen hier ebenso zur Sprache wie die Wichtigkeit des Schweigens bei Verhandlungen und der richtige Umgang damit. Und besonders zur Sprache kommen die kleinen, oftmals entscheidenden Unterschiede bei den gegenseitigen Erwartungen, den Verhandlungen und – nicht zuletzt – der informellen Zeit danach, in der durchaus Fallstricke lauern können. Dazu wird über die jeweiligen Visabestimmungen und Gesundheitssysteme informiert und jedes Land wird prägnant mit seinen wirtschaftlichen Rahmendaten und Erfolgsaussichten vorgestellt. Ein kenntnisreicher und leidenschaftlicher Exkurs über die kulinarischen Erlebnisse, die den Reisenden erwarten, rundet den Ratgeber ab.

Genau zugeschnitten auf das, was der Geschäftsreisende wissen muss, wird durch dieses Buch erlernbar, wie man sich in der asiatischen Geschäftswelt bewegen muss. Damit liegt ein kompakter Leitfaden vor, der einem sicher den Weg weist durch einen immer noch fremden Kontinent.

https://www.**bod**.de/buch/-/asia-with-suit.../9783732274178.html

https://www.**amazon**.de/**Asien-mit-Anzug-Krawatte**.../3848247623

Asia With Suit And Tie

What you should be aware of a business trip in Asia because anything can happen.

An essential guide for the serious business traveller who wants to do serious business in Asia. From avoiding cultural faux pas to the fastest way from the airport to your hotel; from recognising the intrinsic negotiation style of a country's businessman to handling their objections and closing deals. These great tips will ensure your success in Asia.

Twenty-four countries are individually covered in this extensive guide so you can apply them to the country you are visiting. Unspoken body language, social hierarchy and religious expectations rule Asia's meetings and negotiations. Expect pitfalls when you think there are none. Expect agreements to be non-agreement in twenty-four hours. The guide prepares you for such surprises and shows you how to move and fit seamlessly into the Asia business world.

Asia is about loose legalities and law. Learn to tread them safely. Asia is also about exotic and strange cuisines, learn what they are, and most importantly, learn not to get sick. Have Visa will take you to some countries, know which are the ones where cash is king.

Compact, succinct with several amusing anecdotes, this compact guide will help you safely journey through the business minefields of Asia.

About the author:

Rolf Zeiler lived, worked and travelled in the Asia Pacific region for twenty-five years, based in Singapore. During this period, he had set up several companies in Asia for German firms. Before retiring in 2011, he was Vice-Chairman, Asia Pacific for technotrans AG. During his business stints in Asia, he often wished he had help from a useful business travel and negotiation guidebook that could have shortened the learning pains for any Asia business traveller. This book is a realisation of that wish and a wish to help others.

https://www.**bod**.de/.../-/asia-with-suit-and-tie/9783732274178.html

https://www.**amazon**.com/**Asia-suit-tie**-Rolf-Zeiler/dp/3732274179

Kopf hoch, Herbert, wenn der Hals auch dreckig ist!
Stationen eines ungewöhnlichen Lebens

Der Lebensweg eines Mannes, der seine Kindheit in der Weimarer Republik in deutschen Waisenheimen erlebte, seine Jugend bei Bauern in Knechtschaft verbrachte und als junger Soldat an den Fronten in Russland und Afrika kämpfte.

Eine Odyssee durch die Gefangenenlager in Nordafrika, Amerika und Frankreich, die das Schicksal und alltägliche Leben der POWs in den Camps beschreibt.

Die Geschichte eines deutschen Kriegsgefangenen, der mit anderen Kameraden in Gefangenschaft eine Theater- und Künstlergruppe gründete.

Der als Kunstmaler, Musiker und Komödiant nie seinen Humor verlor und sein Glück am Ende in Ostfriesland fand.

Einzigartige, unveröffentliche Originaldokumente einer Kunst- und Theaterkultur deutscher Soldaten in alliierter Kriegsgefangenschaft, die heute teilweise im Historischen Museum in Berlin eine neue Bleibe gefunden haben.

Der Autor, Rolf Zeiler, hat aus den Erzählungen und Aufzeichnungen seines Vaters dieses Buch geschrieben, um seiner zu gedenken.

http://www.bod.de/buch/rolf-zeiler/kopf-hoch--herbert--wenn-der-hals-auch-dreckig-ist/9783735783905.html

https://www.amazon.com/Kopf-hoch-Herbert-wenn.../B00JZR8V2

Golf With The Devil

Golf with the Devil is a book targeted at the sixty million golf enthusiasts worldwide. It is a suitable gift purchase for all people wanting to buy a golf humour book for their golf-addicted friends. This is a compilation of ten short stories evolving round a golfing mad Devil. Getting souls to Hell is an easy task for the Devil these days. And like the human working population, he suffers from monotony. So, the Devil in these tales uses golf, his hobby, to win a soul because it presents a more exciting challenge. But it's not that easy, as readers would discover, some golfers are smart enough to outwit the Devil while others fell prey.

The first story is an introduction to the Devil and why he is obsessed with golf.

The second story is about the Devil trying to design his own golf course using his legions of demons to gain praise from humans but only to fail in calamity. Readers will enjoy a glimpse of how the Devil runs his Hell Inc. and how his madcap demons create unheard of designs and features for a golf course.

The third story is about the Devil using every bit of his guile to play on the forbidden Connemara Golf Course because it is blessed grounds.

The fourth story is about a pro golfer stealing the Devil's golf clubs and as a result, was made to pay for it with his life and his soul.

The fifth story is about a professional golf hustler who manages to outsmart the Devil.

In the sixth story, the Devil told the tale of how he won his most coveted golf trophy in the Beelzebub Golf Society, which he managed only to get in by getting rid of several golfing members in many deceitful ways.

The seventh story is about the Devil camouflaging himself as the Caddie from Hell in his effort to twist the mind of a touring pro to give his soul up for tournament wins.

The eighth story is about another professional golf pro, asking the Devil if he could play just pars and win big money. A deal that the devil would eventually lose as this pro is just as cunning in escaping the big trap of Hell as he did with bunker shots.

The ninth story is about how the centuries experienced golfer, the Devil got punished with the shanks for the first time in his life for goofing off on the golf course instead of making life Hell for humans.

The tenth story is about a Scotsman's cunning schemes that left the Devil riling that he ultimately rejected his soul for Hell.

https://www.**amazon**.com/**Golf-Devil**-Rolf-Zeiler/dp/1508979642

9 783744 843508